# 醫統江山

卷4

## 大師鬥法

石章魚 著

官字兩個口，全憑嘴一張
不在乎你有沒有道理
只在乎你怎麼說，別人怎麼說？

# 目錄

# 第一章

# 各懷鬼胎

慕容飛煙心虛，雖然把事情都推到了樂瑤的身上，
可扒胡小天衣服她也有份，而且胡小天胸前牙印也是自己的傑作，
只是胡小天大腿上的那個牙印實在是讓她感到困擾，
到底是她還是樂瑤的傑作，真要是自己，
只怕她這輩子在胡小天面前都抬不起頭來了。

樂瑤微微一怔，她並沒有聽到任何動靜，慕容飛煙指了指地上的胡小天道：「把他藏起來！」

此時外面隱約聽到有人在呼喊，樂瑤頓時慌張了起來：「藏到哪裡去？」

慕容飛煙看來看去，指了指她的床上，低聲道：「把他藏在被子裡！」

此時外面已經響起敲門聲，樂瑤顧不上多想，和慕容飛煙一道架起胡小天，將他塞到了床上。

慕容飛煙道：「我去開門，你躺進去，我就說你病了，胡大人派我過來照顧你。」

「什麼？」

「快按照我說的做！」慕容飛煙迅速將地上的東西收拾乾淨，走出門去。

樂瑤看到床前還有一件破破爛爛的上衣，卻是胡小天的圓領衫，趕緊拾起來塞到床下，本想上床躲藏，可一摸身上，衣裙完全濕透，換衣服已經來不及了，只能穿著濕漉漉的衣裙躺入被褥之中。

外面蓬蓬蓬的敲門聲響起，慕容飛煙來到門前開了院門，此時雨雖然還在下著，不過已經不大，院門外卻是萬夫人帶著一名丫鬟，四名家丁走了進來，萬夫人沒想到開門的會是慕容飛煙，臉上表情顯得頗為錯愕，驚聲道：「你怎麼會在這裡？」

慕容飛煙不慌不忙行禮道：「萬夫人，剛剛我聽到這邊傳來動靜，所以過來看看，發現三少奶奶病了，正準備出去叫人幫忙，想不到您就過來了。」她此時已經完全恢復了鎮定，從她的表情上看不出任何異常。

萬夫人滿臉狐疑地望著慕容飛煙：「病了？」心中倒是有些不信，怎麼會突然就生病了？莫非其中另有玄機？

慕容飛煙道：「萬夫人深夜來此所為何事？」她只想儘快將萬夫人支走。

萬夫人道：「家人聽到呼救聲，所以過來看看。」說完她雙目一轉：「這裡是我家，慕容捕頭管得是不是有些寬了？」

慕容飛煙道：「我家大人之前吩咐過，午夜之後任何人不得到處走動，萬夫人難道忘記了？」事到如今只能抬出胡小天的命令來壓萬夫人一頭，畢竟這廝在萬府之中還算有些威懾力。

萬夫人冷哼了一聲：「我在自己家走動的權利都沒有了？真是滑天下之大稽。」她說完拂袖從慕容飛煙的身邊走過，徑直走入樂瑤所在的房間內。

慕容飛煙暗叫不妙，看到兩名家丁跟著，她快步向前在門前擋住幾人的去路：「三少奶奶已經歇了，萬夫人還是請回吧。」

萬夫人怒道：「我兒媳婦病了，我這個做婆婆的探望一下又有何不可？」慕容飛煙越是不讓她探望，她心中越是好奇，她轉身向四名家丁道：「你們在外面候著，我自己進去看看。」

慕容飛煙這下無話好說了，跟著萬夫人一起走入房間內。

黑暗中響起樂瑤虛弱的聲音：「婆婆來了……兒媳染病在身，不能起身相迎了……」

萬夫人嗯了一聲，貼身丫鬟提著燈籠來到桌前將油燈點燃了，室內頓時變得明亮了起來。萬夫人環視了一下房間，並沒有發現任何異樣，她緩步來到樂瑤床前，望著樂瑤，低聲道：「你病得重不重？要不要緊？」雙目之中充滿疑竇，一邊說話一邊仔細觀察著樂瑤的神情，並未能夠看出異樣，又向周圍看了看。

樂瑤搖了搖頭，因為擔心暴露被褥中還有一個人在，她側身躺在床上，不敢動彈，心中暗自忐忑，若是他此時醒了又該如何？若是被婆婆發現，我唯有以死來證明自己的清白了，其實就算死了也無法證明，樂瑤此時一顆心懸到了嗓子眼，只求婆婆儘快離開自己身邊。

還好萬夫人並沒有靠得太近，轉身回到桌邊坐下，冷冷道：「慕容捕頭，我有兩句話想單獨跟我兒媳說！」

慕容飛煙知道人家這是要讓自己迴避，萬家女主人發話，她當然不能拒絕，拱手道：「萬夫人，那我先出去。」她向樂瑤看了一眼，心中暗歎，你自求多福了，我也幫不上你，真要是想要掩蓋這件事，可能要殺人滅口了，可自己是捕快怎能生出這樣的念頭？

萬夫人道：「你回去休息吧，我回頭讓紫菱留下來照顧她。」她對慕容飛煙並沒有生出太多的疑心。

慕容飛煙應了一聲，轉身出門。

樂瑤一顆芳心忐忑到了極點，慕容飛煙怎麼走了，難道她當真要甩手不管，自己若是一個人還不害怕，可床上還藏著一個男人，糊塗啊，剛才明明可以將他藏到別的地方，為什麼稀里糊塗地把他塞到了床上，啊！他若是現在醒了又當如何？我該如何是好？若是被婆婆發現，我只怕跳進黃河都洗不清了。

等到慕容飛煙和貼身丫鬟紫菱出了門，萬夫人道：「樂瑤，我們萬家對你不薄吧？」

樂瑤道：「婆婆，您和公公對樂瑤恩重如山。」

萬夫人冷笑了一聲道：「不用說這些違心話，我雖然年紀大了，可眼睛還沒花，耳朵也沒聾，你心裡想什麼，我明白，你也明白。」她的表情顯得陰森而刻薄。

樂瑤道：「婆婆，媳婦對萬家沒有一絲一毫的歹念。」心中忐忑不已，畢竟床上還藏著一個男人，若是被婆婆發現了，只怕跳進黃河也洗不清了。萬夫人說什麼話，她都聽不清了，感覺自己今日斷然無法躲過這場劫難。

「你有歹念也罷，沒有歹念也罷，自從你嫁入我們萬家，我們萬家就沒有一天安寧過，你留在我們萬家無非是想落一個貞潔烈女的名聲，我一直都想成全你，之前也給過你一條路，你卻不走。」萬夫人之前曾經讓樂瑤在服毒和自縊之間二選一，幸虧胡小天及時阻止了她，不然樂瑤此時已經死了。

胡小天躲在被窩裡聽得清清楚楚，心中暗罵萬夫人歹毒，樂瑤招你惹你了，為何不給她一條活路？為何一定要將她逼死才肯甘休？

樂瑤含淚道：「婆婆，不是兒媳怕死，而是我承蒙婆婆公公的大恩大德，還未來得及報答……」

萬夫人打斷她的話道：「你若真心想報答我，就不會活到現在。」她起身道：「城南有座濟慈庵，庵主明鏡師太是我的好友，你若是為了我們萬家著想，就去那裡潛心修佛吧。」

樂瑤嗯了一聲，再不說話。她本以為婆婆要將自己置於死地，沒想到她終於還是放了自己一馬，讓自己去濟慈庵好歹不是要將自己逼入絕路，就算以後面對青燈古佛，至少還可以保全這條性命。

萬夫人交代完了這件事似乎也鬆了口氣，她起身離去，貼身丫鬟紫菱也跟著她一起走了，似乎忘記了要照顧她的事情。樂瑤聽到房門關閉的聲音，望著那閃爍的燈火，不由得低聲哭泣起來。一雙有力的臂膀從身後抱緊了她，將她擁入懷中，樂瑤方才知道胡小天已經醒了，不知為了什麼，她感覺胡小天的懷抱才是最為溫暖安全的港灣，轉身撲入他的懷抱中，一時間悲不自勝，泣不成聲。

胡小天最大的長處就是無論任何時候都不會被情欲衝昏頭腦，這貨知道自己現在的處境，雖然抱著樂瑤這位禍國殃民級數的美女，現在這種機會，趁著她還帶著點藥性，就算是劍履及第估計也不會遭到太頑強的反抗，看樂瑤意亂情迷的樣子，估計整個人都酥軟了，估計防線已經完全崩潰。可這是在萬府，慕容飛煙十有八九就在外面，即便是粉嫩粉嫩的小鮮肉，聞一聞可以，真要是下嘴絕不是時候。

樂瑤正在意亂情迷之時，卻聽胡小天道：「樂瑤姑娘，你醒醒，我得走了！」這貨說完，當真放開樂瑤，掀開被子從床上坐了起來。

樂瑤這會的感覺比剛才被慕容飛煙兜頭蓋臉潑了一盆冷水還要難受，這廝什麼人啊？明明是個好色之徒，占了人家便宜，這會兒又裝君子了？可心中卻一點兒都不排斥，居然還有一些留戀，樂瑤意識到自己真正想法的時候，羞得俏臉通紅，自己何時變得如此不守婦道了？難道在不知不覺中已經對此人生出了感情？

胡小天這種男人的確不多見，這貨穿著底褲剛剛來到床下，卻聽到窗戶被輕輕敲了兩下，外面傳來慕容飛煙的聲音：「她們都走了。」

胡小天擦了擦額頭的冷汗，得虧自己剛剛在關鍵時刻把持住了，沒幹什麼出格的事情，不然豈不是讓慕容飛煙逮個正著，要被她鄙視一輩子了。

胡小天轉向樂瑤，卻見樂瑤羞得鑽入被子裡面，將頭都蒙了進去，顯然是羞不自勝無顏面對自己了。

胡小天還是比較懂得女人心思的，害羞和傷心絕對是兩回事，這貨再次湊到床邊，輕輕拍了拍樂瑤的肩頭，低聲道：「你放心，我一定會保護你，對了，今晚發生的事情，你對誰都不要提起。」

胡小天說完就走，樂瑤聽到房門掩上的聲音，方才坐起身來，美好無瑕的嬌軀在微弱的光線下映出一個絕美的剪影，因為急促的呼吸，她的胸膛劇烈起伏著。

甚至用狼狽兩個字都不足以形容胡小天今晚的遭遇，幸虧意志足夠堅強，不然連最後一塊遮羞布都沒了。被兩個女人夾擊狂虐的感覺很不自在，胡小天目光看著地面，慕容飛煙也沒看他，其實她也心虛，今晚雖然把所有事情都推到了樂瑤的身上，可扒胡小天衣服的她也有份，而且胡小天胸前那個牙印一看就是自己的傑作，只是胡小天大腿上的那個牙印實在是讓她感到困擾，到底是她還是樂瑤的傑作，真要是自己，只怕她這輩子在胡小天面前都抬不起頭來了。

兩人現在的心情是各懷鬼胎，慕容飛煙負責探路，帶著胡小天悄悄溜回青竹園，雖然萬府家大業大，奴婢如雲，可畢竟沒有二十四小時熱水，胡小天只能將就著在已經涼透的木桶裡泡了泡，順便檢查了一下自己的傷痕，身上真可謂是傷痕累累，胸口這個牙印夠深，不知會不會留下疤痕呢，這一口是拜慕容飛煙所賜，小娘皮下嘴可真夠狠啊，改天老子一定要加倍討回來。

低頭再看了看自己的大腿，還好雖然被咬，畢竟沒有受到什麼致命傷，皮兒似乎破了點，不過傷痕很淺，仍然看得出是個牙印兒，樂瑤啊樂瑤，你倒是會選，選了塊沒骨頭的地兒下嘴，得虧這次沒事兒，真要是被你一口咬出了什麼毛病，老子找誰賠去？醫者難自醫，我自己也沒辦法給自己做再植術啊？

傷得最重的地方還是鼻子，慕容飛煙惱羞成怒的一拳把胡小天打得七葷八素，想想真是鬱悶吶，被倆小妞占盡便宜，最後還挨了一拳，雖然鼻樑沒斷，可鼻子已經腫了起來，紅彤彤的比平時大了不少，看起來跟小丑似的。

胡小天洗淨身上的血跡，卻洗不淨心中的委屈，哥招誰惹誰了，居然遭此厄運，不過也有回味的地方，至少剛剛在樂瑤的床上，感覺還真是不錯呢。這貨閉上眼睛，正回味剛才的溫柔場景之時，卻聽到外面又響起敲門聲，這麼晚了，除了慕容飛煙不會再有別人。

胡小天有些警覺地問道：「誰？」

慕容飛煙道：「你餓不餓？」她聲音和平日的冷漠不同，顯得頗為溫柔。

胡小天以為自己聽錯了：「倒是有些餓了。」心中暗自琢磨慕容飛煙深夜前來的真正目的。

慕容飛煙小聲道：「我這兒還有些點心，你來我房間。」說完聽到她的腳步聲遠去。

胡小天心中又驚又喜，他從木桶中爬出來，擦淨身上的水漬，因為是臨時決定在萬府留宿，自然也沒什麼替換衣服，不過好在剛才抓飛賊的時候是穿著圓領衫大褲衩過去的，雖然被撕毀了，畢竟還有外袍，於是穿上了寬寬大大的外袍，走路有風地來到隔壁，慕容飛煙房門沒關，裡面亮著燈。

她也換好了衣服，剛才一身夜行衣，現在是平時穿慣了的職業裝，又變成了那個英姿勃勃的女捕頭。看到胡小天頂著一個大紅鼻頭進來，慕容飛煙禁不住笑了起來，胡小天也跟著她笑起來，只是這廝笑得怎麼看怎麼淫蕩，慕容飛煙不由聯想起剛才的事情，兩頰變得酡紅一片。

胡小天和她隔著桌子坐下，慕容飛煙將一盤點心推到他面前，胡小天從中拿了一塊桂花糕，慢慢品嘗，看似風波不驚，心中卻在揣摩慕容飛煙深更半夜把他請過來的真正目的，以他對慕容飛煙的瞭解，這妮子絕不可能對自己投懷送抱，除非是她吃錯了藥，比如剛才，她請自己來十有八九是想試探自己，看看剛才到底發生了什麼事情？

慕容飛煙為胡小天倒了杯香茗，親手送到他面前：「喝茶！」

胡小天笑了笑道：「飛煙，你對我真好！」前所未有的客氣，其中必然有詐。

慕容飛煙道：「你鼻子怎麼了？」

胡小天心想你揣著明白裝糊塗，明明是你一拳打的，現在居然在我面前裝，丫頭啊丫頭，跟我玩心計，你還差遠了。胡小天當然不會實話實說，雖然今晚是自己吃了虧，可真要把實情說出來，大家肯定都難堪，只怕以後慕容飛煙都沒辦法面對自己了，搞不好她羞惱之下，會來個不辭而別，胡小天對慕容飛煙還是有些瞭解的，別看她性情堅強，可面皮很薄。尤其是今晚發生的事情，對她而言簡直是一場不堪回事的噩夢。

胡小天歎了口氣放下茶杯道：「我也不知怎麼回事？你和那飛賊打鬥的時候，我去救樂瑤，剛剛扶起她，看到你就倒了，於是我把你們兩個都弄進了房間，可後來聞到你身上又一股奇怪的味道，然後就感覺暈乎乎的，腦海中一片空白了，現在回想起來，都不知道中間發生了什麼，醒來後就變成了剛才那個樣子。」

慕容飛煙聽到他這樣說，還真是出乎意料，她本以為胡小天對發生的全過程是清楚的，可胡小天表現得居然是一無所知，難道……難道……。慕容飛煙悄悄觀察胡小天的表情，看到他說這番話的時候表情認真，不似作偽，難道剛剛那採花賊投擲煙霧的時候，他也不慎吸了進去，所以才會記憶喪失，和自己一樣意亂情迷？

如果真的是這樣那就太好了，至少他沒有看到自己剛才的樣子。可這樣一來，剛才的那段時間究竟發生了什麼，也就成為了難解之謎，她應該是三人中最先醒來的，一拳打暈了胡小天，然後才叫醒了樂瑤。

慕容飛煙剛剛也趁著沐浴的時候檢查了一下自己，自己的身上沒有任何異狀，應該沒被胡小天占到什麼便宜，其實就算被他占了便宜自己也不知道，總之自己守宮砂仍在，仍然是冰清玉潔的黃花閨女，想到冰清玉潔這四個字，慕容飛煙又不禁俏臉發燒了，胡小天胸膛上的牙印可是自己給咬的，要說他不會發現不了，這小子肯定是故意在迴避這件事，應該是做賊心虛。

胡小天道：「飛煙，我剛才……是不是做了什麼出格的事情？」

慕容飛煙心想今晚出格的可不止你一個，她都不敢回想自己和樂瑤到底做了什麼，還好胡小天也喪失了記憶，秀眉一顰，計上心頭，今天的事情自己作為最早甦醒的一個，說什麼他們就應該相信什麼，她裝腔作勢地歎了口氣道：「那採花賊用的迷藥很厲害，應該是桃花瘴。」

胡小天道：「桃花瘴？」

慕容飛煙點了點頭道：「倘若尋常人吸入了桃花瘴就會意亂情迷，做出不雅的行為。」

胡小天故作驚慌道：「我肯定吸了不少，我是不是做了什麼不雅的事情？」

慕容飛煙道：「還好我身懷武功，醒來的時候看到你正在撕扯自己的衣服，大呼小叫……」說到這裡她不由得有些心虛，這輩子她還沒有說過這樣的謊話。可這關係到自己的清譽，她不得不把自己給摘出去。

胡小天裝出懊悔不已的樣子，雙手捂臉，話說這廝現在想笑，害怕被慕容飛煙看穿，慕容飛煙的謊話說得太蹩腳了，說謊話的時候目光那個閃爍，都不敢正眼看胡小天，她不知道面對的這位曾經拿過心理學碩士學位，在胡小天面前說謊這不是在關公面前耍大刀嗎？

胡小天道：「我做了什麼？我到底做了什麼？」

慕容飛煙看到他追悔莫及的樣子，還居然真有點信以為真，看來胡小天的本質還不壞，至少知道羞恥二字，她又歎了口氣道：「說起來你也沒幹什麼出格的事兒，只是被迷藥所迷，幸虧我及時阻止了你，不然情況不堪設想。」慕容飛煙看了看胡小天又紅又腫的鼻子，說謊的滋味很不好受，內疚得很。

胡小天心中暗樂，丫頭嗳丫頭，你當我傻子啊，還不堪設想，若非本大人意志堅定，剛剛衣服都被你們兩個如狼似虎的妮子給扒了，可有些事能裝糊塗是必須要裝糊塗的，現在如果把事實真相揭露，只會搞得大家尷尬，搞不好還會惱羞成怒，以慕容飛煙的性情說不定就此翻臉，一刀砍了自己保全她的清白也很有可能。畢竟當下這個時代，女孩子把貞操看得比性命更加重要。

胡小天發現自己還是相當傳統的，至少在他心裡更偏愛傳統點的女性。這貨悄悄活動了一下心思，決定暫時封口不說，保守這個秘密，要說自己也沒吃太大虧，雖然先後被倆美女咬了，可畢竟沒少一塊肉，關鍵零件也沒受損，要說傷得最重的地方要數自己的鼻子，慕容飛煙的一拳那可是真打。

胡小天摸了摸自己的鼻子道：「我這鼻子流了不少血吧？」

慕容飛煙現在對做賊心虛深有體會了，在她和胡小天認識之後，還是頭一次表現的那麼靦腆，那麼心虛：「我看你被迷藥所迷，喪失意志，為了喚醒你，情急之下才給了你一拳。」

胡小天心想，讓你編，總有我戳穿你謊言的一天。

慕容飛煙咬了咬櫻唇道：「你不怪我吧？」

胡小天搖了搖頭：「不怪，你還不是為我好，我一點都不怪你。」

慕容飛煙泛起一絲笑容道：「我就知道，你這人雖然不怎麼樣，可是心胸還是蠻寬闊的。」

胡小天道：「何止寬闊，我這胸肌是相當的發達。」

慕容飛煙聽到胸肌兩個字，不由得想起他胸膛上的那個清晰的牙印兒，不由得俏臉紅到了耳根。

胡小天看到她忸怩的模樣，內心中暗暗想笑，故意道：「飛煙，我感到你有些不正常啊，是不是我剛剛對你做出了什麼逾越禮節之事？」

慕容飛煙趕緊搖頭：「沒有，沒有的事！」

胡小天裝模作樣地歎了口氣道：「沒有就好，如果我有什麼對不起你的地方，你一定要告訴我，不然我這輩子都無法原諒我自己。」

「真沒有！」慕容飛煙低著頭強調道。

胡小天道：「真沒有啊，那我還真有點失望，真要是我幹了什麼，你也別怕，我一定對你負責到底。」

「我呸！」

凡事皆不能太過，過猶不及，胡小天的這番表白大有畫蛇添足之嫌，慕容飛煙察覺到這番話可不像他平時的風格，心中暗忖，難道這廝是故意裝糊塗？

她眉頭的一抹疑雲頓時被胡小天看透，胡小天及時轉換話題，打了個哈欠道：「睏死我了，飛煙，還有其他事情嗎？沒事兒咱們還是早點就寢吧！」

慕容飛煙柳眉倒豎，沒想到這廝死性不改，居然又說出這種話來，瞪了他一眼道：「是不是皮又癢癢了？」

胡小天吐了吐舌頭，起身道：「好男不跟女鬥，不陪你沒營養的乾聊了，我回去睡覺。」

慕容飛煙又叫住他道：「你千萬記住，明日無論他們問你什麼，你只說樂瑤生病了，讓我去那邊幫忙照顧。」

胡小天道：「她生病了我何以會知道？萬家這麼多奴婢僕婦，為什麼咱們不去通知他們？就算是說謊，也要讓人抓不住破綻，你的這番話真是漏洞百出。」

慕容飛煙道：「那怎麼辦？剛剛萬夫人已經去了那裡，我對她已經說過了這個理由。」

「我知道！」

慕容飛煙一臉錯愕：「你醒了？」

胡小天道：「她進來的時候我就醒了，你們兩個究竟是誰想起的餿主意？居然把我塞到了被窩裡，床下不行？衣櫃裡不行？」

慕容飛煙回頭一想，剛才的事情果然是處處破綻，只是今晚發生的事情實在是太過難堪，她當時的腦子一片混亂，壓根沒想那麼周到，現在經胡小天提醒，方才發現是漏洞百出。

胡小天又道：「我當時雖然昏迷，可是隨時都可能醒來，若是萬夫人在的時候我突然醒來，不知什麼情況大叫出聲，那又該如何是好？樂瑤的名節，我的清譽，豈不是全都要壞在你們手裡？」

慕容飛煙被他問得啞口無言，的確如此，剛才把他塞到被窩裡的時候就應該點了他的穴道，只是剛才自己六神無主，把這麼多關鍵的事情全都忽略了，慕容飛煙心中承認自己錯了，嘴上卻不服軟：「越是危險的地方越是安全的地方，反正你也沒暴露。」

胡小天道：「我想想都害怕，你不知道像我這種官員最怕什麼？最怕的就是生活作風問題，要是被人誤解了我和樂瑤的關係，我就算跳進黃河也洗不清啊。洗不清不要緊，最要緊的是我以後的大好前程全都斷送了。」

慕容飛煙眨了眨眼睛，胡小天說的是事實，可這廝表現出的痛心疾首的表情卻讓她產生不了半點同情心，愣了好一會兒，她方才回應了一句：「我怎麼覺得你有些得了便宜賣乖呢？」

胡小天忽然意識到瞭解是相互的，在自己越來越瞭解慕容飛煙的時候，她對自己的瞭解也越發深入了，自己現在的行為可不是得了便宜賣乖嘛，話說得越多，破綻就越多，所以還是老老實實地去睡覺為好。

於是胡小天帶著兩位美女帶給自己的遍體鱗傷，還帶著兩人身上殘留的脂粉香氣，帶著浪漫旖旎的回憶去睡了。

第二天一大早，萬府管家萬長春就過來敲門，昨晚萬家又鬧鬼了，胡小天布下的九隻香爐這次被盡數掀翻，他畫的那些道符也被撕扯一空，看來這鬼是相當凶悍，連胡小天的法陣都起不到作用了。

看到胡小天紅腫的鼻頭，萬長春不由得一怔，原本俊俏風流的公子哥兒一夜工夫怎麼就變成了這成色？

胡小天習慣性地摸了摸鼻子，又腫又痛，雖然抹了點易元堂的金創藥，可似乎效果不大。他向萬長春笑了笑道：「昨晚起來小解，迷迷糊糊撞到牆上去了。」言者無心聽者有意，萬長春心中一驚，該不是捉鬼的被鬼給捉弄了？他簡單將昨晚發生的事情說了，胡小天留意聽著，萬家應該對昨晚淫賊夜入意圖劫走樂瑤的事情一無所知。

萬長春道：「員外急著請胡大人過去一起吃早點呢。」

胡小天打了個哈欠懶洋洋道：「我總得洗漱乾淨，換身像樣的衣服過去，對了，我昨兒來得匆忙，沒帶替換的衣服，你們府上有沒有？」

萬長春點了點頭道：「我去給大人找來。」

沒多久萬長春就回來了，他找來了一套天藍色儒衫，這套衣服是二公子萬廷盛的，做好了還沒來得及上身，結果就被胡小天一棍子給扔到床上去了，最近都要靜臥養傷，短期內是和新衣服無緣了。胡小天也不客氣，讓萬長春先回去覆命，就說自己馬上過去。

等萬長春離去之後，這廝慢吞吞換好了衣服，沒想到萬廷盛的身材和自己居然差不多，這套衣服穿上剛好合身。換好了衣服，又泡了一壺香茗，坐在青竹園內沐浴著晨光，享受著雨後初晴的清新空氣，感覺一身輕鬆。

慕容飛煙也從房內出來，還是那身官服，不過表情神態已經完全恢復了正常，再不像昨晚那樣的羞澀和局促，這證明胡小天的謊話還是成功的，讓她相信昨晚發生的事情只有她一個人清楚，胡小天和樂瑤幾乎什麼都不記得，也只有這樣慕容飛煙才能繼續和他坦然面對。

看到胡小天坐在庭院中喝茶，她招呼道：「早！」

胡小天點了點頭：「早！」

慕容飛煙又道：「衣服很不錯啊！」

胡小天道：「關鍵是人長得好看。」

慕容飛煙的目光自然而然地落在他紅腫的鼻子上，禁不住笑了起來，笑得花枝亂顫，笑得讓清晨的霞光也黯然失色。

胡小天當然明白她的笑容裡沒有多少讚美的成份，用力吸了口氣，本來沒必要這麼誇張，可鼻子腫大讓鼻腔變得有些狹窄，自然有些呼吸不暢，要說自己之所以淪落到眼前這種地步，全都拜慕容飛煙所賜：「幸災樂禍！有點同情心好不好？」

慕容飛煙雙手背在身後，這樣的動作讓她的胸膛顯得越發的挺翹，胡小天的雙目頓時明亮了起來，慕容飛煙卻因為這個無意識的動作，而觸動了傷處，被胡小天抓過的左胸因為牽扯而再度疼痛起來，一個下意識的動作捂住左胸，倒吸了一口涼氣。

這幾個動作在胡小天的眼中卻是格外的性感妖嬈，這貨假惺惺問道：「你……

怎麼了？是不是病了？要不要我幫你看看？」

慕容飛煙霞飛雙頰，狠狠盯了這廝一眼，心想還不是你幹的好事，昨晚這麼大力抓我這裡，可這件事只能打落門牙往肚裡咽，無論如何都不能說出來。她搖了搖頭，手趕緊捂住脖子：「可能是落枕了。」

胡小天聽她當面撒謊差點沒笑破肚皮，敢情昨晚自己這下是白摸了，回想起來自己當時真是被倆妞兒給逼急了，不然自己怎麼會對慕容飛煙下此狠手：「要不要我幫你治治？」

慕容飛煙搖了搖頭：「不用！」落枕了只是幌子，胸痛，就算你能治也不找你。

此時萬長春又過來請，看來萬伯平真是沉不住氣了。胡小天這才隨同他一起過去，慕容飛煙卻沒有和他們同去，而是說自己還有事情要辦。

萬伯平在後花園水榭內翹首以待，紅木桌上已經擺好了各式精美的早點，看到胡小天過來，他趕緊迎了上去，笑容可掬道：「胡大人，您可總算來了。」走近之後方才發現胡小天的鼻子又紅又腫，不由得有些詫異：「胡大人，您這鼻子……」

胡小天歎了口氣，頂著個大紅鼻子的確引人注目，他在桌旁坐下，這貨折騰了一夜實在是有些餓了：「先吃飯，回頭再說。」

萬伯平只能壓下心中的好奇，陪著他吃飯。胡小天專注於眼前的美食，看都不看萬伯平，萬伯平見他吃得如此專心致志，也不方便打擾他，總算等這廝吃了個差不多了，方才小心翼翼地問道：「大人昨晚睡得可好？」

胡小天端起燕窩粥，美美地喝了一口道：「要說睡得還算不錯，只是半夜起來小解，沒找到夜壺，於是準備出門在你那青竹園中解決了，可天色黑暗，伸手不見五指，我看不清道路，一不小心，臉撞在牆上了，就變成了這個樣子。」

萬伯平似乎鬆了口氣：「原來如此。」

胡小天放下空碗道：「只是昨晚說來奇怪，我感覺有人似乎在我背後推了一把。」

「什麼？」

胡小天向萬伯平傾了傾身子，壓低聲道：「我本不想說，可……你這府內實在是有些太邪門了。」

萬伯平頃刻間變得面無血色，顫聲道：「胡大人，昨晚九隻香爐全都被打翻了。」

胡小天道：「萬員外，回頭我讓人將你那三百金送回來，這九鼎鎮邪之事只當沒有發生過。」

萬伯平聽他這樣說不由得大驚失色：「胡大人，為何要如此？」

其實他心裡已經明白了，昨晚胡小天應該是被厲鬼纏上了，所以才變成了這個樣子，這廝是知難而退，寧願主動退回自己的三百金，都不願意幫忙驅鬼了。

胡小天苦笑道：「我發現你府上的事情不僅僅是驅走冤魂那麼簡單。」

萬伯平道：「胡大人還請明言。」

胡小天道：「你當真想知道真相？」

萬伯平用力點了點頭道：「如果不查清這件事，萬某寢食難安。」

胡小天道：「也罷，你府上一共有多少人？」

萬伯平道：「一百五十多口。」

胡小天向一旁的萬長春招了招手道：「你去準備五盆清水，將府上所有人全都召集到前院中去。」

萬長春猶豫了一下，萬伯平揮手道：「快去，趕緊按照胡大人的吩咐去做。」

胡小天這邊和萬伯平吃晚飯，又去探視了萬家大兒媳李香芝的情況，然後方才和萬伯平一起去了前院，萬家所有的家丁婢女都已經被召集到這裡，一百多人全都聚集在此，也就是年前發紅包的時候有如此壯觀的場面。

慕容飛煙此時也來到胡小天身邊，她附在胡小天耳邊低聲道：「樂瑤病了！」

胡小天內心一怔，想不到真讓他們給說中了。因為當著這麼多人，他並不方便細問，低聲道：「你所說的方法的確可行？」

慕容飛煙點了點頭道：「沒問題。」

萬長春清點完人數之後，回到胡小天身前，恭敬道：「胡大人，萬府上上下下全都在這裡了。」

慕容飛煙來到銅盆前，拿出一個瓷瓶，向銅盆內依次倒入透明的液體，胡小天吸了吸鼻子，那味道隨風飄來，依稀有股酸酸的味道，難道是醋？胡小天腦袋裡頓時靈光一閃，難怪慕容飛煙信心滿滿，看來她是在香爐之上塗上了某種化學物質，如果有人去打翻這些香爐，在這一過程中難免會沾染到香爐上的粉末，然後讓他們洗手，粉末和酸性的液體結合會產生化學反應，從而顯示出不同的顏色。

在慕容飛煙看來極其高深莫測的刑偵手法，卻被胡小天一眼就看破，利用現代的化學知識很容易解釋她的動機。胡小天心中暗歎，如果真要查個水落石出，就應該在一早來進行這件事，現在太陽都升起來了，這幫僕人都起來老半天，一個個早已洗漱完畢，那雙手更不知道洗了多少遍，殘留的痕跡微乎其微，再想從中找出那個掀翻香爐的人，可能性實在是太小了，慕容飛煙怎麼會忽略這麼重要的細節？

胡小天對慕容飛煙的方法並不抱太大的希望，可這沒有妨礙到排查工作的進行，每位僕人都將雙手浸泡在銅盆內。萬府的這群人全都不知道慕容飛煙這是在做什麼，一個個顯得莫名其妙，可是萬員外就在一旁站著，他既然發話，這些做僕人的只能無條件服從命令。

西川神醫周文舉也被這邊的動靜吸引了過來，他來到胡小天身邊有些好奇地詢問狀況。胡小天低聲道：「抓鬼！」

周文舉不禁想笑，這樣抓鬼的方式他還是頭一次見到，難道這鬼還會假扮成萬府家丁不成？

就在這時，一名家丁將雙手浸入水盆之中，讓人驚奇的事情發生了，他的雙手竟然變成了紅色，周圍眾人看到如此詭異的情景，嚇得紛紛向後撤退，那家丁慌忙將雙手從水盆中抽出來，望著已經呈現出粉紅色的肌膚，臉上的表情驚駭不已。

慕容飛煙指著那名家丁道：「昨晚打翻香爐的人就是你！」

那家丁嚇得魂飛魄散，轉身就向外逃去，慕容飛煙哪能讓他逃走，騰空飛掠而起，照著他的後心就是一腳，那名家丁被踢得撲倒在地上，宛如滑翔機般，在庭院中足足滑行了五丈有餘，再想爬起來的時候，周圍衝上幾名家丁將他牢牢摁在了地上，那家丁慘叫道：「冤枉！小的冤枉……」

此時胡小天卻留意到人群中有兩名家丁悄悄向外溜去，他正想提醒，慕容飛煙已經行動起來，搶上前去攔住那兩名家丁的去路，一招便將兩人制住，點了他們的穴道，抓起後扔了回來。

萬伯平看得雲裡霧裡，到現在他都不明白那名家丁為何會雙手變紅，更搞不清慕容飛煙為何斷定這幾人和打翻香爐有關，他充滿迷惑地望向胡小天。

胡小天走過去端起了一盆水，照著那被點中穴道的兩名家丁潑了過去，水淋在他們的雙手上衣服上，很快就發生了反應，尤其是雙手全都變成了粉紅色，胡小天心中暗歎，這幫傻子做完壞事都不知道洗手嗎？

周文舉看愣了，他可沒學過化學，這些淺顯的道理他並不懂得。喃喃道：「當真是鬼手現形？怎麼會變成紅色？」

胡小天冷冷掃視眾人道：「現在給你們剩下的這幫人兩個選擇，一是主動站出來承認，二是乖乖去水盆中洗手，本官保證，今天你們凡是參與這件事的人，一個都別想逃掉。」

人群中撲通撲通又跪下了兩個，五名嫌犯盡數落網。雖然如此，為了穩妥起見，銅盆洗手的程序還得繼續進行，等到全體僕人都接受檢查之後，萬伯平讓洗清嫌疑的家丁奴婢先行離去，來到那五人面前，來回徘徊了幾趟，這幾人全都是在他萬府內負責值夜的護院，萬伯平氣得臉色鐵青，搞了半天，這鬧鬼的事情根本就是這幾個下人給鬧出來的。

萬伯平指著其中一人的鼻子怒吼道：「徐申，我平日待你不薄，你竟敢如此待我？」

徐申跪倒在地，苦苦哀求道：「老爺，小的知錯了，我們並非是想禍害萬家，這一切都是大少爺的吩咐，他說老爺受了這個人的蠱惑，讓我們打翻香爐，揭穿他的陰謀。」這個人自然指的是胡小天。

萬伯平聽說這件事又和自己的大兒子有關，不由氣得渾身發抖，他抬腳就將徐申踹倒在地。

胡小天一旁笑瞇瞇道：「你們大少爺是不是還在青雲？」

徐申的表情顯得有些慌張：「大……大少爺去了南越……」

胡小天怒道：「你敢欺騙本官，信不信我將你下獄，讓你以後永無天日。」

徐申被他嚇住，咬了咬嘴唇道：「少爺在翠紅樓。」

胡小天轉向萬伯平，萬伯平也是一臉錯愕，他明明將兒子支走，讓他去了燮州，卻想到這不爭氣的東西仍然留在青雲沒走，而且藏身在妓院之中，萬伯平又羞又惱，他怒吼道：「來人，將幾名吃裡扒外的奴才給我拖出去重責五十棍，趕出萬府。」

胡小天咳嗽了兩聲，萬伯平也是氣昏了頭，忘記了身邊還有位縣丞大人在，他趕緊使了個眼色，讓那幫蠢蠢欲動的家丁退了回去，真打了，那就叫濫用私刑，在法理上是站不住腳的。

胡小大道：「萬員外，不如將他們交給我帶回去細細審問？」

萬伯平面露猶豫之色，他低聲道：「胡大人，咱們借步說話。」

胡小天知道萬伯平輕易不會將人交給自己，且看這老狐狸怎麼說，於是和萬伯平兩人來到東側花廳，萬伯平將房門掩上，長歎了一口氣，向胡小天深深一揖。

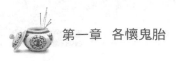

胡小天故作吃驚道：「萬員外何故如此大禮？這如何使得？」嘴上這麼說，卻沒有去阻止萬伯平的舉動，而是讓這廝把禮數做足。

萬伯平汗顏道：「胡大人，萬某家門不幸，出此孽障，不是萬某想要徇私枉法，祖護家人，而是最近我家實在是禍不單行，年初我小兒子不幸病逝，前兩天，我二兒子又遇到意外，至今仍然臥床不起，我大兒子平日就玩世不恭胸無大志。」

胡小天心中暗笑，就萬廷昌那德行也能用得上玩世不恭。

萬伯平看到胡小天一言不發，以為他仍然要追究這件事，低聲懇求道：「大人，你我雖然相識不久，可是卻一見如故，在我心中早已將你當成了親人一般看待，那日大人提出要和我結為異姓兄弟，我唯恐自己高攀，惶恐之餘又不勝榮幸，得蒙大人不棄，萬某真是三生有幸。」

胡小天笑瞇瞇望著萬伯平，之前我跟你提，你給臉不要臉，居然跟我推三阻四，現在家裡遇到麻煩了，擔心我抓住這件事尋你的晦氣，所以又厚著臉皮跟我提結拜那點事，這世上凡事都有保鮮期的，過期不候。

萬伯平認為胡小天已經同意，咧著嘴笑道：「賢弟，我這就讓人準備香案，咱們……」

胡小天卻道：「萬員外，那天我提出這件事的確考慮不周，我回去想了想，咱倆這年齡相差實在太大，結拜實在有些不合適。」

萬伯平道：「這是哪裡話，年齡不是問題，這世上的忘年交到處都是，也不差咱們兄弟兩個。」

胡小天道：「萬員外，不是幼年時曾經算過命，說你命中註定沒有兄弟？」

萬伯平道：「算命先生哪及得上老弟你高明，你都不嫌棄，我又顧慮什麼？」

胡小天呵呵笑了起來，萬伯平也厚著臉皮跟著笑。

胡小天道：「你不怕我害怕，我回去給你算了算命，你果然是剋兄弟姐妹，咱倆做朋友還可以，做兄弟？我那不是自己找死嗎？」

「呃……」萬伯平此時臉色要多難看有多難看，他心裡後悔啊，我犯賤呢，這不是主動把臉湊上去讓他打嗎？要說自己也是活該，誰讓之前拒絕人家來著。

## 第二章

# 小兒子的冤魂作祟

這陣子家裡發生的禍事接連不斷，
萬伯平慢慢相信是小兒子的冤魂作祟，不做虧心事不怕鬼敲門，
他比任何人都要清楚，倘若真是兒子的冤魂鬧事，
肯定是因為他滋擾樂瑤的事情，和性命相比，美色也退居其次。

胡小天道：「萬員外，今天的事情你打算怎麼辦呢？」其實他早已猜到萬伯平的想法，可故意不說，只等著萬伯平自己說出來。

萬伯平道：「我家奴僕眾多，這其中不乏包藏禍心之輩，他們的一面之詞未必可信。」雖然明白那幾名家丁說的全都是真的，可萬伯平仍然得維護自己的兒子，虎毒不食子，萬伯平對待自己的親生骨肉還是沒得說。

胡小天道：「是真是假，等我把他們帶回衙門慢慢審問，一定能夠查出真相給你一個交代。」

萬伯平暗暗叫苦，家醜不可外揚，這件事傳出去，他們萬家就要成整個青雲的笑話了。而且這件事可大可小，小則控制在萬府內部，一切都在自己可以控制的範圍內，若是事情鬧大，官府介入，即便是自己有信心將這件事最終擺平，可鬧到最後，傷害到的仍然是他們萬家。

胡小天口口聲聲要帶走幾名家丁審問，其用心也絕不是為了將這件事查個水落石出，否則就不會有之前他將兩名家丁證供當著自己的面燒毀的事情發生。這小子真正想要的是利用這件事要脅自己，從自己這裡得到他想要的東西。

萬伯平道：「胡大人，你看是不是這樣，我將這幾名家丁暫時留在府內，細細詢問，等待他們說出真相，我第一時間通報給你，大人以為如何？」

胡小天面露猶豫之色。

萬伯平道：「慈善義賣之事，我一定出面召集，務必讓這件事辦得風風光光，除此以外，我帶頭捐出一百金的善款，用於青雲橋的修葺。」

胡小天笑顏逐開，萬伯平還算懂事，想要保住你的兒子，就得捨得拿出你的金子，我可沒逼你拿錢，既然你自覺自願，本大人唯有卻之不恭了。他歎了口氣道：「法理不外乎人情，我也不是六親不認的人，只要認識我的都誇我這個人最有人情味，特別注重感情。」

萬伯平真是受不了這廝的自我標榜，便宜占盡還在這裡裝得高風亮節，年輕輕的這臉皮怎麼就那麼厚呢？可萬伯平畢竟有求於他，雖然被胡小天反反覆覆地敲詐，可仍然不敢跟他翻臉，陪著笑道：「多謝胡大人成全。」

胡小天語重心長道：「咱們朋友一場，有些話我還是要提醒你兩句，慈父多敗兒，這兒子始終都是窮養得好，須知棍棒下才能出孝子，你對他越是縱容，他非但不知悔改，以後還會變本加厲地做出更讓你頭疼的事情來。」

萬伯平連連點頭，胡小天的這番話雖然刺耳，但是的確很有道理，大兒子萬廷昌最近做的這一系列事實在是太離譜了。

胡小天又道：「昨夜我在青竹園留宿，夜晚聽到鬼哭神嚎，實不相瞞，我臉上的傷勢就是因此而起。」

萬伯平聽他這樣說，又不禁愁上眉頭，懇求道：「胡大人一定要幫我將這鬼魂驅走。」

胡小天道：「原本還是有機會的，九鼎鎮魂本可成功將冤魂驅走，可我布下的陣法卻被你的家丁破壞，冤魂乃是通靈之物，陣法一旦被破，它就不會第二次上當，我昨晚重新佈陣，威力已經大不如前，否則我又怎會受傷？」這廝的謊話是張嘴就來，而且說得毫無破綻，萬伯平這樣的老狐狸也不免被他給騙過。

胡小天看到萬伯平一臉惶恐，就知道自己的這番話起到了效果，他又道：「事到如今即便是我勉強佈陣，也不會有什麼效力了。」

萬伯平心急如焚道：「那該如何是好？胡大人，您一定還有辦法對不對？」

胡小天搖了搖頭道：「驅鬼拿妖本來就不是我的強項，我現在真是無能為力了，萬員外，唯一的辦法或許就是將三少奶奶儘快送出萬府，找一處冤魂不敢靠近的地方將她安置下來。」

如果說過去萬伯平還垂涎這位三兒媳的美色，可這陣子家裡發生的禍事接連不斷，他也慢慢相信是小兒子的冤魂作祟，有道是，不做虧心事不怕鬼敲門，萬伯平比任何人都要清楚，倘若真是兒子的冤魂鬧事，肯定是因為他滋擾樂瑤的事情，和性命相比，美色也退居其次，胡小天的這番話正中萬伯平的下懷，萬伯平道：「萬大人說的極是。」

胡小大並沒有特別強調這件事，以免萬伯平疑心。因為昨晚已經親耳聽到萬夫人要將樂瑤送往濟慈庵，估計這件事也不會有什麼變故，自己只是順水推舟，讓萬伯平下定決心將樂瑤送走。

胡小天離開萬府的時候並沒有讓萬長春送行，而是選擇和慕容飛煙步行離開，行到萬府大門的時候，周文舉追了出來：「胡大人留步。」

胡小天笑瞇瞇轉過身去：「周先生有何見教？」

周文舉向胡小天拱手道：「胡大人，不知何時能有空閒，周某有一些事情想要請教。」

胡小天之前在搶救李香芝時表現出的高超醫術，讓周文舉深深嘆服，他向來是個嚴謹治學之人，多年以來在醫學道路上的追求從未停歇過，他對胡小天的感覺也從不屑到敬重。

胡小天對周文舉謙虛好學的風範也頗為欣賞，微笑道：「我這兩日公事繁忙，周先生若是不急著走，明晚來舍下做客，我那裡寬敞得很，只要周先生願意，咱們大可秉燭夜談。」

周文舉聞言又驚又喜，他呵呵笑道：「如此說來，我就不客氣了，明晚我一準過去。」

胡小天將自己的住址告訴了他，其實青雲縣城本來就沒有多大，周文舉就算是走過去也不用太久的時間。和周文舉道別之後，胡小天快步向青雲橋的方向走去，途徑縣衙之時看都沒看上一眼。

大雨雖然停歇，可城內仍有不少地方積水嚴重，老百姓正忙著清理洪水過後的一片狼藉，居然無人關注這位新任縣丞大人，自然也就沒有人人喊打的狼狽場面。

經過縣衙公示牌前，正看到兩名衙役在那裡張貼告示，胡小天走過去看了看，看到這告示果然是自己擬好的那一張，昨日就將這份公告遞了上去，直到現在才貼出來，小小的縣衙效率居然如此低下，不過有了這張公告總算為自己證明了清白。

兩名衙役貼完公告轉身的時候才發現胡小天就站在身後，趕緊躬身行禮道：「胡大人！」現在縣衙裡面認識這位新任縣丞的也越來越多。

胡小天笑瞇瞇點了點頭：「快去張貼公告吧，城門兩側各大路口全都貼上。」

兩名衙役領命去了，慕容飛煙望著胡小天道：「想不到你居然還很在乎自己的名譽。」

胡小天道：「我一直以為你很瞭解我，看來我錯了，我向來視自己的名譽高於一切，甚至超過我的生命。」

「真沒覺得！我覺得你是個看淡名譽的人，尤其是看到金錢和美女的時候。」

胡小天嬉皮笑臉道：「不過要是跟你相比，名譽算個屁！」

慕容飛煙氣鼓鼓道：「你少來，別動不動就往我身上扯，對了，樂瑤姑娘病了，你怎麼不去看看她再走啊？」

胡小天一本正經道：「人家是個寡婦，我是地方官員，總往她那兒跑容易遭人閒話。」

慕容飛煙望著他將信將疑。

胡小天又道：「說起這事兒，有件事我得讓你去辦。」

「公事好說，私事別提。」

胡小天道：「總之不是損公肥私的事兒，萬家要將樂瑤送出府去，據說是要將她送到濟慈庵禮佛。」

慕容飛煙美眸圓睜：「好端端的為什麼要讓她去當尼姑？」

胡小天笑道：「其實離開那個是非之地也不是什麼壞事。」

「是不是你出的主意？」

胡小天道：「萬家父子幾人都不是什麼好鳥，一個個覬覦樂瑤的美貌，根本不講什麼倫常之禮，樂瑤待在萬家也如同狼群中的羔羊，不瞞你說，她私下裡請求我幫她脫離苦海，所以……」

慕容飛煙道：「聽起來好像是見義勇為，英雄救美，可我怎麼感覺還是有點假公濟私呢？」

胡小天道：「偏見，絕對是偏見，這送佛送到西天，既然你救了人家還是得負責到底，要說這萬家人大都不是良善之輩，我擔心他們會在這件事上做手腳。」

慕容飛煙道：「我再幫你最後一次。」

胡小天來到通濟河畔，發現只有柳闊海帶著兩名衙役在岸上守著，昨天縣尉劉寶舉帶來的二十名兵丁都不見了影子，問過柳闊海方才知道，那些士兵全都讓劉寶舉給撤走了。而說好替班的那撥人不知什麼緣故還沒到，所以柳闊海等人只能繼續留守。

胡小天抬起頭來，天空中豔陽高照，雲消霧散，一碧如洗，看來這場雨應該是停了。柳闊海在這裡守了就快一天一夜，雖然年輕力壯，也露出些許的疲態，胡小天道：「闊海，你先回去休息吧。」

柳闊海道：「大人，我不累。」

胡小天笑道：「一天一夜沒合眼，就算是鐵打的身子骨也熬不住，先回去休息。」

柳闊海見到他堅持，方才領命去了，胡小天讓那兩名衙役也回縣衙，讓他們催人過來替換。

一個人在通濟河大堤之上來回走了幾步，看到水位比昨天已經退下去不少，心知除非有人刻意破壞大堤，否則絕不會發生決堤的事情，青雲橋原址處有一塊空地，約莫兩畝左右，除了一棵大槐樹沒有任何的植被，胡小天暗忖這裡倒是一個開慈善義賣會的好地方。

他這邊正想著慈善義賣的事情，卻見幾人朝著自己的方向快步走來，定睛一看，卻是縣令許清廉，身後跟著師爺邢善，還有兩名衙役。

許清廉的馬車停在不遠處，因為靠近大堤道路泥濘，害怕馬車陷入泥濘之中，於是沿著石砌的小路步行走了上來。雖然距離不遠，可官靴上已經沾染了不少的污泥。

胡小天向許清廉遠遠抱了抱拳，笑道：「許大人早！」眼睛下意識地朝他襠下瞥了瞥，許清廉今天倒是沒尿褲子。

許清廉抬頭看了看太陽，都已經過了巳時，還早呢？這小子說話從來都沒個譜。小眼睛朝堤壩上瞄了一眼陰陽怪氣道：「怎麼就你自己在這裡呢？」

胡小天道：「天晴了，兄弟們都熬了一天一夜，辛苦得很，所以我讓他們回去休息了。」

許清廉自從昨日被胡小天整得尿床，就憋了一肚子的火，始終沒有找到發洩的途徑，見到胡小天新仇舊恨頓時一股腦湧上心頭，怒道：「胡小天，護堤之事非同小可，本官反反覆覆跟你交代，這條大堤事關整個青雲縣城的安危，若是大堤出了什麼差錯，朝廷追責下來，只怕本官也保不住你。」

雖然許清廉一直對胡小天不懷好意，可自從胡小天來到青雲之後，表面上還算得上是相敬如賓，當著這麼多人的面，許清廉是第一次發火痛斥胡小天，他官兒大，上級批評下級本來就是理所當然的事情，也算得上是師出有名。

胡小天對許清廉卻不買帳，換成別的下級官員，也就是俯首貼耳聽他呵斥兩句就完了，可胡小天壓根沒把許清廉放在眼裡，自己還沒翻臉呢，許清廉居然先甩臉子了，胡小天呵呵笑了起來。

許清廉被他這一笑給弄愣了，老子說錯話了嗎？有什麼好笑的？你一個剛來的縣丞根本是對我不敬啊！

胡小天道：「許大人病好了？」

許清廉擠了擠眼睛，有點搞不清這廝的路數：「青雲多處內澇，本官又怎能安心養病？」說得跟自己多敬業似的。

胡小天道：「昨天大雨滂沱不見大人巡視，今天風和日麗大人跑過來憂國憂民，這大堤是我負責看護不假，可真要是出了什麼事情，我要是被追責，你身為青雲地方長官，以為自己能置身事外？」

「呃……這……」

胡小天道：「大家既是同僚，就當相互照顧，我昨兒在風雨中站了一天一夜的時候，大人在哪裡？有些事大家心知肚明，大人非得要攤開了說明白，難道不怕傷到感情？」他這番話充滿了威脅的意思。

許清廉本以為自己依靠官位的優勢，能夠在氣勢上壓倒對方，可沒想到出師不利，才質問了一句話，就遭到胡小天的據理力爭，臉色頓時變得有些難堪。

身後師爺邢善可看不下去了，他跟隨許清廉在青雲任期還沒有見過下級官員這麼不給面子的，邢善怒道：「胡小天，你豈可對縣令大人無禮？」

胡小天冷冷轉向邢善，雙手握成了拳頭，邢善被他嚇了一跳，心想這貨氣勢洶洶，難不成想打我？可想想許清廉就在身邊，即便是借胡小天一個膽子他也不敢，馬上又有了底氣，他向前一步指著胡小天道：「但憑你剛才的那番言辭，就能治你不敬之罪。」

胡小天搖了搖頭，望著許清廉道：「許大人，這裡是你說了算，還是他說了算？」

許清廉怒視胡小天，一雙小眼睛幾乎就要噴出火來：「他好像並未說錯什麼。」意思很明顯，老子支持他，你能怎地？

胡小天道：「許大人，昨天清晨我去你府上找你的時候，你說什麼？」

「我說什麼了？」

「你說三班衙役全都歸我調撥！」

許清廉道：「是，我的確說過，可是我給你這麼大的權力，你卻執行不力，整條堤壩之上竟然見不到一個衙役在巡視，你是怎麼辦事的？」

胡小天笑道：「三班衙役到底有多少人當值，許大人難道不清楚？能找到的，我全都叫來了，昨日劉大人還專門調撥了二十名士卒過來幫忙，今日汛情緩和，這才讓他們去休息，大人難道以為我們都是鐵打的，可以晝夜不停地在這邊巡視，不用吃飯不用睡覺嗎？」

許清廉道：「胡小天，據我所知，昨晚你並不在這邊值守啊！」

胡小天最近跟萬伯平過從甚密，許清廉對此早有耳聞，他也一直想跟萬伯平攀上關係，只可惜萬伯平自視甚高，根本沒有把他這個縣令看在眼裡，如果胡小天當真傍上了萬伯平這位青雲首富，只怕自己的位子就更不穩固了，做官的都懂得未雨綢繆。

一旁邢善臉上跟著露出得意之色，胡小天明白許清廉此次是有備而來，此前一定將自己的去向調查得清清楚楚，現在過來發難，想必是有了確然的把握。

胡小天道：「大人是要興師問罪了？」

邢善一旁插嘴道：「按照大康律例，違抗命令怠忽職守此乃重罪，若是大人上報州府，你這個縣丞只怕是做不成了。」

胡小天看都不看邢善一眼，而是向許清廉低聲道：「許大人，咱們借步說話。」

許清廉認為自己總算掌握了主動，倨傲道：「有什麼話，就在這裡說。」

胡小天道：「大人是不是想我將昨日在您家中聽到看到的事，全都說出來？」

許清廉內心一驚，這貨什麼意思？難不成要將我尿床的事情給抖出來？他雖然無恥，可並不代表不要臉面，假如胡小天將昨天自己尿床的事情給抖出來，只怕自己要成青雲縣的笑話了，這張老臉該往哪兒擱？殺人不過頭點地，自己真要把胡小天給逼急了，這貨保不齊真會狗急跳牆，就算自己能夠痛扁這隻落水狗，也很難保證不被反咬一口，許清廉也明白見好就收的道理，冷哼了一聲道：「胡小天，這次的事情就算了，並非是本官針對你，而是大堤之事關係到全縣人的身家性命，不容有失。」

胡小天聽到他語氣變軟，明白這廝開始讓步，於是也話鋒一轉：「大人教訓的是，小天謹尊大人教誨。」他們兩人在這兒達成了默契，一旁的師爺衙內卻看了個雲裡霧裡，邢善更是迷糊，不明白為什麼許清廉會輕易放過胡小天。

許清廉轉身就走，胡小天在身後笑道：「許大人慢走，邢師爺慢走，小心滑倒！」

許清廉沿著原路走回馬車，邢善不解道：「大人，這件事難道就這麼算了？」

許清廉冷冷道：「何須操之過急！」倒不是他能夠沉得住氣，而是他對胡小天的確沒什麼辦法。

許清廉走後半個時辰，方才見到替班的衙役姍姍來遲，胡小天也沒有責怪這些人，以他目前在青雲的號召力，能叫動這幾個人為他效力已經很不容易，而且從剛才的情況來看，問題十有八九出在許清廉那幫人身上。要想解決目前的狀況，必須要儘快將許清廉一夥的氣焰打壓下去，方能樹立自己在青雲的絕對權威。

其實這些來護堤的衙役都十分的辛苦，胡小天認出其中就有在衙門口負責站崗的李二和王二，這兩人因為之前聽胡小天的號令站出來幫忙打板子，許清廉聽說這件事之後，將這兩個胡亂站隊的貨色直接派來護堤，這活比門子可要苦多了。這也是殺雞儆猴的手段，讓所有衙役看明白，這就是站在胡小天那邊的後果。

李二和王三兩人看胡小天的眼神明顯怪怪的，兩人心底都認為是受了胡小天的牽累。

胡小天知道對待這幫人最有效的方式還是懷柔，胡小天將李二叫到草棚下，摸了一錠銀子出來，扔給李二道：「你們多多辛苦，這是我自己給你們的，中午給弟兄們添點好吃的。」在這幫衙役的印象中，上級官員從來都是朝他們伸手，主動掏錢的還從來沒有過，李二又驚又喜，這位縣丞大人據說是鹽商之子，出手真是闊綽啊。

李二拿了銀子明顯有些感動，低聲道：「多謝胡大人！」

胡小天和顏悅色道：「李二啊，我知道這兩天大家都不容易，不過只要你們圓圓滿滿的把這件事做好了，本官只有重賞。」

李二道：「大人放心，我們一定護好堤壩。」重賞之下必有勇夫，有錢能使鬼推磨，更何況這幫貪財的衙役。

金錢在多數時候都能夠解決問題，胡小天沒必要和這些衙役做太多的交流，先讓他們嘗到甜頭，以後讓他們漸漸意識到追隨自己要比追隨其他人的好處更多，他們就會自然而然地開始站隊。

回到三德巷的住處，剛剛走進大門，就聽到一個洪亮的聲音道：「少爺，屬下來遲，還望少爺恕罪！」

胡小天聽到這熟悉的聲音心頭不禁一熱，舉目望去，卻見胡天雄大步迎向自己，來到距離自己四尺左右的地方停下腳步深深一揖，雖然胡小天和胡天雄的交集很少，只是當初強搶唐輕璇入府的時候，他第一時間趕過來解圍，留給胡小天的印象是跟頭翻得不錯，武功也在家丁之中出類拔萃，是老爹身邊的第一侍衛，深得寵幸。真要說到交流卻很少，兩人話都沒多說過幾句，可他鄉遇故人，一見面打心底感到親切。

胡小天三步併作兩步，來到胡天雄面前一把抓住他的手臂笑道：「胡大哥，你怎麼來了？」

胡天雄在胡家眾多家僕中地位超然，深得胡不為的寵幸，所以才選為貼身侍衛，但凡重要的事情總會委託與他，雖然如此，他的身分仍然是下人，胡小天叫他胡大哥，明顯給足了他面子，胡天雄聽在耳中，內心也是熱乎乎有些感動。

胡天雄其實比胡小天抵達西川更早，因為胡小天強搶唐輕璇的事情傳得滿城風雨，胡不為擔心傳言影響到胡家和李家的聯姻關係，於是特地修書一封讓胡天雄日夜兼程趕往西州，面見西川開國公李天衡，將事情的具體經過詳細告之，由此可見胡不為對這次聯姻的極度重視。胡天雄在西川辦完事情之後，本想返回京城，可又收到胡不為那邊的消息，讓他前往青雲縣看看胡小天上任之後的狀況。

胡小天聽胡天雄這樣說，心中不禁也有些感動，看來老爹對自己還是放心不下啊。

梁大壯也喜滋滋地站在一旁，胡小天道：「大壯，別傻站著，趕緊去鴻雁樓定個位子，中午咱們好好喝上一場。」

「好！」梁大壯趕緊出去了。

胡小天拉著胡天雄的手臂請他在院子裡坐下，院子雖然不大，可收拾得乾乾淨淨。在胡小天回來之前，胡天雄已經從梁大壯那裡得知了少爺從京城來到青雲的曲折經歷，梁大壯自然又添油加醋地誇張了一番，不過事情基本上都講明白了，胡天雄對這位少爺的適應能力也是頗感驚奇，畢竟此前十六年的癡傻經歷給胡府這些人的印象實在太深，到現在胡天雄都不能完全接受，一個傻子怎麼突然就變成了一個聰明絕頂的人物。

胡天雄道：「少爺，我這次去西州，親家老爺還多次問起你呢。」

胡小天一聽這事兒就有些頭疼，李天衡的女兒又醜又癱，得了自己這樣一個女婿，他自然是撿到了寶，若是讓他知道自己已經到了青雲，豈不是麻煩，看到這麼好的女婿，說不定馬上就派人把自己綁走跟他閨女洞房了，他低聲道：「他知不知道我來了青雲？」

胡天雄搖了搖頭道：「老爺特地交代過，這件事一定要瞞著他，少爺放心，親家老爺坐鎮西州，怎麼會關注到青雲這邊的事情？」

胡小天也認為他說的有道理，西川地大物博，沃土千里，西州乃是西川的政商中心，西南最為繁華之地，放眼西川像青雲這樣的小城數以百計，李天衡又怎會關注到這偏僻山區的一個小城，更何況老爹特地跟吏部打過招呼，隱瞞自己的身分資料，料想李天衡不會知道這件事。

胡天雄道：「我這次去西州算是長了見識，親家老爺真是一代英雄人物，手下猛將如雲，兵多將廣，西川百姓安居樂業，提起李大人無不交口稱讚。」

胡小天心想他再拉風干我什麼事？我要娶的是他女兒又不是他，再說了，他是封疆大吏，我爹也不差啊，戶部尚書，大康的財政部長，掌管大康錢糧的最高官員，我的出身那一點比不上他女兒了？胡天雄說了半天都沒有他關心的事情，他咳嗽了一聲打斷胡天雄的話，低聲問道：「你這次去西州，有沒有見過李家小姐？」

胡天雄笑道：「少爺，李家小姐養在深閨，我一個下人哪有機會見她？不過我這次在西州有幸見到了李家公子李鴻翰，那可是一位儀表堂堂的英雄人物，武功智謀都是出類拔萃，是大康年輕一代中最優秀的將領之一。」

胡小天嗤之以鼻，老子英雄兒好漢的沒見過幾個，反倒是老子英雄兒混蛋的比比皆是，要說如果不是自己誤打誤撞來到了這個世界，胡不為的兒子豈不是要癡癡呆呆的一輩子。

胡天雄能夠得到胡不為的信任絕非偶然，他不但武功高強，而且善於察言觀色，多少也知道這位少爺的心結所在，低聲道：「少爺，我看傳言未必可信，李家小姐就算不是什麼絕世美女，可長相也不至於像傳說中那樣不堪。」

胡小天冷冷道：「你又沒見過，何以會知道？」

胡天雄道：「我看李家公子長相英俊，他妹子應該差不到哪裡去。」

胡小天歎了口氣道：「本來或許應該還有些姿色，只可惜這個李無憂幼年時候得了天花，生了一臉的大麻子，十歲時又得了一場急病，雙腿也癱瘓了，這樣的女人給你當老婆，你要不要？」

胡天雄心想要，傻子才不要，要是成為西川開國公的女婿，那等於魚躍龍門，別說他閨女奇醜無比，即便是又老又蠢那又有何妨。他心裡正在盤算著，卻發現胡小天一雙犀利如刀的目光看著他，似乎看透了他的心思。

胡天雄老臉一熱，少爺的眼光可真賊，居然有了幾分老爺的風範，什麼事情想要瞞住他恐怕不容易，當真是虎父無犬子啊，從之前所見到剛才聽梁大壯描述的那一切，如果都是真的，這位少爺的手腕和心計在年輕一代中也算得上是出類拔萃。胡天雄道：「少爺，您真是折殺我了，李家小姐何等身分，自然和少爺才相配。」

胡小天道：「罵我，難道我就適合找一個又醜又癱的女人做老婆？」

胡天雄道：「少爺，其實凡事也要往好的方面想，以您的身分，註定要三妻四妾，從古至今都講究父母之命媒妁之言，這原配您還是別違背老爺的意思，以後納妾還不由著您自己？」

胡小天晃了晃腦袋，想不到胡天雄居然有這麼多的花花腸子，他歎了口氣道：「我這個人生性耿直，寧為玉碎不為瓦全。」

胡天雄勸道：「少爺，您還是多多體諒老爺的難處。」

胡小天道：「他做主跟李家聯姻，還不是為了政治利益，你不說我也明白得很。」

胡天雄也不方便說什麼，他岔開話題道：「少爺，我想起了一件事，這次親家老爺托我帶給你一件禮物。」

胡小天聽說有禮物收，也感到好奇，跟著胡天雄來到了房間裡，胡天雄打開行囊，從中取出一把匕首，黑鯊魚皮鞘，烏木錯銀擋鍔，象牙手柄，乍看外形並不稀奇，可是抽出匕首，一股逼人的寒氣便彌散開來，雪亮的光芒映照得胡小天下意識眨了眨眼睛，將匕首握在手中，朝著下方的雞翅木桌面輕輕一栽，鋒刃竟似毫無阻滯地穿透了桌面。

胡小天即便是沒什麼兵器知識，也知道這柄匕首絕對是罕見的利器，用來防身再好不過，當下喜孜孜地將匕首懸在腰間，看來這位未來老丈人已經開始對自己進行感情投資了，出手還真是大方，糖衣炮彈，老子把糖衣給你扒下來，炮彈給你打回去。

目光落在一旁的卷軸上：「這是什麼？」

胡天雄道：「李大人送給老爺的一副字。」

胡小天笑道：「打開來看看。」

胡天雄緩緩展開那幅字，胡小天不看則已，一看頓時驚呆在那裡，卻見那上面寫著——南橋頭二渡如梭，橫織江中錦繡。西岸尾一塔似筆，直寫天上文章。

這幅對聯正是他初來青雲之時遇到那老漁翁出了上聯，他以下聯應對，用這幅對聯將老漁翁打動，才得以免費渡河，胡小天呆若木雞地望著這幅對聯，背脊上已經冒出了不少的冷汗，他本以為自己來到西南邊陲少有人知，可看到這對聯頓時明白，李天衡對他的動向早已瞭若指掌。

那老漁翁和李天衡之間必然有著極其密切的關係，他提前在通濟河畔等著，這才有了這幅對聯，當時胡小天就奇怪為何一個鄉野漁夫能夠想出這麼精妙的上聯，現在才知道答案，那老漁翁根本就是李天衡的人。

胡天雄也留意到胡小天錯愕萬分的表情，他並不知道其中的緣故，低聲道：「少爺，您怎麼了？」

胡小天這才回過神來，歎了口氣道：「字好，對聯更好！」

這貨等於是在誇自己，說起這對聯上面的書法，龍飛鳳舞，鸞漂鳳泊，換成過去那個時代絕對是書法大家的水準，胡小天在軟筆上並不擅長，可硬筆書法寫得還算馬馬虎虎。觸類旁通，書法的好壞他還是能夠分辨出來的，這位未來岳父大人還真是有些才華呢。

胡小天並不知道自己前來青雲的事情究竟是老爹提前給李天衡打了招呼，還是李天衡自己查出來的，如果是後者，這位未來岳父大人還真是不可小覷，卻不知自己在對聯上表現出的才華有沒有將這位老岳父打動？

轉念一想，即便是李天衡知道也未嘗是什麼壞事，身為自己的未來岳父，他不可能不給自己撐腰，也就意味著自己無論在青雲捅出多大的漏子，都有人為自己收拾了，自己以後行事是不是可以更加的肆無忌憚？

中午的時候，胡小天在鴻雁樓定了位子，為這位遠道而來的故人接風洗塵，他們剛剛來到鴻雁樓門前，還沒有來得及進去，就看到萬府的管家萬長春帶了四名家丁匆匆迎面走來，看到胡小天在這裡，萬長春慌忙上前見禮。

胡小天笑道：「真是巧了，萬總管一起喝兩杯。」

萬長春對胡小天頗為敬重，他恭敬道：「胡大人，在下有事在身，改日我來做東請大人。」

胡小天看到他身後四名家丁全都身強力壯，一個個面色凝重，看來有大事要辦，稍一琢磨就猜到這件事十有八九和萬廷昌有關，低聲道：「去找萬廷昌了？」

萬長春心中一驚，這位大人真是神人，自己什麼都沒說，居然也能被他猜到。胡小天可沒有未卜先知的本事，可根據自己瞭解到的情況稍作推敲，並不難得出這樣的結論。

萬長春看了看周圍，附在胡小天耳邊低聲道：「沒有找到，大少爺已經走了，我這就要回去向老爺覆命。」

胡小天對萬廷昌的下落沒有任何興趣，萬家父子沒一個好鳥，如果說萬家還有一個值得他關心的人，那個人無疑就是小寡婦樂瑤。

萬長春急著回去覆命，連忙向胡小天告辭，可胡小天又把他給抓住，拉到一邊低聲問道：「你家少奶奶情況如何？」

萬長春以為他所指的是大少奶奶李香芝，恭敬道：「幸虧胡大人及時出手，大少奶奶已經好很多了。」

胡小天道：「三少奶奶呢？」這才是他真正關心的那個。

萬長春又看了看左右，方才神神秘秘道：「依著大人的建議，今天要將三少奶奶送往濟慈庵。」

胡小天微微一怔，老子什麼時候建議過？將樂瑤送往濟慈庵明明是萬夫人的主意，怎麼賴到了自己頭上？這萬家人果然沒有一個好東西，栽贓陷害的本領一流。

萬長春離去之後，胡小天和萬廷昌一起走入鴻雁樓，梁大壯已經訂好了位子，那鴻雁樓的老闆姓宋，見到胡小天馬上認出這位就是新任縣丞，慌忙笑顏逐開地迎了上來，深深一揖道：「小的不知胡大人到來，有失遠迎恕罪恕罪！」

胡小天被他認出，心中不覺有些慌張，一雙眼睛連忙向周圍看了看，畢竟之前人人喊打的局面給他造成了一定的心理創傷，今天胡天雄第一次過來，自己做東請客，如果讓他看到眾人合力圍攻自己的場面，只怕這張臉皮都要丟盡了。

還好周圍的食客都沒有留意到這邊的動靜，也少有人能夠認出這位縣丞大人，畢竟胡小天剛來沒幾天，在當地的認知度還不算高。他心中暗忖，看來貼出的公示還是起到了一定的作用，老百姓知道自己沒有逼他們強捐，自然就不再把自己當成仇家人人喊打。

胡小天微笑道：「宋掌櫃認得我？」

宋掌櫃笑道：「大人真是貴人多忘事，那天晚上衙門裡為大人接風洗塵，我帶人送菜過去，只是當時沒來得及跟大人行禮。」

胡小天心想還是沒正式見過面，難怪你認識我，我不認識你，不過你沒過來行禮十有八九是礙於許清廉在場的緣故，若是讓他看到你跟我套關係，肯定會心裡不爽。

胡小天點了點頭道：「宋掌櫃，今天我故友前來，有什麼好吃的好喝的儘管上。」他直接摸了五兩銀子遞給宋掌櫃。

宋掌櫃微微一怔，他在青雲開酒樓，說實話已經被這幫官吏給吃怕了，上到縣令下到衙門口看門的門子，幾乎每個人都在這裡白吃白喝過，單單是手裡的欠條就能夠編撰成冊，還沒吃飯就主動掏銀子的還是第一個。其實在看到胡小天之時，他就有了不收錢的思想準備，胡小天真拿錢出來，他反倒有些詫異了，宋掌櫃以為胡小天只是虛張聲勢，他慌忙擺手道：「我怎麼敢收大人的銀子。」

胡小天道：「吃飯給錢，天經地義，拿著！」他把銀子塞到宋掌櫃手中，跟著梁大壯一起向二樓走去。

梁大壯提前訂了雅間，宋掌櫃快步跟上，恭敬道：「大人，這裡請！」梁大壯所訂的只是普通房間，宋掌櫃連忙將他們帶到了鴻雁樓最好的一間房。

房間的裝修雖然和京城的豪華酒樓無法相比，可是房間夠大，而且臨窗，室內掛滿各種各樣的民族裝飾，宋掌櫃殷勤邀請胡小天幾人落座，又將胡小天剛剛給他的五兩銀子放了回去。

胡小天笑道：「宋掌櫃真把我當成吃白飯的了？」

宋掌櫃慌忙搖頭道：「胡大人，小的絕沒有這個意思，只是胡大人能夠光臨，讓小店蓬蓽生輝，這是我的榮幸，一直以來我都想請胡大人過來坐坐，今日得償所願，希望胡大人給我這個機會。」此人很會做人，一番話說得八面玲瓏，讓胡小天聽得很是舒服。

胡小天笑道：「凡事還是分清楚的好，你請我是你請我，今天是我請朋友，總之這錢你收下，下次請我我一定給你面子。」

宋掌櫃這才收了銀子，感覺這位新任縣丞還真是和青雲過去的那幫官吏不一樣。只是不清楚他到底是做做樣子，還是真的如此清廉，日久見人心，這件事還需時間來檢驗。

收了人家的銀子，這頓飯自然做得是格外用心，宋掌櫃親自下廚，將鴻雁樓最具特色的幾道菜一一送上。

胡小天主僕三人在房間內坐了，三杯下肚，梁大壯不解道：「少爺，既然人家誠心請客，您為什麼堅決不受呢？」

胡天雄笑道：「少爺是要當一個清官啊！」

胡小天微笑道：「我爹曾經告訴我，人想要在官場走得長遠，就必須目光放得遠大，千萬不可一葉障目不見泰山，只看重眼前蠅頭小利的人，是沒有未來的。」

胡天雄目光一亮，這位少爺志存高遠，還真是讓人刮目相看呢。

窗外就是青雲東大街，坐在房間內可以看到街道上的情景，胡小天無意中瞥到下方有幾個熟人經過，卻是主簿郭守光，還有一位是縣令許清廉的師爺邢善，這幾人也朝鴻雁樓過來了，要說這鴻雁樓幾乎成了縣衙那幫官吏的自家食堂，每到飯時，前來這裡吃飯的官吏不少，在這裡遇上並不稀奇。胡小天對邢善這個狗頭師爺相當地討厭，當下指給胡天雄看，他低聲道：「你記住這個人。」

胡天雄道：「怎麼？」

胡小天道：「回頭瞅機會幫我狠揍這孫子一頓。」

梁大壯認得邢善，他愕然道：「這不是許清廉的師爺嗎？」

胡小天點了點頭，一臉陰險笑意道：「打的就是他！這孫子狗仗人勢，居然在我面前大放厥詞。」

胡天雄雖然不知詳情，可也能知道肯定是這廝得罪了胡小天，為少爺出氣自然是理所當然的事情，只是這種報復方式未免簡單粗暴了一些，不過既然少爺開口，他當然要有求必應。

梁大壯主動請纓去調查情況，沒多久就看到那邊郭守光和邢善也出門去了，幾人只是過來吃飯並沒有喝酒，出門後彼此揮手道別，也活該邢善倒楣，他若是直接前往衙門，胡小天今天也就沒有了下手的機會。可他選擇的是回家。

對付邢善這種人根本不用太多人出手，雖然梁大壯摩拳擦掌地準備表現一番，可仍然還是被胡天雄拒絕，畢竟這事兒要做得不留痕跡。以梁大壯的身手是不可能做到的。

午後時分一輛馬車從萬府駛出，出了青雲縣南門，向城南煉雲山而去，車內載著的正是萬家三少奶奶樂瑤，除了車夫之外還有兩名家丁隨行，車內則有萬夫人的貼身侍女紫菱陪同伺候。

樂瑤因為昨夜淋浴又受了風寒，一早起來就高燒不退，此時雖然頭昏腦脹，可是想到終於離開了萬家那座牢籠，心情還是頗佳，腦海中不由得想起胡小天陽光燦爛的笑容，原本因高燒潮紅的俏臉越發紅豔，她心中暗忖，不知胡小天還會不會過來找自己，昨晚兩人在被褥中纏綿的情景仍然歷歷在目，樂瑤每念及此便羞澀難當，糾結於道德束縛的同時，內心中也不由產生了一陣暖意，這還是在她以往的歲月中從未有過的事情，她忽然意識到胡小天對於自己的意義已經完全不同。

撩開車簾，看到兩旁已經是鬱鬱蔥蔥的樹木，應該是出了青雲縣城，自從嫁入萬家，樂瑤還從未離開過萬府的範圍，雖然明知自己前往的是濟慈庵，從今以後可能要面對的是青燈古佛的日子，可樂瑤的心中卻變得比過去踏實許多，她甚至不願去回憶萬家父子的醜陋嘴臉。

一旁紫菱冷冷望著樂瑤，她的目光中並沒有多少的善意，在萬家多數人看來，正是這位三少奶奶帶給了萬家新近一連串的噩運。她沒有說話，伸出手去，近乎粗暴地將窗簾拉下。車廂內的光線重歸黑暗，樂瑤咬了咬櫻唇，轉過俏臉劇烈咳嗽了起來。

此時車夫突然勒住馬韁，兩匹駿馬發出一聲嘶鳴，後蹄頓在地上，前蹄高揚而起，地面上的污泥因為牠們的動作四處飛濺。樂瑤和紫菱兩人因為慣性而向前撲去，摔倒在車廂內。

## 第三章

# 三屍腦神丸

胡小天從懷中摸出一個黑色瓷瓶，遞到三名家丁面前：
「這叫三屍腦神丸，吃下去之後每隔半年就會發作一次，
只要發作就會頭痛欲裂，渾身瘙癢，
直到將肌膚抓得血肉模糊，折磨七天七夜方才氣絕身亡。」
三名家丁聽他說得如此恐怖，一個個嚇得魂不附體。

林蔭道上，前方三名黑衣蒙面的騎士端坐在黑色駿馬之上，攔住了馬車前行的道路，正中一人冷冷道：「馬車留下，饒你們不死！」

駕車的馬夫第一時間反應了過來，跳下馬車轉身就逃，他在逃走之前，竟然解開了兩匹拉車的駿馬，躍上其中一匹馬背，調轉馬頭狂奔而去。另外那匹馬也驚恐逃離。

兩名負責沿途護衛的家丁也是急忙調轉馬頭，也準備逃了，紫菱推開車門從車廂內衝了出來，竟然騰空一躍，跳上其中一名家丁的馬背，她的身手頗為利索，一看就知道身懷武功，四人甚至都沒有做出任何的抗爭就已經選擇了逃離，根本不去管這位萬家三少奶奶的死活。

樂瑤花容失色，她推開車門，不顧一切地從馬車上跳了下去，可是落地時卻不慎摔倒。

三名黑衣蒙面人彼此對望了一眼，都流露出一個極其猥瑣地眼神，幾乎在同時哈哈大笑起來。

樂瑤忍著疼痛從泥濘中爬起來，拎著被污泥染髒的長裙，拚命向身後跑去，她並不知道自己身處何處，周圍全都是密林。再看紫菱和那三名家丁，四人騎乘著三匹馬已經越逃越遠，芳心中不由得驚駭萬分，她哀求道：「等等我……等等我……」

那四人根本沒有停留的意思，紫菱坐在馬後，轉身向後方看了一眼，臉上分明露出殘忍的笑意。

樂瑤看到她臉上的笑意，如同墜入冰窟，肝膽俱寒，頃刻間她什麼都明白了，眼前的一切根本就是萬家事先安排的，她怎麼會那麼傻，居然相信萬家會放任自己離去。樂瑤用力咬了咬櫻唇，求生的欲望讓她沒有放棄，不顧一切地向前方逃去。

正中那名黑衣人摘下長弓，彎弓搭箭，目標卻並非是逃跑的樂瑤，而是那輛被棄在原地的馬車，嗖的一箭射了出去，咄的一聲羽箭釘在車廂之上，雕翎顫抖不已。他身邊的兩名黑衣騎士縱馬奔馳而出，向樂瑤逃跑的方向追趕。

樂瑤聽到馬蹄聲越來越近，臉上的表情惶恐到了極點，一隻大手搭在了她的肩頭，將她拖到在地上，樂瑤再次摔倒在泥濘中，惶恐地翻轉身軀，卻發現自己已經處在三名馬匪的包圍圈中。

那名射箭的馬匪雙目充滿淫邪地望著樂瑤，低聲道：「帶走，咱們兄弟今天要好好快活快活。」

樂瑤猛然從頭頂拔下髮簪，髮簪的尖端瞄準了自己的咽喉：「別過來！不然我就死在你們面前！」

三人微微一怔，那名射箭的馬匪呵呵冷笑道：「死了也是個美人兒，一樣快活，老子仍然排在第一個。」

樂瑤一張俏臉已經全無血色，自己的命運何其淒慘，即便是死，也難以保存清白了，她的手顫抖著摸向腰間，握住那塊溫潤的蟠龍玉佩，眼前彷彿看到胡小天陽光燦爛的笑臉，內心中發出了一聲絕望的吶喊，胡公子，今生無緣，來生再見吧！芳心一橫，揚起手中髮簪正欲向咽喉刺落。

卻聽頭頂忽然傳來一個平靜的聲音道：「你要是就這麼死了，豈不是有人會為你傷心？」

樂瑤手上的動作停頓下來，這聲音對她來說非常熟悉，分明是胡小天的護衛慕容飛煙。

三名馬匪同時抬頭向上望去，卻見一道倩影如同天外驚龍一般飛掠而下，雪亮森寒的劍光直奔為首那名馬賊的咽喉而去。

那馬賊驚慌失措，倉促中揚起自己手中的長弓去格擋。劍落弓斷，冰冷的劍鋒直刺他的咽喉，那馬賊以為必死無疑，嚇得慘叫出聲，慕容飛煙卻在此時收回長劍，一腳踹中他的胸膛，將那馬賊從馬上踹了下去。

另外兩名馬賊看到勢頭不妙，一人揮刀向樂瑤砍去，風聲颯然，將樂瑤滿頭秀髮激揚而起，刀刃距離樂瑤粉頸還有一尺處被慕容飛煙架住，她挑起對方手中刀，近身一拳擊中他的右肋，將那名馬賊打得橫飛出去，撞在一側樹幹之上，軟綿綿癱倒在地上。

最後那名馬賊原本拿著刀準備進攻，可是看到慕容飛煙如此神勇，嚇得顧不上進攻，縱馬想要逃離，慕容飛煙冷哼一聲，以驚人的速度飛縱而起，一個鷂子翻身，騰空飛掠到對方頭頂上方，那馬賊抬起頭來，卻見慕容飛煙一探手抓住他的頭頂髮髻，竟然將他整個人從馬背上拎了起來，狠狠擲落在地上，這三名馬賊武功實在是稀疏平常，居然沒有慕容飛煙手下一合之將。

慕容飛煙分別制住三人穴道，將他們扔到了一處，然後用劍尖挑開蒙在他們臉上的黑布。樂瑤驚魂未定地站起身來，當她看清那三名馬賊的容貌之時不由得愕然道：「是你們！」

這三人她認識，全都是萬府的護院。本來她還以為途中當真遇到了馬賊，卻想不到這三名馬賊根本就是萬府家丁所扮，此時她心中已經完全明白，一切都是萬府策劃，他們先哄騙自己說要將她送往濟慈庵禮佛，卻又讓家丁在途中扮成馬賊意圖謀害她的性命，樂瑤一早就知道萬家人卑鄙，卻沒有想到他們狠辣到這種地步，想起自己悲慘的命運，一時間悲從心來，眼前一黑，軟綿綿暈倒在地上。

慕容飛煙並沒有馬上去扶起樂瑤，而是用劍鋒抵住為首那名馬賊的咽喉，冷冷道：「現在你老老實實告訴我到底怎麼回事，如果敢說一句謊話，我要了你們三個的性命。」

這幾名家丁都不是什麼英勇無畏的角色，被慕容飛煙一嚇，老老實實交代了出來，原來他們全都是萬府家丁，這次是萬夫人設下的計謀，讓他們在中途扮成馬賊將樂瑤殺死，慕容飛煙聽完心中也是義憤填膺，這萬夫人也實在狠毒，既然樂瑤都已經離開了萬府，為什麼還要趕盡殺絕？轉身再看昏迷不醒的樂瑤，慕容飛煙心中暗忖，若非胡小天料事如神，只怕這萬夫人的奸計已經得逞，樂瑤已經枉死在這裡。這件事非同小可，還是先稟報胡小天之後再做處理。

胡小天在鴻雁樓悠閒自得的喝酒，等了約莫一刻鐘的功夫，看到胡天雄笑眯眯走了回來。梁大壯迫不及待問道：「胡大哥，情況怎樣？」

胡天雄道：「我狠揍了他一頓，把他扒光衣服倒吊在元和巷的老槐樹上。」

梁大壯讚賞不已，摩拳擦掌，恨不能親自跟過去狠揍邢善一頓。

胡小天道：「對付這種狗頭師爺就是不能客氣，打他就是要給許清廉那老東西一個教訓。」

胡天雄笑道：「少爺要是覺得還不夠解氣，我幫你將許清廉那老東西一併打了。」

胡小天搖了搖頭道：「打人那是糙活兒，那老東西我自己來對付。」

胡天雄暗忖，你既然說打人是糙活兒剛剛還讓我去？這少爺還真是有些摸不透呢。

此時看到慕容飛煙尋了過來，胡小天看到她過來，笑著起身迎了過去：「飛煙，你來得正好，胡大哥你認識吧？一起喝兩杯。」

慕容飛煙自然認得胡天雄，當初前往尚書府抓胡小天的時候，就跟他打過照面，知道胡天雄是戶部尚書胡不為手下的第一侍衛，武功高強。她向胡天雄微微頷首，算是打了個招呼，然後向胡小天道：「胡大人，我有要事向你稟報。」

胡小天知道她所說的事情一定和樂瑤有關，準備起身的時候，胡天雄道：「你們說，我們先出去。」

慕容飛煙道：「不用，我們出去說。」

胡小天明白慕容飛煙並不想當著胡天雄他們說這件事，其實他也不想這件事讓胡天雄知道，於是跟著慕容飛煙一起來到樓下。

慕容飛煙指了指樓下的那輛馬車道：「上車，跟我走！」

胡小天上了馬車，慕容飛煙揚起馬鞭催動馬車向城外駛去。

途中慕容飛煙將剛才發生的事情原原本本地說了一遍，胡小天雖然沒有親眼目睹現場的狀況，可聽得也是心驚肉跳，假如不是自己對萬家早有防備，這嬌滴滴鮮嫩嫩的小寡婦這次肯定要橫遭厄運了。本來覺得萬伯平父子已經足夠可惡，想不到這位萬夫人也是個心如蛇蠍的毒婦。仔細想了想這其中的緣由，想必是萬夫人對丈夫兒子的所為都有覺察，所以一直都想將樂瑤處之而後快，只有將她殺死，才能徹底斷了萬家父子的念想。只是樂瑤何其無辜，這萬夫人也太狠心了一些。

慕容飛煙將樂瑤藏身在樹冠之中，那三名萬府的家丁則被她點了穴道，直接扔在了野草叢中。

帶著胡小天來到剛才發生打鬥的地方，這裡位於青雲南郊的一片樹林，偏離了主幹道，平日裡少有人從這邊經過，因為大雨過後，道路格外泥濘難行。

那三名家丁此刻全都躺在草叢中一動不動，三人都被點了穴道動彈不得，為了確保萬無一失，慕容飛煙還將他們的雙手捆住。

胡小天見到這三人，認出果然是萬府的家丁，一時怒從心生，抬腳照著其中一人的小腹就是狠狠一腳，這一腳踹得那廝蝦米一樣蜷曲起來，痛徹骨髓卻苦於無法發聲，身軀不停顫抖起來。

事情既然已問明白，自然沒有再審的必要，慕容飛煙道：「如何處置他們？」

胡小天望著那三人，冷笑道：「要麼送官，要麼就地滅口。」

三人聽到胡小天這樣說，嚇得一個個面色慘白，拚命搖頭。

胡小天讓慕容飛煙解開其中一人的啞穴，抓住這廝的領口，噌地一聲從靴筒中抽出自己剛剛得來的匕首，森寒的光芒晃得慕容飛煙的美眸一眩，這匕首看來不錯啊。

胡小天用匕首抵住那人的咽喉，那名家丁嚇得聲音都變調了：「大人……饒命……」

「你認識我？」胡小天獰笑道：「看來老子有必要殺人滅口了。」話說他在萬府出來進去這麼多趟，設壇作法，裝神弄鬼，幾乎每個家丁丫鬟都認得他。

那家丁嚇得魂飛魄散，顫聲道：「大人饒命，小的再也不敢了，全都是夫人指使，是她給我們銀子，逼迫我們這麼做的。」

胡小天道：「你們家老爺知不知道？」

那家丁說道：「都是夫人私下做的這件事，自從三少奶奶入門，她對少奶奶就抱有成見，說三少奶奶是個狐媚子，日後一定會禍亂萬家，所以……她一直都想除之而後快……」

胡小天知道這家丁不敢說謊，內心暗忖，如果現在將這幾名家丁扭送官府，興師問罪，勢必要跟萬伯平翻臉，好不容易建立起來的良好關係徹底崩塌，而目前萬伯平對自己還很有用處，還不到翻臉的時候。更何況這件事跟他並無關係，即便是追責，也只能將他的老婆問罪，或許萬伯平巴不得他老婆被抓呢，自己要是抓了他老婆，豈不是等於為他掃平了障礙，這老淫棍以後剛好可以名正言順的禍害良家女子？

胡小天嘿嘿冷笑，匕首卻沒有從那家丁頸前移走的意思。只是這廝的手並不穩健，稍稍抖動了一下，就劃爛了那家丁的皮膚，鮮血頓時沿著那家丁的脖子汩汩流了出來，那家丁嚇得渾身癱軟，眼看就要倒下去了。

胡小天道：「想要我饒你們性命倒也不難，不過以後，你們必須唯我是從，回到萬家，只當一切事情都沒有發生過，萬夫人若是問你們事情辦得怎樣了？你們就說一切順利，三少奶奶已經被你們殺了，你們明不明白？」

三人原本已經絕望，忽然聽到還有生機，一個個雞啄米一般拚命點頭。

慕容飛煙心中暗忖，這幫家丁只怕不能相信，他們現在答應，可一旦回到萬府十有八九就會變卦。

胡小天此時又從懷中摸出一個黑色的瓷瓶，從中倒出三顆黑色的藥丸，依次遞到那三名家丁的面前：「這叫三屍腦神丸，吃下去之後每隔半年就會發作一次，只要發作就會頭痛欲裂，渾身瘙癢，直到將身體的肌膚抓得血肉模糊，折磨七天七夜方才氣絕身亡。」

三名家丁聽他說得如此恐怖，一個個嚇得魂不附體。

胡小天笑瞇瞇道：「我要是這麼就放你們走，你們十有八九都會變卦，所以你們多少要拿出一些誠意給我看。」

那名被解開啞穴的家丁顫聲道：「大人，您放心，就算借我們一千個膽子我們也不敢背叛大人。」

胡小天冷笑道：「口說無憑，你吃了這三屍腦神丸，我便相信你，你們也不用擔心，只要這半年內乖乖聽我話，等到毒發之前，我自會將解藥交給你們，只要你們這輩子乖乖聽我話，我確保你們這輩子都沒事。」

那家丁把心一橫，其實供他們的選擇並不多，要麼現在被人滅口，要麼等半年之後再死，好死不如賴活著，或許半年之後胡小天真能將解藥交給他們。他將嘴巴一張，讓胡小天把三屍腦神丸塞了進去，什麼三屍腦神丸？根本是胡小天的杜撰，他記得笑傲江湖中曾經有那麼一味控制別人的毒藥，所以將這些治療風寒的普通藥丸命名為三屍腦神丸，反正這些家丁也不明白其中的真相。

慕容飛煙卻知道胡小天十有八九是在撒謊，幫著那三名家丁全都將穴道解開，看著他們一個個撚起藥丸主動吃到嘴裡。胡小天讓他們一個個張大嘴巴，確保他們將藥丸全都咽了下去，然後拍了拍手道：「好了，你們走吧，記住，萬家的一舉一動都要及時彙報給我，這半年你們最好每天祈禱燒香保佑我平安無事，我要是出了什麼問題，嘿嘿……」這廝的意思再明朗不過，他要是出了問題，這三名家丁註定要給他陪葬的。

三名家丁徹底被胡小天捏住了脈門，一個個俯首貼耳，臉色也是極其難看，胡小天整治了他們之後，又給了他們十兩銀子，這叫打一巴掌給一個甜棗，讓這幫孫子感受到追隨自己的好處。

為首的那名家丁叫馬橋，他向胡小天交代，夫人安排好了，今日黃昏之時會讓人去衙門報案，只說樂瑤被馬賊給搶走了，因為天狼山的馬賊極其凶悍，經常打劫搶掠，他們犯下的案子大都不了了之成為無頭公案，所以不會懷疑到萬家。

胡小天點了點頭道：「你們回去吧，這件事一定要嚴守秘密，總之你們只要老老實實給我辦事，以後少不了你們的好處。」

三名家丁又掏心拿肝地表達了一番忠心，這才離開。

慕容飛煙雖然對胡小天的處置方法表示贊同，但是也有一些擔心，萬一這些家丁回去倒戈，那事情豈不是麻煩了。在對人心理的把握上胡小天要比她高明得多，微笑道：「你以為我在騙他們？我這藥可是如假包換，你若是不信，給你一顆試試。」

慕容飛煙望著那黑色的藥丸，雖然明知不是什麼毒藥，可仍然不敢嘗試，以她的膽量尚且如此，更何況那幾名家丁，看來胡小天的陰謀詭計應該得逞了。

胡小天至今沒有見到樂瑤，詢問樂瑤的下落，慕容飛煙指了指前方的樹林深處，引著胡小天來到樂瑤藏身的大樹下，騰空躍起，飛掠到樹冠之中，沒多久就抱著沉睡不醒的樂瑤跳了下來。

胡小天看到樂瑤平安無事方才放心下來，再看她美眸緊閉，俏臉通紅，伸手摸了摸她的額頭，觸手處一片火熱，樂瑤昨晚就已經受了風寒，剛才又經歷了一場生死驚魂，病情加重，高熱不醒。

慕容飛煙道：「你打算如何安置她？」

胡小天皺了皺眉頭，如果將樂瑤帶回城內，只怕會招人注目，可是如果將她一個人留在這裡又實在有些不放心。

慕容飛煙看出了他的糾結，輕聲道：「不如這樣，我帶她去前方的岔河鎮先找個地方安置下來，這兩日我暫時陪她，等她病好之後再作打算。」

胡小天點了點頭，目前也只能如此，他為樂瑤檢查了一下身體，確信樂瑤只是因為受涼導致的高燒，當下掏出木炭棒，在紙上寫了幾味中藥，對於中醫胡小天並非所長，只是在大學期間選修過，但是應付普通的風寒發熱還是懂得的，他又教給慕容飛煙物理降溫的方法，慕容飛煙牢牢記下。

臨行之前，胡小天留意到樂瑤左手中仍然牢牢攥著一物，從她手指的縫隙中望去，辨認出她握住的東西正是自己交給她保管的蟠龍玉佩，內心中不由得有些感動，看來這妮子在生死關頭心中仍然惦記著自己。再想她坎坷的命運，呵護之情油然而生。

慕容飛煙道：「我該走了。」她將駕車的馬匹解下一匹交給胡小天。

胡小天點了點頭，接過馬韁正準備離去之時，卻聽樂瑤尖叫了一聲：「不要找我，你不要找我，是你們逼我的……是你們逼我的……」

胡小天和慕容飛煙對望了一眼，卻見樂瑤仍然沒有醒來，螓首不停擺動，像是要擺脫什麼可怕的事情：「爹娘……女兒無法為你們報仇了……」她顯然是陷入高燒之後的譫語，可是在胡小天和慕容飛煙聽來卻是心驚肉跳，樂瑤要報什麼仇？她因何害怕成這個樣子，難道……

兩人此時的心情都變得異常沉重，胡小天揮了揮手，低聲道：「好好看著她，千萬不要讓她出事。」

馬橋果然沒有撒謊，胡小天返回城內不久，就聽說了萬府三少奶奶被天狼山山賊擄走的消息，萬家乃是青雲第一大戶，他們的一舉一動都受到全縣人的關注，幾乎在瞬間，這一消息就傳遍了全縣。

為了這件事，胡小天特地往衙門裡走了一遭，縣衙今日的空氣前所未有的緊張。

胡小天走入縣衙大門正遇到縣尉劉寶舉匆匆而來，因為走得太過匆忙，竟然沒有看到在另外一邊閒庭信步的胡小天。

胡小天笑著招呼道：「劉大哥，什麼急事那麼匆忙？」

劉寶舉聽到聲音方才抬起頭來，心想你小子叫得倒是親切，咱們說穿了也就是一場酒的交情，這就大哥大哥的喊上了。這廝也是個笑裡藏刀的本性，笑瞇瞇道：「原來是胡大人。」

胡小天心中暗罵，怎麼盡是遇到這種給臉不要臉的貨色，我叫你一聲大哥，你不知道尊稱我一聲小弟，叫我大人什麼意思？跟我公事公辦，劃清界限？胡小天對此雖然不滿，但是心中也表示理解，自己和縣令許清廉之間的矛盾漸趨激化。青雲縣的這幫官吏無不面臨著一個站隊問題，許清廉是這裡的老大，選擇他那邊的當然人多。

胡小天不露聲色道：「是不是發生了什麼大事，我感覺今天衙門裡的氣氛格外不同呢。」

劉寶舉道：「許大人召集咱們開會，怎麼？你不是為了這件事過來的？」

胡小天心中暗罵，許清廉你這個老烏龜，一心想把我排斥出權力圈外，發生了這麼大的事情居然都不通知老子，臉上卻堆滿笑容道：「呵呵呵，我也是接到通知過來的。」

劉寶舉當然明白其中的緣故，心中暗笑，臭小子還往自己臉上貼金呢，許清廉一心想要踩你，誰人不知誰人不曉？

兩人一起進了大堂，看到青雲縣大大小小的胥吏幾乎濟濟一堂，縣令許清廉端坐大堂之上，面色凝重，師爺邢善就站在他的身邊，鼻青臉腫，這番模樣只怕連他親生爹娘都認不出來了，成了名符其實的狗頭師爺。

胡小天看到他這番模樣，禁不住呵呵笑了起來，這一笑把所有人的目光都吸引到了他的身上。這貨全然不顧眾人的眼光，指著邢善道：「邢師爺，你臉怎麼了？」

邢善望著胡小天一臉怨毒之色，他今天從鴻雁樓出來回家的路上突然就被人用麻袋蒙上眼睛，劈頭蓋臉痛揍了一頓還不說，最後還扒光他的衣服將他倒吊在老槐樹上，這件事鬧得半個青雲都知道了，邢善有生以來還從未受過這樣的奇恥大辱，他想來想去，自己最近得罪的只有新任縣丞胡小天，肯定是這廝派人暗算自己，所以被人解救之後的第一件事就是來縣衙告狀，求縣令許清廉給自己討還公道。

可邢善來到這裡之後方才知道，縣裡剛剛發生了大事，沒人會關注自己身上發生的小事。胡小天這一問，勾起了邢善的新仇舊恨，他咬牙切齒道：「不知是哪個殺千刀的暗算於我！」

胡小天暗自冷笑，死不悔改的東西，看來胡天雄的這一頓胖揍沒把你打改，好！你給我等著，回頭把你門牙打掉，看你還敢不敢胡說八道。

許清廉臉色很不好看，他沉聲道：「胡大人來得正好，剛剛縣裡發生了一件大事。」

胡小天懶洋洋打了個哈欠道：「大事？還有什麼事情比抗澇護堤的事情更大，許大人說話真是誇張啊。」

許清廉道：「萬員外的三兒媳被天狼山的馬匪劫走了！」

胡小天的表情風波不驚：「原來是丟了個人啊，我聽說天狼山鬧匪患已經很久了，每年被搶的客商不計其數，失蹤死亡的也不在少數，既然丟了，只怕沒那麼容易找回來了。」

許清廉看到這廝一副事不關己高高掛起的樣子，打心裡感到不爽，他歎了口氣，揮了揮手摒退眾人，只是將劉寶舉和胡小天兩人留下，邀請兩人分別落座，又長歎了一口氣道：「你們知不知道，這件事非同小可。萬員外的妹夫乃是爕州太守楊大人，那萬家三兒媳倘若在天狼山被擄，我們還算有個藉口，可她被擄走的地方就在城外不到五里的地方，倘若我們不能及時破了這個案子，楊大人追責下來，只怕咱們三人頭上的烏紗都難以保住。」

許清廉這番話絕非危言聳聽，以萬伯平和爕州太守楊道全的關係，的確能夠做到這一點。

劉寶舉拱手道：「許大人，這件事有些不太對，一直以來天狼山的馬賊都在青雲南部山區活動，少有來到附近滋擾，至於城外十里以內更是從未有過。」

胡小天道：「看來劉大人對這幫馬賊很是熟悉啊。」

劉寶舉感覺這句話怎麼聽怎麼彆扭，好像是在說自己和馬賊有勾結似的，他乾笑道：「我身為本地縣尉，負責調配地方兵馬，多次參予剿匪行動，又怎會不熟？」

許清廉道：「劉大人多次和天狼山馬匪交手，身先士卒，多次受傷。」

胡小天道：「這匪患卻好像越鬧越厲害了，如今都跑到青雲城外搶人，劉大人剿匪的成效不大啊。」

就在昨天他還有聯合劉寶舉之意，可後來發現劉寶舉居然裝醉矇騙自己，對此人的印象頓時大打折扣，今日胡天雄的到來讓他明白一件事，原來自己來青雲的事情未來岳父大人早就知道了，既然有這位封疆大吏在背後撐腰，他還怕個毛，自然要甩開膀子跟這幫不開眼的官吏開幹，激起眾怒又如何？就算你們同仇敵愾，結成統一戰線，老子一樣可以將你們全都打趴。

劉寶舉聽到胡小天明顯地針對自己，可礙於他的官位，也不能當真翻臉，又咳嗽了一聲道：「胡大人對此地的情況並不瞭解，天狼山馬匪實力雄厚，凶悍異常，別說是我們這邊的老弱殘兵，即便是西州派來的虎頭營，不久前也在那裡栽了跟頭，去了二百餘人，最後全軍覆沒。」

許清廉緩緩點頭，他低聲道：「兩位大人，此事非同小可，我們必須儘快解決，劉大人，你發動所有兵卒衙役，在青雲縣內外展開搜索，爭取儘快找到樂瑤的下落。」

劉寶舉點了點頭。

許清廉又轉向胡小天道：「胡大人，你和萬員外交情匪淺，這件事只要萬員外不追究，咱們就不必承受這麼大的壓力，所以萬員外那邊還需你去多多勸慰幾句。」他對胡小天來到青雲之後的所作所為也有所耳聞，所以才會有這樣的分配，不然許清廉也不會對胡小天如此和顏悅色。

胡小天道：「我來青雲才幾天，能跟他有什麼交情？」

許清廉道：「胡大人不要推辭了，這件事若是鬧大，對咱們每一個人都沒有好處。」

胡小天道：「可我還要去護堤呢，還要去修葺青雲橋，許大人以為我有三頭六臂，這麼多事情都交到我的手裡？」

許清廉焉能不明白這廝是在討價還價，他勉強擠出一絲笑容道：「天氣已經放晴，汛情也已緩解，大堤方面，我另派他人前去守護。事有輕重緩急，萬員外那裡還需你親自前往勸說。」

胡小天心想你真是現實啊，現在遇到難題了，擔心萬伯平去燮州府告你們的黑狀，所以才想起了我，當老子就這麼好說話？他點了點頭道：「也罷，我去說說。」

胡小天走後，劉寶舉壓低聲音道：「許大人，這件事好像不對啊，天狼山的馬匪怎麼會跑到青雲城外劫人？我看這件事未必是天狼山那幫人幹的。」

許清廉心情煩亂，他歎了口氣：「誰幹的並不重要，重要的是儘早查出她的下落，剛才萬伯平過來找我要人，說什麼活要見人死要見屍。」

劉寶舉道：「這件事為何不交給他去查？」

許清廉雙目一轉，當然明白劉寶舉口中的他指的是胡小天，他低聲道：「凡事不可操之過急，我若現在就將這件事交給他去查，豈不是所有人都會認為我在針對他？」

劉寶舉心中暗笑，許清廉是典型的又想當婊子又想立牌坊，事到如今你不把這件事壓給胡小天，所有人也知道你處處在針對他，既然想做壞人，為何不做得更加徹底一些呢。

劉寶舉這邊剛走，主簿郭守光陪著鼻青臉腫的師爺邢善走了進來，要說他們兩人如今已經成了不折不扣的難兄難弟，郭守光眼睛上的淤青仍然未能消褪，邢善比他更慘，臉腫的能比過去兩個大，鼓著腮幫子說話都不清楚了。

許清廉看到他們進來就明白，不用問，這兩人肯定是來找自己幫忙討還公道的。

邢善含糊不清道：「大人……要為我做主啊……」

許清廉道：「你可曾認出那打你的人是哪個？」

邢善搖了搖頭，恨恨道：「除了胡小天，還能有哪個？」

許清廉道：「無憑無據，你怎麼就能認定是他做的？」

主簿郭守光一旁幫襯道：「大人，之前你為他接風洗塵，他就趁著四周無人將我推倒在地，可憐我年老體弱又怎麼是他這個年輕人的對手，我這眼睛也被他一腳踢腫了，直到現在仍然隱隱作痛，大人啊……此人實在是囂張跋扈，您一定要為我們主持公道。」邢善也帶著哭腔道：「求大人嚴懲兇手。」

許清廉滿腦子的煩心事兒，聽到他們兩人在這兒比著叫慘，頓時就有些不耐煩了，他歎了口氣道：「就算是他打了你們，無憑無據，你們又找不到人證，如何指證他？現在青雲麻煩事不少，你們別再添亂了好不好？」

邢善苦著臉道：「大人，他表面上是打我們，其實是在掃大人的臉面，大人若是聽之任之，他日後豈不是更要變本加厲？」

郭守光道：「大人決不可助長此人之歪風，必須及時懲戒，不然恐怕他下一步就是要對付大人啊。」心中卻想，你都被胡小天逼得尿褲子了，現在居然唱起了高調，信你才怪。其實通過這段時間的觀察，郭守光發現這位新來的縣丞沒那麼容易對付，許清廉雖然屢出陰招，可到目前為止都沒對他造成什麼實質性的傷害。

許清廉也明白郭守光說得有道理，要說這兩人是自己身邊最忠實的追隨者，自己如果表現得太過淡漠只怕會讓他們心冷，於是分別拍了拍兩人的肩膀道：「再耐心等幾天。」

郭守光和邢善兩人沒有得到想要的結果，有些鬱悶地離開。來到外面，邢善憤憤然道：「真不知道許大人為何要對他諸般顧忌，這種蠻橫無理目中無人的小子，就當嚴加懲戒。」

郭守光道：「大人剛剛說過了，咱們沒有證人，也沒有證據。」

邢善咬牙切齒道：「他敢做初一，我們就能做十五。」狠話衝口而出，可說完之後，他和郭守光兩人卻同時豁然開朗，既然你胡小天可以玩陰的，我們也一樣可以，這兩人都是青雲本地人，說到親戚朋友，要比胡小天這個外來戶多得多。兩人對望一眼，唇角同時浮現出一絲陰險的笑容，雖然都沒說話，可是彼此已經明白對方要做什麼了。

胡小天受了許清廉的委託再次去了萬府，當然他這次過來可不是為了勸萬伯平消氣，以胡小天唯恐天下不亂的性格，火上澆油落井下石的事情他才適合。

萬伯平聽聞官府來人，原本不想去見，可聽說是胡小天來了，這個面子卻不能不給，胡小天不僅僅是青雲縣丞，還是他的恩人，單單是救了他二兒子，大兒媳性命這兩件事就已經讓他欠夠人情。

胡小天雖然來萬府多次，可過去都是為了私事，這次是為公，所以這廝今天穿了官府，乘了軟轎。

萬伯平看到他身穿官服前來，趕緊上前參拜道：「萬某參見胡大人！」

胡小天笑道：「萬員外，咱們可是老熟人了，不必如此客氣。」

萬伯平引著他來到大堂坐下，讓傭人獻上香茗。胡小天香茗在手，不慌不忙地品了口茶。

萬伯平道：「胡大人今日前來，有何指教？」

胡小天向兩邊看了看，萬伯平明白他的意思，揮手摒退眾人，大堂內只剩下他們兩個，頓時顯得空空蕩蕩。

胡小天這才緩緩將茶盞落在茶几之上，輕聲歎了口氣道：「三少奶奶的事情我聽說了，事情既然已經發生，萬員外還是不要太心急了。」

萬伯平苦笑著搖了搖頭，這廝真是站著說話不腰疼，不著急，怎能不心急，他兒媳婦被人給劫走，現在鬧得滿城風雨，只怕是凶多吉少了，就算能活著找回來，以她的美色落在那幫山賊手裡又怎能保全清白，萬伯平不但心疼而且懊悔，早知如此，自己就應該早點下手，如花似玉的小美人兒，自己連碰都沒碰過，到最後卻便宜了那幫山賊。要說這主意還是胡小天給出的，是他建議自己把樂瑤給送出去。倘若沒把她送出萬府，也不會發生這樣的意外，可萬伯平是不敢指責胡小天的，他歎了口氣道：「家門不幸，一件禍事接著一件禍事，萬某真是心力憔悴。」

胡小天道：「塞翁失馬焉知非福？雖然三少奶奶被人擄走，可這萬府應該暫時平靜下來了，我剛剛看她過去居處的位置，黑霧盡褪，想來那冤魂已經追隨她離去了。」

萬伯平聽他這樣說，心中尚且好過了一些。

胡小天又道：「實不相瞞，我這次是受了許大人的委託而來，他想萬員外多些耐心，如今我們縣衙發動了所有的士卒和衙役，在城裡城外到處搜索，只要找到三少奶奶的下落，一定第一時間通報給萬員外。」

萬伯平道：「胡大人勿怪，萬某說句不該說的話，假如把事情全都交給他們去做，只怕今生都找不回我那可憐的兒媳婦。」萬伯平在心底是不相信縣衙的那幫人有什麼能力，之前，他已經安排萬家的家丁去四處搜索，爭取找到一些線索。

胡小天發現萬伯平並非許清廉描述中那樣憤怒，反而表現得非常冷靜，難道樂瑤的事情他也清楚？胡小天的內心中不由得產生了一個巨大的問號。

既然過來，就順便去探望了一下萬廷盛和李香芝，兩人的恢復情況都非常好，胡小天幫忙將李香芝的插管給拔掉。等忙完這些，方才意識到並沒有見到周文舉，問過萬伯平才知道，周文舉一早就出門採藥去了，直到現在都未回來。

萬伯平雖然家中發生了這麼多事，可仍然沒有忘記胡小天委託他的事情，他已經出面聯絡了青雲的大戶和商家，所有人都同意參加胡小天搞的這個什麼慈善義賣，具體的事情都交給了鴻雁樓的老闆宋紹富。依著萬伯平的說法，宋紹富在青雲的人脈更廣，而他家裡發生了這麼多事，只怕是沒有心思再幫胡小天搞什麼慈善義賣了。

胡小天看到他情緒不高，也沒有勉強，安慰他道：「慈善義賣的事情我找宋老闆商量，萬員外辛苦了。」

萬伯平道：「胡大人，那冤魂還會不會回來？」

胡小天從他身上反反覆覆已經敲詐了不少金子，現在樂瑤也已經脫離火海，心中對萬伯平的憎惡多少減輕了幾分，想想這萬伯平最近也是禍事不斷，居然動了些許的惻隱之心，他眯起雙目裝模作樣地朝樂瑤昔日所住的宅子看了看，煞有其事道：「依我看，它應該不會回來了。」

胡小天普普通通的一句話，對萬伯平來說卻是最好的安慰劑，胡小天所表現出的神奇，早已深深將萬伯平折服。

樂瑤的失蹤對萬家而言並沒有那麼重要，萬伯平雖然一開始對青雲官府說了很多強硬的話，可是他在此之後並沒有繼續給予官府過大的壓力。

樂瑤乘坐的馬車在青雲縣城以南十里左右的翠屏谷被發現，馬車墜落到二十多丈深的山間之中，損毀嚴重，在附近找到了樂瑤那天穿著的衣裙，上面沾有大量血跡，官府捕快沿著溪流搜索，以馬車的殘骸為中心，上下擴展至二十里，都沒有發現樂瑤的屍體。

胡小天從萬府回來之後，便抱著置身事外的態度，他對這件事非常的清楚，謀害樂瑤是萬夫人一手策劃，萬伯平在開始的強橫之後，接下來的表現幾乎可用平和來形容，證明他並不想這件事鬧大，胡小天甚至懷疑這件事跟他也有關係。

在青雲縣令許清廉看來，是胡小天的面子起到了一定的作用，根據目前掌握的情況來看，萬家三兒媳應該是遭遇了不測，他們再裝模作樣的搜索兩天，對萬家也算是有了交代，大可就此結案。

胡天雄在目睹少爺遊刃有餘的表現之後，也完全放心下來，他在第二天一早就離開了青雲，臨行之前，胡小天特地委託他給老爹老娘帶去了不少的地方特產。

慕容飛煙自從昨日護送樂瑤離去之後，就一直沒有現身，胡小天並不擔心慕容飛煙，畢竟在他的心目中，慕容飛煙一直都是個女強者的存在，真正讓他擔心的是樂瑤，分離之時，樂瑤高燒不退，還不停說著胡話，卻不知她現在的病情有無好轉？其實胡小天也明白，有慕容飛煙在她的身邊照顧，應該不會有什麼問題。

當晚他約了西川神醫周文舉過來吃飯，所以早早得讓柳闊海前往鴻雁樓去點了幾個菜，又擔心周文舉不認得路，讓梁大壯駕車前往萬府將他接過來。

在家裡等著周文舉過來的時候，鴻雁樓那邊已經先行送菜過來了，居然是鴻雁樓的老闆宋紹福親自帶著夥計過來。

胡小天也沒想到他居然會親自過來送菜，笑瞇瞇起身相迎道：「宋掌櫃怎麼親自來了？」

宋紹福道：「剛巧晚上沒什麼事情，又是給大人送菜，所以我就跟著過來跟大人打聲招呼，順便看看大人住在何處。」這廝言談間透著一股精明。

胡小天笑瞇瞇點了點頭，夥計往桌上擺放菜肴的時候，胡小天邀請宋紹福落座，既然來了，乾脆就邀請他一起喝酒，估摸著宋紹福此來也是這個意思。

宋紹福道：「胡大人，我這次來還有一件事跟大人商量。」

胡小天點了點頭道：「說，在這裡只管暢所欲言。」

宋紹福道：「昨日萬員外過來，委託我組織青雲商界參與大人提議的慈善義賣，不知我記得對不對，好像是這個事情。」

胡小天笑道：「記得不錯，是慈善義賣。」他生怕宋紹福不懂這個詞兒的意思，繼續解釋道：「就是把青雲縣有頭有臉的人組織在一起，然後大家都拿出自己不常用的東西當眾拍賣，價高者得。」

宋紹福道：「這我懂。」

胡小天又道：「拍賣所得的款項全都用於修葺青雲橋，也算是奉獻愛心，造福咱們青雲縣的所有百姓。」

宋紹福此時方才完全明白了，萬伯平跟他說這件事的時候也是含糊不清，其實萬伯平自己都不上心，再經他覆述當然說不清楚，還是胡小天說得明白。宋紹福笑道：「大人愛民如子，真讓小的欽佩不已。」

胡小天裝腔作勢道：「為官一任，造福一方。我來青雲，就是為老百姓做好事的。」

宋紹福又恭維道：「大人來青雲，真是青雲之福，百姓之福。」

這馬屁拍得舒服，胡小天笑瞇瞇極為受用，接過柳闊海遞來的茶，喝了一口道：「宋掌櫃有沒有什麼建議？」

宋紹福道：「大人組織的事情，小的必第一個擁護，我初步有個想法，人我來召集，到時候就在鴻雁樓開二十桌，所有吃喝用度全都由我來承擔，就算是我為青雲出一份力。」

胡小天暗讚這宋紹福懂事，萬伯平將他推薦給自己果然沒錯，人他去召集，場地酒菜全都由他一手包攬下來，那就是說自己什麼事都不要幹了，只需要坐享其成，真是不錯。胡小天欣喜過後頓生招攬之心，這次的慈善義賣就當成對宋紹福的一次檢驗，假如他能夠將這件事辦得圓滿，辦得成功，那麼以後就發展他成為自己在青雲的核心班底。

胡小天這個人最大的優點就是不專制、不獨裁，他擁有比這個世界多數人都先進的意識，他明白一個人就算能力再強也是有限的，只有集合眾人的智慧做起事情才能事半功倍，舉重若輕。君不見中華五千年文明歷史，無論多英明的皇帝最終還是脫不了獨斷專行這四個字，意識使然，絕對的權利意味著絕對的腐化，真正高明的領導者不是自己有多大能耐，而是自己有多大能耐去調動別人的積極性，漢高祖劉邦在這方面算做得不錯的，胡小天不由想到，自己應該比劉邦強多了吧？劉邦就是個鄉間無賴，自己是醫學博士，劉邦在起事之前最大也就做到泗水亭亭長，自己起步就是九品縣丞。照這麼看，自己將來的成就理當比劉邦大啊。

走神了，連宋紹福都看出這廝走神了，還以為胡小天對自己剛才的建議不滿意，於是咳嗽了一聲道：「我再拿出我店裡珍藏的一罈三十年的桂花釀用來義賣。」

胡小天這才反應了過來，他哈哈笑道：「好酒當然要留著自己喝了，宋掌櫃你做得已經夠了。」

宋紹福也跟著笑了起來。

胡小天此時方才意識到周文舉仍然沒到，不由得有些心急了，讓柳闊海去門前看看，柳闊海還沒走到門口呢，就聽到門外響起車馬聲，他笑道：「來了，一定是周先生來了。」

可事與願違，從外面走進來的卻是梁大壯一個，他的身邊並沒有其他人。

胡小天有些詫異道：「怎麼了，周先生人呢？」看到周文舉沒有同來，胡小天不由得感到有些奇怪。

梁大壯道：「我聽萬府的人說，周先生一早就出去了，至今未歸。」

胡小天有些迷惑，難不成周文舉將這件事給忘了？按理說不會啊，周文舉做事嚴謹，不像是如此隨便之人。

主客未到，宋紹福這個意料之外的客人就顯得有些尷尬了，他正考慮是不是應該告辭，胡小天道：「既然這樣，咱們邊吃邊等。」天色已晚，周文舉遲遲未至，這麼多人總不能無休止地等下去。

宋紹福無意中充當了一個替補，當晚幾人喝得也算盡興，這場酒宴進行了快兩個時辰，從宋紹福那裡，胡小天得到了不少有用的消息，他發現宋紹福有意在靠攏自己，其間也不乏試探之意，人和人的交往就是一個相互熟悉相互試探的過程。

胡小天剛剛送走了宋紹福，門外就有人敲門，他以為是周文舉來了，不由得笑道：「這個時候來，黃花菜都涼了。」

梁大壯走過去拉開房門，門外站著的卻是一個青衣小廝，胡小天認得這小廝，是周文舉身邊的藥僮，那藥僮道：「胡大人在嗎？」

梁大壯將他讓了進去，那藥僮來到胡小天面前深深一揖道：「胡大人，我家先生特地讓我來請您。」

胡小天笑道：「不是說好了今晚過來吃飯，周先生去哪裡了？」

那藥僮道：「是這樣，我家先生今天外出診病，遇到了一個危重病人，直到現在還未找出解決之道，所以特地讓我來請胡大人過去幫忙看看。」

胡小天不由得露出苦笑，周文舉倒是蠻會給自己找麻煩的，要說他們兩人之間的交情好像還不到這種地步。你這位西川神醫給人看病，非得讓我摻和進去幹什麼？他正在猶豫是不是拒絕。

那藥僮又道：「胡大人，病人乃是周先生家的親戚，周先生叮囑我一定要請大人過去幫忙。」

梁大壯畢竟跟隨胡小天身邊已有多時，看出胡小天表情的猶豫，馬上道：「今天都這麼晚了，我家大人要休息了，有什麼事情不如等明天再說。」

那藥僮急切道：「人命關天，千萬不能等到明天。」看到胡小天仍然沒有決定，他又道：「救人一命勝造七級浮屠，傷者危在旦夕啊，大人！」

胡小天皺了皺眉，終於點點頭道：「好吧，如果不遠，我就跟你去一趟。」

那藥僮道：「不遠，就在聖人巷。」

胡小天低聲道：「成，我跟你過去看看。」

梁大壯道：「我跟公子過去。」

胡小天點了點頭道：「也好！」

那藥僮挑燈在前方引路，胡小天和梁大壯在後面跟著，因為剛才和宋紹富喝了不少酒，頭腦多少有些暈度，來到外面迎面吹來一陣涼爽的夜風，感覺頭腦頓時清醒了許多。

胡小天對青雲縣的地理情況仍然並不是太熟悉，聖人巷還是第一次聽說，他向那藥僮道：「聖人巷在哪裡？」

藥僮指著不遠處的巷口道：「和您住的地方就隔著兩條街。」

胡小天並沒有想到這聖人巷距離自己所住的三德巷這麼近，走路過去也就是一盞茶的功夫，不由得笑道：「居然這麼近！」

那藥僮笑道：「是啊！」他在巷口處略作停頓，等胡小天跟上他的腳步，方才拐入巷內。

夜深人靜，小巷的居民多半已經睡了，只有一兩戶人家還在亮著燈光。胡小天忽然感覺到這件事有些奇怪，周文舉距離自己這麼近，就算今晚不過來吃飯，也應當讓藥僮過來說一聲，為何要讓自己等到現在？自己盛情相邀，他是不是有些失禮？可以自己瞭解到的周文舉的為人應該不是這樣。想到這裡，心中疑雲頓生，突然停下了腳步。

那藥僮察覺身後沒有腳步聲，趕緊回過頭來。

胡小天道：「周先生就在這裡面？」

那藥僮點了點頭道：「是啊，巷口盡頭那所宅子就是了。」

胡小天並沒有繼續前進的意思，微笑道：「那你叫周先生過來見我。」

藥僮明顯愣了一下，愕然道：「周先生正在忙著給人治病，無法抽身過來，還請大人多走兩步，前面就是。」

胡小天雙目一凜，寒光迸射，冷冷道：「你敢撒謊！信不信本官將你拿下治罪？」

那藥僮被他一嚇，明顯哆嗦了一下，手中的燈籠竟然失手落下，燭火點燃紙糊的燈籠，頓時熊熊燃燒起來。

那藥僮顫聲道：「胡大人……您這是何故？」

胡小天始終留意這藥僮的表情，從他驚慌失措的神情，到剛才被自己呵斥之時突然變色的表現，已經意識到此事必有蹊蹺，他向梁大壯道：「大壯，咱們回去！」

梁大壯不知胡小天為何突然發火，只是他對胡小天向來唯命是從，既然胡小天要走，他自當遵從，當下跟著胡小天轉身就走。

那藥僮看到兩人不願前往，頓時手足無措，慌忙道：「大人別走！」

胡小天非但沒有理會他，反而加快了腳步，藥僮的反常行為讓他感覺到莫大的危險正在逼近自己，忽然感到頭頂似有動靜，慌忙抬頭望去，卻見一張黑色的大網從上方鋪天蓋地落了下來，梁大壯發現這件事的時候比胡小天還要晚一些，兩人只顧著周圍的動靜，卻忽略了來自頭頂的危險，猝不及防被那張大網罩在其中，不等他們掙扎出去，從圍牆上飛掠下兩條身影，手中青鋼劍抵住兩人的身體，其中一人冷冷道：「最好乖乖聽話，不然老子這就在你們身上刺幾個透明窟窿。」

胡小天心中暗暗叫苦，這喝酒果然誤事，這麼低級的騙局自己怎麼就沒有識破，如果剛才自己早一點發現事情不對，也不會落到成為別人階下囚。

那藥僮站在那裡，顯然已經嚇傻了，他顫聲道：「我……我將人帶來了……你們不要傷害我家先生。」

胡小天聽到他的話，真是哭笑不得了，敢情這藥僮是把自己騙到這裡來換周文舉的。一旁梁大壯怒道：「識時務的趕快放了我家大人，不然……」話沒說完已經被人點中了啞穴，他嘴巴一張一張卻發不出任何的聲音。

## 第四章

# 切腹狂魔

胡小天吃驚非同小可，人世間冥冥中自有定數，
想不到這採花賊兜了一圈又被自己遇上，
此人肚子上的傷口是被慕容飛煙一劍給戳出來的。
要說當時怎麼沒把這貨給戳死，弄死了豈不就一了百了了，
也省得帶來這麼多的麻煩。

點中周文舉穴道的是一個中年文士，他身穿葛黃色長袍，束了一個道士般的髮髻，長眉細目，表情陰鷙，聲音低沉道：「若是想活命，就老老實實跟我們來。」識時務者為俊傑，如今落在敵人手中，掙扎反抗只能自己吃虧，胡小天點了點頭，笑瞇瞇道：「這位大哥，我好像不認識你們噯，是不是找錯人了？」

那中年文士道：「沒錯！找的就是你！」他和另外那名漢子一起將胡小天和梁大壯兩人拉了起來，推著他們來到前方不遠的一座宅子前，剛剛來到大門處，房門便開了，裡面一個矮矮胖胖的男子迎上來道：「三哥，得手了？」

中年文士讓他們先將人帶進去，自己留在後面向外看了看，確信無人跟蹤，這才關上大門，將房門從裡面叉好。

胡小天來青雲的時間雖然不長，可是得罪的人已經不少，在心中默默盤算著究竟是哪個仇家想要對付自己，剛剛梁大壯已經報出了自己的身分，這幾人根本不為所動，看來他們都不是怕事之人。事情還真是有些麻煩，過去有慕容飛煙在身邊保護，從未擔心過安全方面的問題，可慕容飛煙此時正在照顧樂瑤，根本不在青雲縣城。梁大壯的戰鬥力甚至還比不上自己，目前這種處境下，只能依靠自己想辦法脫困了。

穿過前院，走過二道門來到內宅，看到東邊的廂房內燈火通明，此時從裡面出來了一個人，胡小天看得真切，正是西川神醫周文舉。

周文舉看到胡小天顯得頗為詫異，他愕然道：「胡大人……您怎麼來了？」隨後他又留意到站在胡小天身旁的藥僮，頓時明白了這一切，他怒道：「周興，你這畜生，竟然敢陷害胡大人！」他衝上去揮掌就要去打那藥僮，卻被矮胖男子一把抓住了手腕，用力一推將他推倒在了地上。

藥僮周興大哭道：「先生……那人已經沒救了……他們威脅說要你償命，我……我這才想起了胡大人……你不要打我先生……」他衝上去似乎要和那矮胖之人拚命，卻被那矮胖男子一腳踹在小腹上，登時摔倒在地。不等藥僮爬起來，那矮胖男子鏘的一聲抽出佩刀，架在藥僮的頸上，兇神惡煞般低吼道：「今日若救不回我家少爺，便讓你們幾人全部償命。」

胡小天感覺這廝有些沒頭沒腦，你家少爺幹我什麼事？要說剛才胡小天還真有些害怕，擔心有人想要報復自己，把他們弄到這裡，不問青紅皂白直接就給咔嚓了，那他該有多冤。可來到這裡之後，見到周文舉，再聽到藥僮和矮胖子的那番話，胡小天心裡就猜了個差不多，肯定是周文舉被人劫來治病，這病人應該病得很嚴重，周文舉也束手無策，於是乎這幫人才找上了自己。

聽周文舉和藥僮周興的對話，看來周文舉是沒有把自己供出來的，是周興自作主張把他給出賣了。

那矮胖子惡狠狠盯住胡小天道：「還不趕快去給我家少爺看病，再敢拖延，老子一刀剁了他。」

胡小天忽然哈哈笑了起來。

幾個人顯然誰都沒想到他會在這種時候發笑，一個個全都被他給笑愣了，心想這貨莫不是腦子不正常？只要是正常人，在這種狀況下都笑不出來。

矮胖子揉了揉鼻子道：「笑？笑你大爺，信不信惹火了老子，一刀剁了你？」

胡小天搖了搖頭道：「不信！有種你一刀剁了我，我要是死了，你家那什麼少爺也得陪葬，等於是你一刀把你家少爺給剁了，來啊！我等著你。」

「呃……」矮胖子被胡小天這一軍給將住了。

「呃你媽個頭啊！」胡小天居然指著矮胖子的鼻子走了過去，周文舉、梁大壯無不為他捏了把汗，誰都不敢想像胡小天居然在這種情況下還敢罵人。

胡小天的臉上卻絲毫不見任何的畏懼：「你這個矮冬瓜，居然威脅我，有種你就剁啊，你家裡人沒教你要懂禮貌？」他可不是逞匹夫之勇，而心中有數，這幫人既然想方設法把自己給劫過來救人，就不會輕易對自己下手，他是借此來試探對方的底線，看看他們是不是投鼠忌器。

矮胖子被胡小天給罵懵了，這會兒才反應過來，揚起佩刀道：「老子剁了你……」還沒等他衝上去，他的兩名同伴已經將他給攔住了，中年文士喝道：「老五，你冷靜點。」他使了個眼色，另外一人將那矮胖子拉到一邊。兩人低聲耳語了

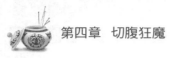

幾句，將藥僮和梁大壯押到了西邊的房間看管，這兩人同時也是他們的人質，以此來脅迫胡小天乖乖聽話。

胡小天看在眼裡，心中暗暗明白，那位受傷的少爺對這幾人非常重要，他們劫持自己前來的真正目的就是為了救人，也就是說至少自己目前仍然掌握著一部分的主動權。

中年文士來到胡小天面前，此時已經完全換了一副面孔，他微笑拱手道：「胡大人，今日我們這樣做實在是不得已而為之，還請胡大人恕我等冒犯之罪。」從他的話語中就能夠推測到他對胡小天的身分已經瞭解清楚。可越是如此事態越是嚴重，明明知道胡小天是朝廷命官，他們仍然敢綁架，足以證明這幫人絕非善類。

胡小天道：「不是冒犯那麼簡單吧，綁架朝廷命官，威脅恐嚇，禁錮自由，這幾樣罪名合在一起只怕是要殺頭的。」

中年文士笑道：「大人不必出言恐嚇，我等身上所背負的罪名早已都是死罪，就算再多幾樣罪名也沒什麼妨礙，對我們來說，多活一天便是賺上一天，即便是不巧今晚要死，我們也沒什麼遺憾。」

胡小天一聽不由得有些頭疼，搞了半天全都是些亡命之徒，這就麻煩了，人家不怕死啊！豈不是意味著今天自己脫身很難。胡小天道：「你們找我想幹什麼？」

中年文士道：「我家少爺受了重傷，聽聞胡大人醫術超群，妙手無雙，先後救了萬家二公子，萬家大少奶奶，故而請胡大人前來為我家公子療傷。」

胡小天心中暗歎，人怕出名豬怕壯，雖然是救人，可傳出去也不是什麼好事，現在麻煩就找上門來了。他歎了口氣道：「救人本來是好事，你們如果依照禮節誠懇請我，我當然不會拒絕，可你們卻偏偏用這樣下三濫的手法欺騙我來到此地，所以……」

中年文士道：「若是大人知道我們的真正身分，又豈肯幫忙救人？」

他這倒沒說錯，如果胡小天知道是讓他幫忙救劫匪，根本不會搭理他們，一準兒讓他們自生自滅。

胡小天道：「周先生是西川第一神醫，他都治不好的病，我也未必有什麼辦法。」

周文舉聽到胡小天提起自己，不由得一臉慚愧，來到青雲之後他便接連受挫，先是救治萬府大少奶奶的事情上束手無策，現在雖然是被這幫歹徒劫持到此，可面對傷患也是沒什麼辦法，倘若他有能力治好那傷者，這幫歹徒也不會找上胡小天。

中年文士呵呵笑了一聲，笑過之後，目光中閃過一絲陰森的寒意：「若是我家公子死了，你們所有人全都要一起陪葬。」

胡小天知道今晚遇到了大麻煩，他點了點頭道：「請人看病的我見多了，逼人看病的我確是第一次見到。也好，先讓我看看傷者再說。」來到周文舉身邊朝他使了個眼色道：「周先生，那病人的情況怎樣？」

周文舉照實道：「情況不太好，大人看看就知道了。」

胡小天走入房內，借著燈火的光芒看到床上躺著一名男子，那男子臉色蒼白，雙目緊閉，嘴唇的顏色也是極其蒼白，典型的貧血貌，一看就知道陷入昏迷之中，覆蓋在他身上的白色被單已經被流出的鮮血染紅。

周文舉緩緩揭開被單，那男子上半身赤裸，中腹之上有一道觸目驚心的傷口，胡小天第一眼就判斷出是利刃所傷，低頭再看，那男子下半身仍然穿著黑色褲子，應該是夜行裝扮。內心中忽然一驚，再次將目光投向這男子的面孔，腦海中頓時浮現出那張在黑夜中被閃電映照得清晰雪亮的面孔，眼前的傷者分明就是那個夜探萬府，意圖掠走樂瑤的採花賊。

胡小天吃驚非同小可，人世間冥冥中自有定數，想不到這採花賊逃走後兜了一圈又被自己遇上，胡小天根本不用問病史，他知道啊，此人肚子上的這個傷口是被慕容飛煙一劍給戳出來的。要說當時怎麼沒把這貨給戳死，弄死了豈不就一了百了了，也省得帶來這麼多的麻煩，所以很多時候就是不能留下後患，斬草需除根的確是有道理的。

胡小天後悔歸後悔，可眼前的危機必須先挺過去再說。

周文舉道：「他傷口太深，我只是幫他暫時止住了血，至於其他，我沒什麼辦法。」他的表情顯得有些尷尬，其實不是周文舉的醫術不行，而是他對於這種腹部急性外傷沒什麼治療經驗，他有限的外科知識也就是限於包紮一下外傷，復位一下骨折啥的，這種外傷對他來說難度有些太大了，而且涉及到內部臟器損傷，對於周文舉這個根本沒有任何人體解剖學知識的古代郎中來說，實在是無從下手。

胡小天先為這採花賊做了個初步的身體檢查，確信這廝仍然活著，不得不佩服他頑強的生命力，慕容飛煙一劍戳進了他肚子裡，傷口很深，失血不少。可從昨晚拖到現在，仍然沒有氣絕身亡，貧血相當厲害，居然還能苟延殘喘。胡小天現在反倒不希望他死了，按照剛才那個中年文士所說，若是這廝死了，他們所有人都得陪葬，這幫人全都是亡命之徒，他們說得出就應該做得到。這採花賊死有餘辜，但是他們的性命卻非常金貴，陪這廝死實在是划不來。

那中年文士顯得頗為緊張，關切道：「怎樣？」

胡小天道：「凶多吉少啊！」

他的話說完，周文舉和中年文士同時吸了口冷氣，周文舉之所以吸氣是因為如果胡小天說沒有辦法，那麼這傷者必死無疑了，反正自己是沒能力救活此人，如果傷者死了，他們全都要陪葬。自己死了倒沒什麼，只是這藥僮將胡小天這個無辜之人牽累了進來，讓他縱然死了也無法心安。

中年文士吸氣的原因卻是因為關心，他冷冷道：「你最好不要忘記我剛才的話，我向來言出必行。」

胡小天道：「凶多吉少又不是必死無疑，還是有些機會的。」

周文舉暗自鬆了口氣，胡小天一驚一乍的真能嚇死人，若是能夠救活此人當然最好不過。

胡小天道：「傷口在他的肚子裡面，所以必須要切開他的肚子來找。」他所說的是外科診治急腹症最常見的剖腹探查，目前這種情況下也只能採用這種方法。

那中年文士望著胡小天將信將疑，切開肚子，那人還能活命嗎？這廝不是在故意耍詐吧？可現在他也沒什麼太好的辦法，有道是病急亂投醫，連西川神醫周文舉都搞不定的事情，所有的希望只能寄託在這位青雲縣丞身上了。

換成過去，周文舉肯定要懷疑胡小天的治療方案，可是在瞭解胡小天之後，就會發現在他那裡，敲腦袋，割脖子，切肚子全都是精妙高深的治療手法，別人這樣做行不通，胡小天卻一定行得通，不知不覺中周文舉已經對胡小天建立起了相當的信任。

胡小天看出了中年文士的疑慮，淡然道：「你放心吧，我不會拿自己性命冒險的。」雖然胡小天的手術方案沒錯，但是他對手術過程中可能出現的情況也沒有任何的把握，具體的情況還要在剖腹之後才能知道。

胡小天道：「用來剖腹的器械全都在我家裡，你把梁大壯放回去，讓他去拿我的器械箱。」

中年文士望著胡小天的目光中充滿疑慮，懷疑胡小天會趁機耍詐。

胡小天道：「別用這種懷疑的眼光看著我，恕我直言，你現在別無選擇，我也一樣，你既然選我就得相信我，我要是治不好他的病，我們就得給他陪葬，我都不怕，你怕什麼？」

中年文士呵呵冷笑道：「好，胡大人果然夠膽色，我讓人陪他回去拿。」

胡小天道：「還有一些東西需要你們去準備，給我一張紙，我列單子，你們儘快去找，找不到的儘快去買，買不到的大可去偷，實在偷不到就只能搶了。」胡小天已經知道了他們的強盜身分，所以才會這麼說。

那中年文士並沒有介意胡小天的冷嘲熱諷，他讓其中一名同伴陪著梁大壯一起回去取回胡小天需要的手術器械，臨行之前胡小天特地交代道：「大壯，把我房間櫃子裡的那一大包草藥拿來，等著救命的，千萬不要弄灑了。」

梁大壯心中微微一動，頓時明白胡小天的意思。

趁著這會兒功夫胡小天則開出名單，讓他們生火煮水，準備消毒，雖然設施和條件簡陋，術前準備同樣要認真完成。

所有人都忙活起來的時候，周文舉總算有了和胡小天單獨說話的機會，他歉然道：「胡大人，實在是對不起，是我連累您了。」其實胡小天的事情並非是他捅出來的，而是那幫歹徒看到他對傷者沒什麼辦法，所以威脅要殺死他，他的藥僮周興這才想到了胡小天，為了救周文舉，說他知道有人能夠救活這名傷者，這才有了前往胡小天的住處將他騙到這裡，以至於現在身陷囹圄。

胡小天對此表現得頗為豁達，他笑道：「有什麼好對不起的？既來之則安之，咱們還是先救人再說。」看到那中年文士出了門，他壓低聲音道：「周先生怎麼到這裡來的？」

周文舉歎了口氣：「我也不清楚，本來我沿著通濟河去上游的山谷中採藥，準備早點回來去大人府上赴宴，卻想不到中途被他們給劫來，讓我給此人治傷。」說到這裡周文舉又搖了搖頭道：「說來慚愧，我對他的傷情真的無能為力。」

周文舉行醫數十年，經他手治好的疑難重症無數，所以才博得了西川第一神醫的名頭，可來到青雲之後，卻屢遇難題。見到胡小天之後，他方才見識到真正治療外傷的高手，只是還未來得及向胡小天請教，兩人卻都成為別人的階下囚，歸根結底還是自己連累了人家，想到這裡周文舉不禁內疚不已。

胡小天道：「周先生不是一直想跟我探討醫學上的問題嗎？今天剛好是個機會。」

周文舉癡迷於醫學，聽胡小天這樣說，居然暫時忘記了自己所處的困境，驚喜道：「真的？」

胡小天道：「周先生還記得我之前跟你說過我治病的方法叫做什麼嗎？」

周文舉道：「手術！」

他對此記得可是一清二楚，胡小天那天救治萬家大少奶奶的神奇一幕至今在他腦海中迴盪，讓他震撼不已，驚喜不已，可以說胡小天開啟了他對醫學的全新認識，讓他突然見識到醫學領域的另外一個世界。

胡小天道：「我師門把醫學通常分成內、外、婦、兒幾大門類，當然還有細分，這各大門類都有所側重，又相互聯繫，要說分別，內科和外科的分別最為明顯一些，在我看來，先生所學的乃是側重內科的學問，而我所側重的是外科。內科是周先生所長，我就暫且不說了，我側重談談外科，外科常見的疾病分為五大類：創傷、感染、腫瘤、畸形和功能障礙。兩者最大的分別是內科一般用藥物治療，而外科用手術治療。說簡單點：一個是開藥的，一個是開刀的。」胡小天儘量將現代醫學做出一個最簡單的歸納，讓周文舉容易理解。

周文舉緩緩點了點頭，若有所思道：「周某學醫這麼多年，還是第一次聽到手術這個詞兒，也是第一次見到手術的過程。」

胡小天道：「術業有專攻，聞道有先後，周先生不懂外科，並不代表周先生的醫術不如我，而是你從未接觸過這樣的門類，我在內科上的學問就淺薄得很，對於草藥之類的研究簡直可以用淺薄來形容。」胡小天只是自謙，他害怕周文舉這位西川神醫的面子上過不去。

周文舉道：「胡大人何必謙虛，遇到真正的急症，我真沒有什麼辦法。」

胡小天道：「周先生思維縝密，知識淵博，細緻入微是我不能比的。」

周文舉道：「胡大人雷厲風行，膽大心細，果斷乾脆，遇事冷靜，有條不紊。」兩人看似相互吹捧，可在事實上說的全都是肺腑之言。

兩人說完不約而同的笑了起來，他們也意識到有相互吹捧之嫌。正是這種惺惺相惜和學術上的探討，讓他們暫時忘記了身處險境，心情放鬆了許多。

此時那床上的採花賊發出痛苦的呻吟聲，他的頭動了動，似乎有醒來的趨勢。胡小天卻不希望他現在醒來，只等術前準備完畢，就可以對他進行剖腹探查了，假如採花賊現在甦醒過來，勢必影響到手術進程，他未必能夠表現得那麼配合。

其實手術中的麻醉問題一直都在困擾胡小天，他始終都沒有找到可行的麻醉藥物，在幾次的手術過程中，要麼趁著病人昏迷進行，要麼慕容飛煙幫忙點穴，但是點穴的方法雖然可以讓病人保持肢體不動，但是他們的痛苦卻未曾減少一分，可以說很多病人都是依靠自身頑強的意志力撐過來的。

當然對眼前的採花賊，胡小天可沒多少憐憫之心，疼死活該，可真要是把這貨給折騰死了，他們幾個也得陪葬，那可就划不來了。胡小天道：「周先生，你有沒有辦法讓他睡過去，或者有方法讓他的患處不再疼痛，也好方便我進行手術。」

周文舉道：「這不難！」他打開一旁的針盒，裡面放著數十根金針，利用金針刺穴的方法減輕採花賊的痛感，並讓他重新陷入昏睡，周文舉解釋道：「我這些金針之上塗有麻沸散，利用金針刺穴的方法可以將藥物儘快導入到他的經脈之中，這樣的方法可以讓病人暫時忘記痛楚。」

胡小天連連稱妙，過去易元堂的掌櫃李逸風曾經送給他一些止痛藥，可那些止痛藥的作用並不算太有效。不過周文舉的麻醉效果也等待驗證，希望能夠找到一個行之有效的麻醉方案，倘若能夠解決這個問題，以後再開展手術勢必容易得多。

梁大壯很快就將胡小天的手術器械箱取了回來，胡小天不緊不慢地進行著消毒步驟。

那中年文士退到院落之中，那名矮胖男子走了過來，有些焦躁道：「大哥，你當真相信他們？」

中年文士歎了口氣道：「不信他們又能怎樣？你知道的，如果少當家出了什麼差錯，你以為大當家會饒了咱們幾個……」話沒說完，矮胖子的臉色已經變了，他緩緩點了點頭道：「而今之計，只能冒險賭上一賭了，死馬當成活馬醫！」

中年文士瞪了他一眼，顯然責怪這廝用詞不當。

此時胡小天從裡面走了出來，兩人看到他出來馬上停住說話，那矮胖子馬上拿捏出一臉凶狠的表情對這胡小天，中年文士卻表現得非常禮貌，客客氣氣道：「胡大人有何吩咐？」至少在目前，他們還需要胡小天幫忙救人。

胡小天道：「你家少爺失血過多，需要補血。」

「如何補血？」

胡小天道：「找到合適的血源輸入到他的體內，所以咱們所有人都得進行一次配血實驗，看看和病人的血型是不是匹配。」

這幫人從未聽說過什麼輸血和配血，一個個如同聽到了天方夜譚，可少爺失血過多他們是看到的，胡小天所說的應該很有道理，幾個人只能依照胡小天的吩咐，一起過來配血。

甚至包括梁大壯、周興，沒有一個能夠倖免。胡小天的配血方法很簡單，就是按照古代的滴血認親之說來進行，取一碗清水，將患者和他們這幾人的鮮血分別滴入其中，互相融合的就是合適的輸血者。

可說來奇怪，多數人的鮮血滴入碗內都和那傷者的鮮血並不相融，各自成團。唯有那矮胖子的鮮血滴入碗中，迅速和傷者的鮮血融合成為一體。

胡小天指了指矮胖子道：「你過來一下。」

矮胖子眨了眨眼睛，確信他指的是自己，愕然道：「我？」

胡小天道：「你去找個乾淨的水盆，用開水煮沸消毒，然後放一盆血出來。」

矮胖子聞言吃了一驚：「放血？」

胡小天道：「就是你啊，你家少爺失血過多，需要補血，你對他忠心耿耿，不會連這點血都捨不得吧？」說這番話的時候，他強忍著笑，讓你跟我耍橫，老子現在就讓你知道跟我作對是沒有好下場的。

那矮胖子怒道：「為什麼是我？要放也是放你們的血。」望著一旁的水盆，任誰放出這一盆血都要死了，這小子根本就是變著法子地坑我，想把老子往死裡整的節奏。

胡小天心頭暗笑，這其中當然有玄機，滴血的過程沒問題，血液沒問題，而是碗內的水有問題，在過去胡小天只要用藥物就能達到這樣的效果，可是來到這裡，他在這方面就得向周文舉進行討教。周文舉對各種草藥的藥性極其熟悉，略施小計就能決定鮮血是否融合在一起，胡小天就是要坑這矮胖子。他歎了口氣道：「你剛剛也看到了，我們所有人的鮮血都和你們少爺的不相融，只有你的鮮血和他能夠融合在一起。如果我們勉強將鮮血輸給他，他體內的血液會馬上凝結成塊，人的血管被血塊阻塞就會停止流動，血液停止流動，心跳自然也就停止，他必死無疑，只有你的鮮血輸給他，才不會發生凝結現象，你們少東家才會平安無事。」

矮胖子將信將疑，那中年文士剛剛也參加了配血，不過他的鮮血和少當家並不相融，這也是胡小天事先安排好的，假如造成他們每個人的鮮血和採花賊相容的假像，勢必會引起懷疑。所以要採取逐個擊破的辦法，將打擊目標先瞄準其中一個。

中年文士望著那水盆道：「胡大人，只怕一個人體內所有的鮮血放出來也裝不滿這一盆，總不能救一人殺一人吧？」他雖然不明白這其中的道理，可親眼見證只有那矮胖子的鮮血和少東家相融，這應該不會有錯。

矮胖子望著那大盆，額頭冒汗，怎麼就那麼倒楣呢？憑啥老子的血要跟他相容？讓我放這麼多血，門兒都沒有。

胡小天道：「傷者可有父母兄弟？」

中年文士點了點頭，隨後又道：「只可惜他們全都不在此處。」停頓了一下又補充道：「一時三刻也趕不過來。」

胡小天歎了口氣，目光盯住那矮胖子道：「這位兄台，形勢危急，人命關天，只能辛苦你了。」

矮胖子咬牙切齒道：「臭小子，你是變著法子地想害我。」

「此話怎講？我一心救人，實話實說，你若是捨不得放自己的鮮血出來救你們少東家，明說就是，何必遷怒於我？」

矮胖子的手再度握住刀柄：「我殺了你這妖言惑眾的混帳……」不等他拔出刀來，中年文士已經將他攔住，怒道：「老五，你冷靜一些。」

矮胖子怒目圓睜，恨不能一口將胡小天吃了。

胡小天道：「我還以為你們當真想救人，現在看來也不過是虛張聲勢罷了，得！你們既然不願幫忙，我只能冒險救人了，不過我有言在先，他若是因為失血過多死了，你也有責任。」

一句話擊中了矮胖子的要害，現在這種局面，真要是少東家死了，他就是首當其衝的大罪人，最終也難逃一死，這廝思來想去，把心一橫：「放就放，大不了就是一死，我對少東家一片忠心，蒼天可見。」

胡小天心中暗樂，怕的就是你不忠，忠心最好，往往死的都是你這樣的。

矮胖子一副慷慨就義的模樣，鏘的一聲抽出佩刀，把胡小天嚇了一跳，以為這廝又變卦，狗急跳牆想要謀殺自己。

卻聽那矮胖子道：「我自己來！」

胡小天道：「你自己放出來的都是廢血，未必能用，必須由我親自來放。」他雖然設計陰這矮胖子，可也沒想過當場把他弄死，不是不忍心，而是現在就把矮胖子弄死，十有八九會被他的同伴報復。

陪著矮胖子來到房間內，別看矮胖子剛才兇神惡煞，到了這種時候不禁嚇得臉上失了血色，胡小天先幫他在手腕上消毒，他是存心作亂，就算那採花賊需要輸血，現在也沒有那種條件，他是故意找機會給矮胖子放點血，給這廝留下一個深刻的教訓，順便瓦解他的戰鬥力。

矮胖子看到胡小天拿起手術刀，顫聲道：「疼嗎？」

胡小天嘴角一歪，露出一絲笑意，這笑容在矮胖子看來顯得格外猙獰。

「慢著！」胡小天還沒下刀，他慌忙叫停。

胡小天道：「怎麼？後悔了？害怕了？」

矮胖子強打勇氣硬撐道：「腦袋掉了不過碗大一個疤，我什麼時候怕過，只是……」他轉向身後中年文士道：「大哥，我家裡還有七十老娘，還有兩個未成年的孩子，若是我出了什麼三長兩短，您可要幫我照顧他們。」說話的時候不禁聲音顫抖起來。這矮胖子在他們這幫人中素來以膽大著稱，可真要被活生生放血，也不禁膽戰心驚。

中年文士顯得有些不忍心，歎了口氣道：「老五，你放心吧！」他又向胡小天道：「他不會有事情吧？」

胡小天道：「刀槍無眼，這可不好說。」

矮胖子經他一嚇更是面無人色，偏偏胡小天還要問他：「對了，你叫什麼？」

矮胖子怒道：「幹你屁事？」

胡小天道：「我這刀下從不死無名之鬼，你好歹報個名字，萬一我失手了，以後每逢初一十五我也給你上上香啥的。」

矮胖子被他嚇得七魂不見了六魄，恨不能轉身逃走，可他又心存顧忌不敢逃，顫聲道：「胡金牛。」

「原來是本家啊！別怕，我會照顧你的，不疼！」胡小天拿起了手術刀，要說過去救治割脈自殺的病人倒也不在少數，自己拿起手術刀幫人切脈還是第一次。

胡小天讓胡金牛攥緊拳頭，手術刀在他的脈門之上閃電般劃過，切開他手腕內側的皮膚，尋找到靜脈的位置，一刀切了下去，鮮血瞬間便汩汩流了出來。矮胖子扭過頭去，右手蒙住了自己的眼睛，饒是如此，仍然爆發出一聲淒慘的哀嚎。

胡小天讓胡金牛把流血的手腕伸入銅盆裡面，望著殷紅色的鮮血不停流出，那中年文士也不由得暗自心驚，真要是將一盆流滿了，自己這拜把兄弟十有八九性命不保。

此時周文舉端著滿滿一銅盆的溫水過來，胡金牛又嚇了一跳，難不成一盆不夠還要放兩盆，真要如此，今天自己就要死在這裡了。

胡小天道：「這溫水是給你泡手用的，不然等會兒血管就會收縮，鮮血就流不出來了。」

胡金牛看到銅盆中的鮮血越來越多，顫聲道：「本家……我說還得要多少？」

他這會兒知道害怕了，居然主動和胡小天套起了關係。

胡小天道：「別急啊，一般來說人體血液的重量占體重的百分之八，你體重有二百斤吧？」

胡金牛搖了搖頭：「一百八！」

「我算算啊，那就是說你體內有十四斤鮮血。按照我的經驗來說，失血三分之二才會死亡，也就是說你只有流出將近九斤血才會死，這才流出來半斤不到，放心吧，一時半會兒死不了。」

周文舉雖然知道胡小天在戲弄胡金牛，可對他淵博的醫學知識仍然佩服不已，想不到他年紀輕輕就懂得那麼多，連人體內有多少鮮血都算得出來，他又怎麼知道胡小天是學西醫的，在人體解剖學和生理學方面有著極其扎實的基礎。

正常人抽血一次往往不超過四百毫升，胡小天卻足足放了胡金牛接近兩斤血，估計有一千毫升左右。這才為他止血縫合，此時的胡金牛臉色蒼白，兩條腿都軟了，胡小天為他縫合傷口的時候，胡金牛有種死裡逃生的感覺，望著胡小天的雙眼中已經沒有了剛才的暴戾和仇恨，一個人一旦把對方當成能夠操縱自己生死的人，便無論如何都威風不起來了。

胡小天望著那盆中的鮮血道：「雖然不夠，可也只能將就了。」

胡金牛包紮完畢，在中年文士的攙扶下踉踉蹌蹌走了出去，甚至連一刻都不想在這裡多留。

此時術前的準備工作已經進行得差不多了，周文舉這位麻醉師也已經利用金針刺穴將麻沸散注入傷者的體內、

萬事俱備只欠東風，接下來只等著胡小天這位主刀大夫大顯身手。

胡小天望著那沉睡不醒的採花賊，不由得露出一絲冷笑，淫賊！落在老子手裡，算你倒了八輩子楣。

心中雖然這麼想，可真正開始手術救人的時候，胡小天卻要拿出自己最好的醫術和狀態。習慣使然，醫德使然，面對一個患者的時候，你無法用善惡去評判他，正如你無權在手術台上宣判他的死刑。

採花賊的身體狀況還算不錯，並沒有出現因貧血導致的休克，又或者水電解質平衡失調，也沒有嚴重的感染症狀，這是讓胡小天百思而不得其解的問題，來到這一時代，發現生活在這裡的人普遍擁有著強大的生命力，即便是嚴重的創傷也很少受到感染的困擾。胡小天不由得聯想起現代社會中形形色色的感染，也許和臨床上過度濫用的抗生素有著直接的關係，道高一尺魔高一丈，有些事物本身就是相生相剋。

因為條件所限，胡小天不得不省略了術前胃腸減壓和灌腸的步驟，剛剛通過中年文士詢問過病史，這採花賊從昨晚到現在都粒米未進，水也沒喝過一口，應該不會有太大的問題。

利用銅鏡的折射原理確保手術區的照明。

手術病人採取仰臥位，按照常規為患者行消毒和洞巾鋪蓋，如今胡小天的手術器材已經完備了許多。周文舉站在他身邊，臨時充當了麻醉師兼助手的角色，至於其他人，一概不許入內。

胡小天一旦進入手術狀態，整個人陡然就變得認真起來，他的口鼻都被口罩蓋住，頭髮也被帽子遮住，只有一雙眼睛暴露在外，此時的目光堅定而篤信，深深吸了一口氣，整個人瞬間進入了手術狀態。

周文舉站在胡小天身邊，雖然看不清胡小天的面容，但是他從胡小天的身上卻真切感受到了一種全然不同的氣質，胡小天握著那細窄的柳葉刀，讓周文舉感覺到有種執掌生死捨我其誰的霸道氣勢，這樣的感覺他有生以來只有在少數醫者的身上才感受過。而他們卻無一不是杏林中泰斗級的人物，周文舉實在是想不通，一個年僅十六歲的少年怎麼會擁有這種宗師級的氣勢。

剖腹探查，腹部損傷的剖腹探查一般多採用腹部正中切口，便於需要時向上下延伸，或向兩側橫行擴大。切口長約八到十公分，三分之一位於臍上，三分之二位於臍下。雖然慕容飛煙之前在這採花賊的肚子上刺了一劍，但是傷口細窄，胡小天選擇重新做切口。

胡小天一邊熟練地劃開皮膚肌肉，分離組織，一邊向周文舉介紹道：「腹部外傷的常規探察原則是，如果腹腔內有大量出血，應該首先找出出血的來源，控制住出血，然後再從出血的臟器開始逐步探察其他的臟器。如果腹腔內沒有出血，有胃腸道的內容和氣體溢出，則先探察胃腸道，然後在探察各實質性的臟器。一般的順序是，先探察胃、十二指腸、膽道、胰腺、空腸、回腸、結腸、直腸、膀胱等等，後檢查肝臟和脾臟，最後再探察盆腔臟器和腹膜後臟器。」

這些醫學術語有些周文舉聽說過，有些根本從未聽過，五臟六腑他知道，至於小腸和結腸的細分，那都是現代醫學的事情，他又如何曉得？至於人體腹腔內部的這些器官，他也僅僅見過幾次，從來沒有親自解剖過，所以對這些內部臟器也無從談到熟悉。

胡小天也不可能在短時間內將所有的解剖知識全都灌輸給周文舉，只是想到什麼說起什麼，雖然如此，已經將周文舉的醫學觀完全改變，讓他見識到了一個全新的領域。

胡小天切到腹膜外的時候，留意觀察，傷者的腹膜呈現出深藍色，這一現象證明患者有腹腔出血，切開腹膜的時候有氣體逸出，證明傷者應該有空腔臟器穿孔存在。切開腹部肌層，讓周文舉幫忙拉鉤分離腹直肌，盡可能地擴大手術視野。

望著這肚子裡血糊糊的一大片，周文舉感覺頭皮發麻，胡小天見怪不怪，沒事人一樣笑了笑道：「一肚子壞水。」

在初步的觀察和判斷之後，胡小天開始清除腹腔內血液及滲液，因為缺少吸引器，來到青雲不久，他就特地找工匠製作了一個類似於針管形狀的鐵器，更像是兒童玩耍的抽水槍，這種簡陋的吸引器可以抽吸腹內的血液、胃腸液和滲出液。

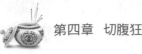

抽吸的過程中，胡小天發現了出血點，他讓周文舉用手壓迫住出血點，然後取出止血鉗，利用止血鉗將出血點夾住，迅速進行血管結紮縫合。初步清除腹腔內積液或積血後，胡小天開始探查腹腔內病變。探查原則本著先探查正常區域，最後探查病區。探查的手法保持輕柔細緻。

在先後排除了肝臟、食管裂孔、脾區、胃、胰腺的病變之後，重點放在小腸的部位，將橫結腸及其系膜拉向上方，確認十二指腸懸韌帶後，提出十二指腸空腸曲，從空腸起始部依次檢查。在檢查小腸的同時，檢查相應的腸系膜有無血液循環障礙等情況檢查過後及時將檢查過的腸段送回腹腔。

空腸連結十二指腸，占小腸全場的五分之二，位於腹腔的左上部，患者的問題就是出現在這裡。慕容飛煙的一劍刺穿了他腹部的同時，也刺穿了空腸的部分腸段。

確定患處所在，明確診斷之後，胡小天決定進行部分腸管切除，並進行腸管吻合術。

他先確定腸管需要切除的範圍，小心將其提出切口外。通常的手術原則是在離病變部位的近、遠兩端各三到五公分處切斷。

胡小天小心將受傷的腸管提至切口外，在腸管與腹壁間用溫鹽水大紗布墊隔開；紗布墊之下再墊兩塊乾消毒紗布，使與切口全部隔開，這樣可以最大限度地減少小腸的損傷，並可防止腸內容物污染腹腔。

看著胡小天將傷者腹部的臟器腸管來回提拉，周文舉不由得冒出了一身的冷汗，幸虧他對此已經有了心理準備，換成普通人過來，只怕會將胡小天視為一個開腸破肚的惡魔，嚇都要嚇昏過去了。

切除腸管首要的關鍵步驟之一是處理腸系膜血管，在供應切除段的腸系膜主要血管兩側各分開一個間隙，充分顯露血管。用兩把彎止血鉗鉗夾，在鉗間剪斷此血管，剪斷時靠近遠側端，用絲線先結紮遠心端，再結紮近心端。在進行第一次結紮後，不要鬆掉近心端止血鉗，另在結紮線的遠側，用絲線加作八字形縫紮。最後才扇形切斷腸系膜。

在切斷腸管之前，必須先將兩端緊貼保留段腸管的腸系膜各自分離半公分。再檢查一下保留腸管的血運情況。用直止血鉗夾住擬切除段的腸管兩端，尖端朝向腸系膜，與腸管縱軸傾斜約三十度夾角，這樣做的目的是增大吻合口，並保證吻合口血運。再用腸鉗在距切緣三到五公分處夾住腸管，不應夾得太緊，以剛好能阻滯腸內容物外流為宜。緊貼兩端的直止血鉗切除腸管。

第五章

# 採花賊的劫難

望著仍舊沉睡不醒的採花賊，胡小天心中暗樂，
以後你就給我乖乖當一個活太監，這輩子休想再做壞事。
救人一命，卻毀了這廝的終身性福，胡小天對此沒有絲毫的負罪感，
他所面對的是一個死不足惜的罪犯，留他一條性命已經算是仁慈了。

胡小天將被切除的腸管扔在銅盆中，讓周文舉拿開。然後利用吸引器吸除斷端內容物，再紗布擦拭清潔後，進行斷端腸黏膜消毒，最後採用端端吻合將兩截腸管縫合在一起。

胡小天的手法乾淨俐落，有條不紊，看著他行雲流水的操作過程，簡直是一種享受。

在腸吻合手術完成之後，胡小天又處理了慕容飛煙所留下的劍傷，進行清創縫合，最後才縫合患者的腹部。其間指導周文舉縫合了患者的肚皮，在一切完成之後，他讓周文舉先出去休息，說還有最後的步驟要由自己來完成。

周文舉以為胡小天肯定有一些獨門技藝不想讓自己看到，其實這也可以理解，又有哪個醫生不在外人面前留一手呢。

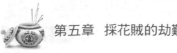

其實胡小天另有打算，周文舉離去之後，這貨將洞單撩起，望著這採花賊的雙腿之間，不禁嗤的笑出聲來，就這資源也敢採花，老子雖然救了你的性命，可如果就這樣放任你離去，以後還不知要禍害多少良家婦女，必須要給你一個深刻的懲戒，最好讓你從今以後都不能再作惡。

最乾脆俐落的做法就是一刀將這廝的命根子給割了，可那樣太過明顯，自己也沒辦法向其他人解釋。胡小天才不會用這麼簡單的方法，想要從根本上解決的辦法，還有一個，那就是讓他從今以後不能行人事，利用手術讓他變成銀樣鑞槍頭，以後這根東西只能成為一個擺設。

最高級隱秘的方法是直接切斷負責這一機能的　髓副交感神經，讓他從此都沒有這方面的念想，最殘忍的辦法卻是截斷海綿體的供血，結紮內部的動脈分支，讓他以後再也無法行人道。胡小天可以在最小的切口完成這一系列的血管結紮手術，他迅速截斷了海綿體動脈以及尿道腹側的一條尿道球動脈，不到一刻鐘的時間內，已經將一切全都做完。

望著仍舊沉睡不醒的採花賊，胡小天心中暗樂，以後你就給我乖乖當一個活太監，這輩子休想再做壞事。救人一命，卻毀了這廝的終身性福，胡小天對此沒有絲毫的負罪感，他所面對的是一個死不足惜的罪犯，留他一條性命已經算是仁慈了。

手術已經全部完成，胡小天卻不得不考慮另外一個問題，這幫人全都是亡命之徒，即便是他救了這採花賊，這幫人也未必能夠放過他們幾個。

當前之計唯有盡可能拖延下去了，順手將胡金牛放出的那些鮮血全都倒進了廢物桶，倘若胡金牛看到此情此境，只怕要不顧一切地跟他拚命。

胡小天走出房門，摘下口罩，夜空中仍然是繁星滿天，外面響起更夫敲擊梆子的聲音，已是三更天了。

中年文士緩步向胡小天走來，雖然在三人之中他表現的最為儒雅禮貌，可是胡小天憑直覺意識到此人也是最難對付的一個。

「我家少爺怎樣了？」

胡小天淡然笑道：「還活著！」

中年文士緩緩點了點頭，他最想聽到的就是這句話。

胡小天道：「什麼時候放我們走？」

「等少爺醒過來。」中年文士向房內看了看：「我可不可以……」

胡小天點了點頭。

中年文士走入房內之後，胡小天悄然觀察這院落中的動靜，梁大壯、周文舉、藥僮周興三人全都被關在了西邊的房間內，那裡有矮胖子胡金牛和另外一名同伴看守，中年文士則去探望那採花賊，也就是說他現在正處於無人盯防的狀態，胡小天心中一動，這豈不是逃跑的大好機會，圍牆距離他只有不到三丈的距離，而且並不算高，自己輕易就能翻越過去。只是那中年文士為何會如此疏忽？以此人警惕的性格按說不會如此。

胡小天舉目向四周望去，忽然看到東南方向的一棵香樟樹之上掠過一絲寒光，顯然是刀劍之類的反光，定睛一看，樹冠之中，影影綽綽，竟然還埋伏著一個人，胡小天暗自吸了一口涼氣，原來除了他見過的三名歹徒之外，還另有其他人在。轉身向後方望去，卻見屋脊的西北角也坐著一個黑衣人。

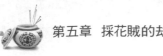

兩人全都居高臨下關注著這院落中的一切動靜，胡小天想要逃走，只怕任何一個細微的動作都逃不過兩人的眼睛。

胡小天暗叫晦氣，雖然利用輸血的藉口放了矮胖子不少鮮血出來，基本上解除了這廝的戰鬥力，可是除了矮胖子之外還有四個，事情還真是麻煩呢。

中年文士進去不久就出來了，他向胡小天道：「少爺還在昏迷之中。」

胡小天道：「傷口已經處理過了，血也止住了，醒來只是早晚的事情。」

中年文士點了點頭，他的手中拿著胡小天剛剛用來手術的柳葉刀，饒有興趣地注視著那柄刀，低聲道：「好刀，鋒利得很呢。」

胡小天暗自心驚，倘若中年文士現在對他起了殺念，只怕自己難逃厄運，他笑道：「這刀是治病用的。」

中年文士望著胡小天道：「我過去只知道刀可以殺人，卻不知道刀也能夠救人。」

胡小天道：「這世上的事情誰也說不清，有些好事會變成壞事，而壞事在某些條件下也會變成好事。」

中年文士忽然將手中的柳葉刀刺向胡小天，他出手快如閃電，胡小天甚至沒來及眨眼就感覺冰冷的刀鋒已經貼在自己的頸部血管之上。

胡小天強作鎮定，微笑道：「現在殺我，誰還能幫你救人？」

中年文士道：「你的使命似乎已經完成了，我即便是殺了你又有何妨。」

胡小天道：「我早知道你不會講信用，你以為我會一點後手都不留？」

中年文士充滿狐疑地望著胡小天，過了一會兒，方才呵呵大笑了起來：「留後手？」

胡小天不慌不忙道：「你現在若是殺了我，我敢保證你們的那位少爺一定會給我陪葬。」

中年文士臉上的笑容瞬間收斂，周身瀰散出一股強大的殺氣，有如一張無形的落網，鋪天蓋地向胡小天包繞而來，胡小天真切感受到對方給自己的強大壓力，可是在這種壓力下，他沒有流露出任何的懼色，越是這種時候，越是心理上的比拚，你如果示弱，就會被對方看出破綻，你表現出強大的氣魄和足夠的底氣，才能迫使對方讓步，胡小天看出那採花賊的身分非常重要，他的生死存亡對這幾人至關重要，中年文士不敢輕易拿他的性命冒險。

果不其然，中年文士終於收回了柳葉刀，微笑點了點頭道：「有些膽色，比起許清廉那個膿包強上不少。」

胡小天打了個哈欠道：「時間不早了，你不睡，我也要睡了。」他向西廂的方向走了幾步，習慣性地抬頭望去，卻發現原本坐在屋頂的黑衣人不知何時已經失去了蹤影，胡小大心中暗自奇怪，剛才明明還在，難道那人又轉移了地方？

就在這時候，突然傳來一聲慘叫，胡小天循聲望去，只見那藏在香樟樹內的匪徒從樹冠之中一個倒栽蔥摔了下來。

中年文士也是在此時方才發現了異常，他揚起手中的柳葉刀照著胡小天的心口投擲過去，遇到突然狀況，他想到的第一件事居然是除掉胡小天，此人心腸真是歹毒。

胡小天也算反應及時，撲倒在地上緊接著一個懶驢打滾，雖然他把吃奶的力氣都拿出來了，可動作仍然不夠快捷，根本躲不過這柳葉刀，關鍵時刻，一道寒光從樹冠中激射而出，後發先至，搶在柳葉刀射中胡小天身體之前，撞擊在柳葉刀之上，噹啷一聲，兩柄利器在胡小天後方不到一尺的地方相撞，然後改變了方向，饒是如此，柳葉刀的利刃仍然擦著胡小天的屁股飛了出去，胡小天感到屁股上一涼，也顧不上檢查有沒有受傷，連滾帶爬地向前方逃去。

慕容飛煙的倩影從香樟樹上飛掠而出，她擲出一把飛刀為胡小天解圍之後，隨之又投擲出第二把，這第二把飛刀直奔中年文士的胸口而去。

中年文士冷哼一聲，自腰間抽出一柄軟劍，軟劍脫鞘之後，瞬間挺立筆直，右手向外一個順時針地撥動，噹的一聲，將飛刀磕飛，一縷寒光斜斜沒入草叢之中。

慕容飛煙抓住這一時機已經從香樟樹上飛掠而下，護在胡小天的面前，冷冷道：「大膽賊子，竟敢挾持我家大人！」

中年文士並無戀戰之心，轉身向那採花賊所在的房間內奔去。

慕容飛煙抬腳欲追，中年文士反手扔出一枚煙霧彈，蓬的一聲炸裂開來，瞬間院落之中佈滿煙霧。慕容飛煙慌忙屏住呼吸，上次中了桃花瘴的事情仍然記憶猶新，倘若再次中招，只怕羞都要羞死了。

胡小天用袖口掩住口鼻，煙霧瀰漫之中他辨不清方向，等到煙霧散去，卻發現自己仍然站在原地，慕容飛煙就在距離他三尺不到的地方，胡小天大喜過望，衝上前去試圖給慕容飛煙一個熱烈的擁抱，卻被她冷酷而充滿警惕的目光制止，這貨尷尬站在原地，呵呵笑道：「飛煙，我就知道你會來救我。」

此時從西廂房內又有兩道人影衝出，卻是那矮胖子在另外一名同伴的攙扶下逃了出來。

慕容飛煙豈能讓他們再逃掉，揮劍衝了上去，那扶著矮胖子的匪徒看到勢頭不妙，竟然將矮胖子胡金牛扔在那裡，轉身就逃。

胡金牛倒是也想逃，只可惜今天被胡小天放了這麼多血，雙腿痠軟無力，連走路的力氣都沒了，被慕容飛煙衝上去一腳踹倒在地，點中穴道制住，整個過程沒有遭遇半點反抗。

胡小天來到西廂房內踹開房門，看到裡面三人都好端端地坐在那裡，只是雙手雙腳都被繩索捆縛，因為慕容飛煙來得突然，這幫歹徒也沒有來得及加害於他們。

胡小天從靴筒內抽出暗藏的匕首，為他們割斷繩索。

周文舉得到自由之後，第一件事就是衝到周興面前狠狠給了這小子一記耳光，怒道：「孽障，你險些害了胡大人！」周文舉這樣的行為一是的確心裡歉疚，還有一個原因他是為了保護周興，自己這邊責怪了周興，相信胡小天就不好意思繼續追責。那周興也是非常的乖巧懂事，趕緊在胡小天面前跪了下來：「胡大人……千錯萬錯都是小人的錯，隨便大人怎樣懲處，小的絕無半句怨言。」

梁大壯指著他罵道：「混帳東西，居然坑我家公子。」衝上去抬腳就想狠踹兩下，卻被胡小天一把給拉住了。

胡小天笑道：「算了，你也是為了救周先生，算不上做錯，只是當時你應該提前透露給我發生了什麼事情。」話雖然那麼說，可胡小天心裡清楚，真要是周興把一切都說出來，自己未必肯冒險深入虎穴。

他轉向慕容飛煙道：「你怎麼來了？」

慕容飛煙道：「我看到家裡燈還亮著，你們又都不在，地上發現了一些散落的草藥，於是我循著這條線索一路追蹤到了這裡。」

要說這件事全都是梁大壯的功勞，得到胡小天的提醒，他回去拿手術器械的時候，特地拿了一大包草藥，途中趁著那些匪徒不備，斷斷續續灑了一些，也幸虧慕容飛煙及時回來，按照這個線索找到了他們，方才得以化險為夷。

除了被慕容飛煙殺掉的兩名歹徒之外，還有胡金牛被生擒，其餘歹徒全都逃走，包括剛剛做完手術的採花賊也被那中年文士給帶走了。

胡小天讓大家各自離去，讓梁大壯押著胡金牛直接回到了三德巷的住處。

慕容飛煙點了胡金牛的穴道，直接將這廝扔到了柴房裡面。

胡小天回到房間方才顧得上檢查傷口，屁股被柳葉刀劃了一下，還好不是太重，血已經止住了，這貨簡單消毒之後，換了條乾淨褲子走了出去，看到慕容飛煙和梁大壯站在院子裡正在聊著剛才的事情。

梁大壯見到胡小天出來，恭敬道：「少爺來了！」

胡小天點了點頭，梁大壯識趣地返回房間。胡小天向慕容飛煙笑了笑道：「忽然想起今晚還沒有顧得上向你說聲謝字。」

慕容飛煙道：「習慣了，反正你這人沒什麼良心，只要不恩將仇報，我就心滿意足了。」

胡小天呵呵笑了起來，他伸了個懶腰道：「要說這世界真是小得很，沒想到他們逼我去救的人，居然是那個採花賊。」

慕容飛煙道：「我當時一劍刺在他的肚子上，只可惜沒有當場殺了這廝。」

胡小天道：「斬草不除根，後患無窮啊，當時真要是把他殺了，也不會有那麼多的麻煩事。」

慕容飛煙道：「他的同夥倒是不少。」

胡小天道：「等明天好好審問一下那個胖子。」

慕容飛煙道：「何須等到明天，我可沒有那麼好的耐性。」她做事從來都是乾脆利索，從不拖泥帶水。

胡小天打了個哈欠，他今晚喝了不少酒，緊接著又做了一台手術，再經歷剛才的那場驚險打鬥，現如今最想的就是躺在床上美美地睡上一覺，可看到慕容飛煙仍然精神抖擻，大有要將這件事查個水落石出的勢頭，只能打起精神陪同了。他心中仍然牽掛著樂瑤的事情：「你怎麼突然回來了？」

慕容飛煙知道他擔心樂瑤，輕聲道：「放心吧，我在岔河鎮租了一套宅子，讓她暫時留在那裡安心養病，她今天的情況已經好轉許多，所以我才回來看看，想不到你居然發生了這麼大的事情。」

胡小天暗歎在當今的時代不會點武功，只有被虐的份兒。今天如果不是慕容飛煙及時趕回來，只怕他沒那麼容易脫身。

兩人來到柴房，胡金牛一動不動躺在柴堆之上，臉上的表情充滿恐懼。胡小天笑瞇瞇走了過去，抽出自己的匕首，在胡金牛的臉上輕輕拍了拍道：「知道應該怎麼做嗎？」

胡金牛兩隻眼睛望著他仍然一言不發，胡小天不由得有些生氣，揚起巴掌照著這廝的腦袋狠狠拍了一記，怒道：「傻啊？老子跟你說話有沒有聽到？」

慕容飛煙一旁歎了口氣道：「他聽得到，可是說不出話來。」原來胡金牛被她制住了啞穴，她走過來將胡金牛的啞穴解開。胡金牛長舒了一口氣，顫聲道：「要殺就殺，悉聽尊便，我胡金牛要是皺一下眉頭，就不是英雄好漢。」

胡小天揚手照著他腦袋上又是一巴掌：「去你媽的英雄好漢，也不撒泡尿照照你自己的德行，就你也配自稱英雄好漢？想當英雄好漢是不是？老子這就給你再放十斤血出來。」

聽到胡小天又要給他放血，胡金牛嚇得打了一個激靈，才放了二斤不到自己就已經被弄走了半條命，要是再放十斤，敢情自己身體裡那點血根本不夠放啊：「別……」

胡小天陰險地笑道：「坦白從寬，抗拒從嚴，你最好還是乖乖合作，爭取寬大處理。」

一番話把慕容飛煙都給聽愣了，這貨真能整詞兒，還坦白從寬，抗拒從嚴，聽起來還真是有些朗朗上口呢。

胡金牛歎了口氣，可憐巴巴望著胡小天道：「大人，一筆寫不出兩個胡字，咱們還是本家，本是同根生，相煎何太急呢。」

胡小天被這廝驚豔到了，瞪大了兩個眼珠子，想不到啊想不到，這大老粗居然還會整詞兒。其實這也難怪，換成誰在生死關頭，腦袋裡都會湧現出不少的急智，能有一丁點辦法，誰都想活著。

胡小天道：「胡金牛，我記得你上有七十老娘，下有未成年的兩個孩子。」

胡金牛連連點頭道：「是，我對天發誓絕沒說謊。」

慕容飛煙一旁道：「跟這種不思悔改的賊人有什麼好說，他若是不肯說實話，一刀砍了他。」

胡金牛道：「這位姑娘，此言差矣，誰也不是生來就想做賊的，想我胡金牛也是名門之後，祖上也是當朝大員，只是家道中落，這才落草為寇。」

慕容飛煙哪裡肯信，冷哼一聲道：「信口雌黃。」

胡金牛反倒認真起來：「我沒有撒謊，我太爺爺那輩做過大康的靖國公，還蒙明宗皇上御賜丹書鐵券，要說現在當朝戶部尚書胡不為胡大人也是我們本家的親戚，按照輩分，我應當尊他一聲叔叔呢。」

這下輪到胡小天發愣了，剛才就是信口胡說一句本家，可萬萬沒想到真找到了一位本家。外人是不可能對這些事知道得那麼清楚，胡金牛應該和他們胡家有著密切的關係。

慕容飛煙一聽也樂了，笑瞇瞇看著胡小天，心想好嘛，真是你們家親戚啊。

胡小天有些尷尬地咳嗽了一聲，如果真是親戚，還真不忍心把這貨給滅口呢，他呵呵笑道：「戶部尚書胡大人可是大權在握啊，他掌管大康錢糧，你親戚這麼有權有勢，你為何不讓他幫忙，卻甘心為賊？」

胡金牛歎了口氣道：「貧居鬧市無人問，富在深山有遠親。人家現在位高權重，哪還記得我們這些窮親戚，更何況我爹早死了，我娘把我拉扯大也不容易，從小就教育我要人窮志不窮，所以俺就算去討飯也不去求他。」

胡小天道：「你要是討飯還算是有些志氣，可惜你不去討飯，選擇為賊！」

胡金牛道：「本家啊，我覺得做賊比討飯威風多了，至少不用看別人臉色，而且這世道真是不太平啊，討飯都沒地兒要去，我得養活一大家之人，思來想去，除了做賊，沒其他的辦法了。」他這會兒倒還振振有辭了。

慕容飛煙一旁看著，心中真是哭笑不得，到底是本家啊，兩人真聊上了，估計真是親戚，不然怎麼會如此融洽？忍不住提醒道：「胡大人，你別忘了是來幹什麼的？我可提醒你啊，公事公辦，不能徇私枉法啊！」

胡金牛道：「我說這位姑娘，我們老胡家自己人話家常，你就別插嘴了。」

胡小天居然也來了一句：「就是，你出去一會兒，這兒沒你事了。」

慕容飛煙被他氣得柳眉倒豎，冷哼了一聲，轉身出門去了。

小人物也有小智慧，胡金牛也懂得審時度勢，有道是識時務者為俊傑，剛才他占主動，當然敢對胡小天橫眉冷目，現在形勢逆轉，自己已經淪為階下囚，性命完全在對方的一念之間，所以他必須要跟胡小天套關係，別的都是假的，保住自己的性命才是最重要的。男兒膝下有黃金，可黃金哪能比得上性命珍貴，為了這條命，下跪也無所謂。

胡小天道：「我說本家啊，咱們雖然是本家，可你是賊，我是官，自古以來，官賊不兩立，你懂嗎？」

胡金牛道：「可也有官匪一家啊！」這貨是拿定主意了，厚著臉皮跟胡小天套關係，希望對方看在本家的份上別傷自己的性命。

胡小天道：「一筆寫不出兩個胡字，咱們既然是本家，我就不能做得太過絕情。」

「那是，一看胡大人就是重情義講親情的人，仁義，打我第一眼見到您，就覺得您這人特別仁義。」胡金牛拍起馬屁來也不含糊。

胡小天道：「那是你不瞭解我，其實我這個人多數時候都是六親不認的。」

胡金牛愣了一下，隨即又笑了起來：「不可能，我看人特準，一看你就不是那種人，咱們老胡家沒有那種人。」

胡小天也哈哈笑了起來，輕輕拍了拍胡金牛的肩膀道：「我說本家啊，這次你可能看走眼了，所以咱們還是配合一下，我問你答，只要我得到了滿意的答案，自會放你離去，你覺得怎樣？」

胡金牛將信將疑，嘴上卻表現得頗為誠懇：「成，咱們是本家啊，自當知無不言言無不盡。」

胡小天道：「你們從哪兒來？」

胡金牛道：「我們都是周圍山裡的獵戶，平日裡打獵，沒有獵物的時候打劫。」這貨看著呆頭呆腦，可心眼兒也不少。

胡小天嘿嘿冷笑道：「跟我繞彎子，你以為不說我就不知道了？你們幾個全都是天狼山的馬賊！」

胡金牛愕然道：「你怎麼知道？」他脫口而出，說完頓時就有些後悔，十有八九胡小天是在詐他。

胡小天自然是猜測，其實剛才身陷囹圄的時候，他就推測到這幫匪徒很可能來自於天狼山，天狼山的馬賊是青雲一帶最為強大的勢力，心中暗暗覺得有些不妙，剛上任沒幾天，等於把黑白兩道全都得罪了。

胡金牛道：「大人，天狼山和青雲縣一向井水不犯河水，我們這次如果不是急於為少爺治病也不會出此下策，我指天發誓，我們今晚劫持大人主要是為了救人，絕無加害大人之心。」

胡小天點了點頭道：「那個受傷的是你們少東家？」

胡金牛此時方才意識到自己說漏了嘴，可事已至此也沒有了隱瞞的必要，低頭答道：「我們少東家閻伯光。」

胡小天心想這名字有些熟悉啊，仔細一想，方才憶起好像某個很出名的淫賊也叫伯光，閻伯光？嘿嘿，老子讓你變成田伯光。這次偷偷在閻伯光的身上動了手腳，那閻伯光這輩子都要因海綿體充血不足而無法行人事了，胡小天想到這裡不由得暗自得意。要說不應該啊，這種行為和醫生道德準則不符啊，可過去是過去，現在是現在，環境改變了，道德標準自然也改變了，如果拿著過去的道德標準在如今辦事，那是萬萬行不通的，人如果不懂得變通，最終只能死路一條。

胡小天又問起這幫人潛入青雲縣的目的。

胡金牛道：「我和三哥他們就是過來找少東家的，除此以外並沒有任何其他的目的。」

胡小天對胡金牛的話並不相信，冷笑道：「那你們家少東家這次前來又是什麼目的？他又因何受傷？」

胡金牛道：「我不清楚，少東家也沒說。」他也不是傻子，對於關於天狼山的事情隻字不提，無論胡小天怎麼問都搪塞了過去。對於閻伯光的事情他也清楚，可儘管知道閻伯光的目的，也不能輕易將他出賣。

眼看天都快亮了，胡小天熬了一夜，不由得哈欠連天，自然失去了問下去的興致，他起身道：「你先好好考慮考慮，等我想起來什麼事情接著問你。」

胡金牛愕然道：「本家，您剛不是說要放了我嗎？」

胡小天道：「我有說過啊，可沒說現在。」

他離開柴房，看到慕容飛煙正在院子裡舞劍，晨光之下劍光霍霍，翩若驚龍。正所謂來如雷霆收震怒，罷如江海凝青光。胡小天一旁看著熱烈鼓掌，慕容小妞的劍法越來越厲害了，不知為何除了欣賞之外，還產生了強烈的征服欲，胡小天意識到自己最近有點欲求不滿了，十六七歲血氣方剛，正是青春衝動大好時節。

慕容飛煙收回長劍，反轉劍身藏在身後，俏臉之上紅撲撲的，宛如天邊豔麗無匹的朝霞，看起來格外的可人。

胡小天邁著四方步來到她面前，搖頭晃腦地讚道：「好劍法，果然好劍法，人劍合一想來不過如此了。」

慕容飛煙和他相處久了，聽他誇讚自己首先會懷疑他的誠意，稍一琢磨馬上反駁道：「你才賤呢，賤人一個。」

胡小天沒來由被她罵了一頓，愕然道：「丫頭，你居然辱罵長官？」

慕容飛煙道：「身為長官不能以身作則，我因何不能罵？需知良藥苦口利於病，忠言逆耳利於行，我罵你也是為了你好。」

「呃……丫頭，你怎麼變得牙尖嘴利。」

「跟你學得唄，說到牙尖嘴利，在您胡大人的面前，小女子甘拜下風。」

胡小天哈哈大笑，慕容飛煙在他的身邊耳濡目染，口才也變得越來越好了。

慕容飛煙橫了他一眼道：「笑？虧你還笑得出，昨晚是誰差點把小命給送掉。」

胡小天道：「我這人向來福大命大造化大，沒那麼容易死。」居然不提慕容飛煙及時救援的功勞。

慕容飛煙道：「我若是不能及時到來呢？」

胡小天道：「退一萬步我還有那閻伯光當成人質，他們以我的性命相逼，我同樣能夠以其人之道還治其人之身，只消用小刀抵住閻伯光的脖子，他們就得老老實實聽話。」

慕容飛煙切了一聲，心中暗忖這種手法並不稀奇，當初胡小天在京城的時候就是利用這種方法挾持了她的閨中密友唐輕璇，搞得唐家三兄弟帶了百餘號人都束手無策。雖然這種手段不夠光明，可她也不得不承認非常有效。儘管她在胡小天面前處處想要表現出自己的強勢，可她也明白自己的強勢全都是因為自己的這身武功在支撐，可多數時候並不是只有武功能夠解決問題，像胡小天這種陰險狡詐詭計百出的人，即便是武功稀疏一樣可以在逆境中化險為夷。

她向柴房的方向看了一眼，輕聲道：「跟你本家談得怎麼樣？」說這句話的時候忍不住想笑，這世上的事情也實在是太巧了，胡小天在這兒居然能夠遇到他的遠房親戚。

胡小天真是有些哭笑不得了，看來這個本家是認定了，他低聲道：「交代了一些，不過應該不是全部。」於是將剛剛問到的那些事簡單告訴了慕容飛煙。

慕容飛煙聽說這些人居然是天狼山的馬賊，也不由得一驚。沒想到這些馬賊居然如此猖狂，潛入萬府意圖掠走萬家兒媳不說，居然還敢挾持地方官員。

慕容飛煙沉吟片刻方道：「你打算怎麼做？放了他還是將他押送回官府？」胡小天道：「先把他暫時關在柴房裡。」胡小天的目的是讓周霸天見見胡金牛，看看是不是能從他這裡得到什麼。其他的事情等明天再說，說是明天，其實天都已經亮了。胡小天哈欠連天，同樣熬了一夜的慕容飛煙卻依然精神抖擻，這妮子明顯有些精力過剩，一宿沒睡絲毫不見倦怠之意，她主動提出去衙門那邊打聽一下昨晚的事情有沒有流露出太多風聲。

慕容飛煙走了沒多久，胡小天正準備回去睡覺，卻聽門外響起敲門聲，現在才剛剛天亮，按理說不會有人在這時候過來拜訪，擾人清夢實在有些不太禮貌。

梁大壯此時已經醒了，趕緊去開門，如果是普通人，他就幫忙打發了，可開門一看，居然是萬伯平，萬伯平大聲道：「胡大人起了嗎？」

胡小天聽到萬伯平的聲音，於是點頭讓梁大壯放他進來，沒好氣道：「還沒睡呢！」

萬伯平帶著管家萬長春快步走了進來，他滿頭大汗，臉上的表情顯得頗為焦慮，一看就知道攤上大事了。

萬伯平氣喘吁吁道：「胡大人，大事不好，大事不好了。」

胡小天心中暗罵這廝晦氣，大清早地跑到自己這裡來鬼叫什麼？你大事不好干我什麼事，就目前來說，萬伯平畢竟還有用處，換成別人這麼嚷嚷，胡小天早就一腳踹出門去了，他打了個哈欠道：「萬員外，何事如此驚慌？」

萬伯平一邊擦汗一邊道：「屋裡說話。」

胡小天點了點頭，把他引到了自己房間內，萬伯平一進入房內，便長歎了一口氣道：「胡大人，我的命好苦啊，這次你一定要幫我……」說著說著便老淚縱橫。

胡小天認識萬伯平已經有了一段時間，還從未見他表現得如此失態過，即便是他二兒子萬廷盛命在旦夕之時，此人都能保持最基本的冷靜，現在卻似乎完全失去了鎮定，胡小天道：「萬員外不必驚慌，冷靜下來慢慢說。」

萬伯平用衣袖擦乾了眼淚，這才將事情的來龍去脈說了一遍，卻是他的大兒子萬廷昌被人給綁架了。

胡小天有些奇怪，這事兒的確有些突然，他本以為萬廷昌已經離開了青雲縣，誰想到又發生了這種事。

萬伯平從懷中拿出一封信，顫聲道：「胡大人，就在半個時辰之前，突然有人送來這封信，我打開一看，居然是天狼山的馬賊寄來的，我那可憐的孩兒被他們給綁走了……」

胡小天一言不發，接過那封信展開了一看，卻見上面寫得非常簡單，除了說明萬廷昌在他們手裡之外，還提出條件，讓胡小天儘快前往城西黑石寨為閻伯光療傷。胡小天看完這封信已經完全明白了，難怪萬伯平會找上自己，那幫馬賊挾持他兒子的最終目的還是以此作為要脅，讓自己幫忙給閻伯光治病。

胡小天心中暗忖，難道閻伯光的病情又有反覆？只是這件事有些奇怪，為什麼會綁架萬廷昌作為條件呢？難道他們以為萬廷昌的性命對自己這麼重要嗎？這都是什麼邏輯啊！

萬伯平可憐兮兮道：「萬某只剩下這個兒子，還望胡大人幫我搭救。」

胡小天沒好氣道：「二公子不是好端端地活著嗎？」

這等於又戳到了萬伯平的痛處，二兒子萬廷盛性命雖然保住了，可至今仍然記不起過去的事情，要說完完整整的兒子，只剩下老大了。萬伯平湊近胡小天壓低道：「胡大人，其實昨晚的事情我都知道了。」

胡小天微微一怔，抬頭看了看萬伯平諱莫如深的面孔，心中暗罵，這老狐狸說這話什麼意思？難道是以此來威脅自己嗎。這老烏龜真是不知死活，居然跟老子來這套。胡小天在太師椅上坐下，翹起了二郎腿，一副漠不關心的樣子。

萬伯平來到他的身邊：「周先生暫住在我家中，他這麼晚沒回去，萬某自然擔心，有些事不難查出。」言外之意就是周文舉已將昨晚發生的事情全都告訴了他。

胡小天心中暗歎，周文舉畢竟還是走漏了風聲，看來自己昨晚的交代並沒有被他放在心上。要說這周文舉是個老實人，論到心機頭腦肯定鬥不過奸詐狡猾的萬伯平，而且他身邊還有個藥僮周興，即便是周文舉不說，周興那張嘴也守不住秘密。

萬伯平道：「胡大人，昨晚的事情我絕不會傳出去，大人不用擔心。」

胡小天冷笑望著這廝，搞得跟送自己多大人情似的，你當老子怕你傳出去啊？居然拿這件事作為要脅我的把柄？可轉念一想，昨晚為閻伯光治病的事情也不是什麼好事，雖然自己是被人脅迫，可一旦自己給馬賊治病的消息傳出去，至少可以給自己扣上一頂知情不報，助紂為虐的帽子。

胡小天冷冷道：「萬員外，我沒聽錯吧，你在威脅我嗳！」

萬伯平道：「胡大人，萬某一片苦心，不想這件事給胡大人造成麻煩，還望胡大人能夠體諒我的苦衷。我對天發誓，絕無威脅大人的意思。」

胡小天笑得有些不屑，萬伯平真是狡詐非常，一方面利用這件事給自己造成壓力，另一方面還想賣人情給自己。他緩緩點了點頭道：「人，我可以交給你，只不過這黑石寨我不去。」胡小天當然不傻，這幫山賊指名道姓地讓他過去，十有八九是做好了準備，自己如果就這樣冒險上門，等於將自己的性命置於險地，為了一個萬廷昌根本不值得。

萬伯平道：「胡大人，我也不想大人冒險，可是這天狼山的馬賊凶悍殘忍，他們說得出就做得到，如果大人不肯去，只怕我兒性命不保啊……」他說著就哭了起來，因為寬袍大袖遮著面孔，胡小天也看不到他是真哭還是假哭。

胡小天暗罵，你兒子的命是命，老子的性命便不是性命了，我又不欠你萬家什麼，老子憑什麼要為了你那個混帳兒子冒險？

萬伯平擦乾眼淚道：「大人，我看他們指名道姓地讓您過去，未必是想加害於你，畢竟這馬賊的性命還是你救的，他們多少也要有點人性。應該懂得知恩圖報。我也是沒有法子才過來懇請大人，若是這次能夠成功解救我兒，重修青雲橋的事情萬某一力承擔下來。」捨不得孩子套不住狼，萬伯平知道在這件事上不出點血是打動不了胡小大的，所以趕緊拋出一個自認為誘人的條件。

胡小天冷笑道：「萬員外以為區區一座青雲橋就能夠將我打動嗎？」一座橋換一條命怎麼算都不划算，胡小天豈肯做這種賠本的買賣。

萬伯平壓低聲音道：「大人若肯幫忙救出我兒，我必將此事奏明燮州府楊大人，為大人加官進爵傾盡全力。」他分明在暗示胡小天，只要這次幫忙救出他兒子，他會通過自己的關係幫助胡小天把青雲縣令的位子搞定。在萬伯平看來，這已經是無法拒絕的誘惑了，他卻不知胡小天的背景和身分根本不屑於此。

胡小天起身道：「容我好好想想！」

萬伯平道：「大人……時間緊迫，不能再想了，這幫馬賊沒人性的，若是去晚了，只怕我兒性命不保……」說話間又嗚嗚哭了起來。

胡小天已經大步走向窗前。

萬伯平如影隨形地跟了出去，看到胡小天望著窗外沉默不語，知道他在猶豫，一時間又不敢靠近。

胡小天駐足想了一會兒，終於朝萬伯平招了招手。

萬伯平這才敢來到他身邊。

胡小天道：「這些馬賊都是窮凶極惡的亡命之徒，你為何不報告官府？」

萬伯平惶恐道：「胡大人，此事萬萬不可報告官府，那馬賊若是發現了任何的風吹草動，我兒勢必性命不保。」

胡小天道：「你因何能斷定他們抓走了你兒子，焉知他們不是在故意詐你？」

萬伯平從懷中取出了一縷頭髮，顫聲道：「我兒子有一縷紅頭髮，我不會認錯。他們說了，三個時辰之內見不到大人，就將我兒的一根手指送過來。」胡小天心中暗笑，莫說是一根手指，就算把萬廷昌的十根手指全都切掉，老子也不會覺得可惜。

萬伯平看胡小天仍然猶豫，低聲道：「大人醫術卓絕，定能治好那名馬賊。」

胡小天冷笑道：「萬員外，你好大的膽子，居然讓我去救一個馬賊。」

萬伯平心想你昨晚就已經救過，此時又裝什麼無辜？他早已下定決心，如果胡小天這次肯為了自己冒險倒還罷了，倘若他堅決不去，危及到兒子的性命，自己決計要跟他拚個魚死網破，什麼情面都不會講。

胡小天輕輕拍了拍窗台道：「可憐天下父母心，希望你那個不爭氣的兒子能夠懂得才好。」他緩緩在太師椅上坐下。

萬伯平不知他到底是答應還是沒答應，小心翼翼道：「大人……您的決定是……」

胡小天道：「我若救了你兒子，你必須幫我將青雲橋修起來。」跟萬伯平這種老奸巨猾的商人談條件，根本沒有拐彎抹角的必要，於是胡小天赤裸裸地提出了自己的條件。什麼縣令之位，胡小天才不會在乎，許清廉根本不是他的對手，那位子早晚都是他的，用不著萬伯平代勞。

萬伯平點了點頭道：「好！」

胡小天又道：「想讓我為他治病，就得服從我的安排，什麼黑石寨我是不會去的，焉知他們是不是設下一個圈套來騙我？」

萬伯平道：「胡大人，黑石寨乃是黑苗族人聚居的一個村寨，位於青雲城西十五里。那裡的黑苗人熱情好客，一直以來都和青雲這邊相安無事，寨主滕天祈和我也打過一些交道，他們和天狼山的馬賊也沒什麼聯絡，天狼山的馬賊也從不敢去那邊鬧事，可以說您去黑石寨應該不會遇到什麼危險。」

胡小天道：「讓他們把人送到這裡來，一切不然免談。」

萬伯平看到胡小天依然堅持，涕淚直下道：「胡大人，萬某知道自己的要求有些過分，可是那天狼山的馬賊豈是好說話的，若是不能遂了他們的心意，只怕我兒性命是保不住了，胡大人您只需幫我這一次，萬某以後必結草銜環，全力回報。」

胡小天聽萬伯平把話說到這種地步，心中也軟化了下來，畢竟這件事是因為自己而起，更何況對方這次是有求於自己，應該不敢拿閻伯光的性命冒險，他去黑石寨應該不會有什麼危險。

萬伯平道：「胡大人，我會從家裡抽調六名高手陪同大人一起前往，確保大人平安無事。」

胡小天笑了笑，就萬伯平手下的那幫人又能保證什麼？真要是打起來，只怕那幫家丁自顧不暇，還談得上什麼保護自己的安全，他低聲道：「你先回去吧，我儘快過去看看情況。」

萬伯平知道胡小天終於答應了自己，不禁又驚又喜，他感激涕零道：「大人的大恩大德，萬某沒齒難忘，不過大人千萬要記得，這件事不能讓官府知道，天狼山耳目眾多，只要官府的兵馬有所動向，必然被他們知曉，到時候，我兒子就會性命不保。」

胡小天淡然道：「你先回去吧，這件事我來處理。」

萬伯平出門的時候慕容飛煙就回來了，她在衙門那邊並沒有打探到什麼消息，看來昨晚的那場爭鬥並沒有其他人知道，望著萬伯平的車馬離去不禁有些好奇，小聲道：「他來做什麼？」

胡小天歎了口氣道：「又有麻煩了。」於是將萬伯平過來的目的向她說了一遍。

慕容飛煙聽完之後秀眉緊鎖道：「這件事好像有些不對，那群馬賊該不會故意設下圈套報復你吧？」

胡小天道：「閻伯光剛剛做完手術，現在生死未卜，他們應該不敢拿他的性命冒險。」他緩緩搖了搖頭道：「只是不知道他們為何選擇黑石寨見面？」

想要得到答案，最直接的辦法就是去問胡金牛這位本家。

胡小天和慕容飛煙來到柴房，還沒走入門去，就聽到震天響的鼾聲，胡金牛睡得倒是香甜。

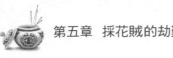

胡小天走進去照著這廝多肉的屁股就是一腳，胡金牛被他一腳踢醒了，睜開惺忪的睡眼，張大嘴巴打了個哈欠道：「本家，是要放我走嗎？」

胡小天笑道：「只要你乖乖聽話，我自然會放你走。你的那幫兄弟把萬家大少爺給劫持了。」

胡金牛聽到這個消息，又驚又喜道：「真的？我就說過，你們最好乖乖放了我，不然我山上那些弟兄絕不會放過你們。」

胡小天道：「只是他們抓萬家少爺跟你並無關係，這封信裡，壓根沒提你的事情。」胡小天讓慕容飛煙幫胡金牛解了穴，將萬伯平拿來的那封信遞給了他，胡金牛接過一看，卻見那封信從頭到尾都沒有提起他的名字，筆跡他是認得的，應該是結拜三哥所寫，看完這封信，胡金牛心中實在是沮喪到了極點，想不到自己在別人的心中毫無地位，連結拜兄弟都不提解救自己的事情，顯然是讓他自生自滅，無人將他的生死放在心上。所有人關注的只是少東家閻伯光的安危，說穿了就是關注他們自己的生死。

胡小天善於察言觀色，從胡金牛沮喪的表情就已經猜到他此時心裡在想什麼，故意歎了口氣道：「本家啊，我真是為你感到不值，你為了這位什麼少東家捨生忘死，還捐了這麼多的血給他用，到頭來你的那幫所謂的弟兄竟然無人關注你的死活。你要是死了，我看也不會有人幫你照顧你的家人。」

胡金牛雖然明白胡小天是故意在刺激自己，可也不得不承認胡小天所說的全都是實話。

胡小天道：「人不為己天誅地滅，本家啊，我看你還是別指望有人來救你，能救你自己的只有你自己。」

慕容飛煙一旁聽著，心中暗自感慨，這胡小天的口才實在是太厲害了，攻心為上，他總是能夠抓住別人心理上的弱點，關鍵時刻給予致命一擊，胡金牛雖然有些小人物的狡黠，又豈是這大奸大惡之徒的對手。對胡小天，慕容飛煙總會不知不覺地用貶義詞來形容，無論他們是不是站在同一陣營。

胡金牛歎了口氣道：「兄弟本是同林鳥，大難臨頭各自飛。」

胡小天道：「是夫妻，大難臨頭各自飛的就不是兄弟，咱們好歹也是本家，雖然我是官，你是賊，可我念在咱們一脈相承，都有一個老祖宗的份上，對你也不忍心做得太過絕情，我如果把你送到官府，以你的罪名，免不了是要被砍頭的。」

胡金牛抬起頭來，望著胡小天，目光中不由得又流露出一分希望，的確胡小天至今都沒有將他送入官府，看來還真是對自己手下留情呢，他將信將疑道：「你是說，要放了我？」

胡小天道：「那要看你怎麼做，如果你對我坦誠相待，我自然會對你手下留情，昨晚的事情我只當沒有發生過，甚至我可以裝作從未見過你，你以為如何？」

剛才的那封信已經完全摧垮了胡金牛的希望，他知道如果指望著天狼山的兄弟救自己根本是不可能的事情，胡小天說得沒錯，而今之計唯有自救。他低聲道：「你想知道什麼？」

「為什麼他們會選擇黑石寨，天狼山和黑石寨究竟有什麼聯繫？」

胡金牛道：「黑石寨有位有名的苗醫，好像是姓蒙的，本來我們的第一選擇是將少東家送到他那邊求救，可惜那位蒙大夫去了山中採藥未歸，後來我們聽說西川神醫周文舉在萬家做客，所以就動了劫持他過來給少東家看病的心思，誰曾想這位西川神醫是個如假包換的大水貨。」

胡小天不禁莞爾，周文舉算不上水貨，只是他在外科學方面有所欠缺，就算找到那位姓蒙的苗醫最後的結果也是一樣，他同樣會束手無策。

胡金牛道：「我們看到少爺的狀況並無好轉，於是才威脅要殺周文舉，他那個人倒是硬氣，只是他的藥僮沒什麼骨氣，被我們一嚇就把您給招了，所以我們才想了那個法子去請你來給少東家治病。」

胡小天道：「你們跟黑苗人有什麼聯繫？」

胡金牛搖了搖頭，一臉迷惘道：「沒什麼聯繫，好像黑石寨的寨主跟我們東家還鬧過一些不快，對了，我家三小姐倒是常去那邊，好像是有朋友在，其他的我就不知道了。」

慕容飛煙知道胡小天已經決定前往黑石寨，不然他根本不會問得如此仔細。審問胡金牛之後，胡小天讓梁大壯去將柳闊海叫來，柳闊海是青雲當地人，對周邊的情況非常熟悉，還有一個原因，柳闊海武功不錯，真要是遇到什麼麻煩也多一個幫手保護自己。

梁大壯離開之後，慕容飛煙道：「你決定了？」

胡小天點了點頭道：「不入虎穴焉得虎子，我要是不去這一趟，他們肯定還會生出新的花樣。」

慕容飛煙道：「那淫賊死有餘辜，讓他自生自滅就是。」

胡小天道：「死亡其實並不可怕，對很多人來說，死亡反而是個解脫，這世界上最痛苦的事情是生不如死。」這廝想到自己在閻伯光身上所動的手腳不由得暗自得意，嘿嘿笑了一聲道：「現在還不是跟天狼山結仇的時候，倘若閻伯光真死了，咱們和這些馬賊結下的樑子可就解不開了。」

慕容飛煙道：「就算加上柳闊海，咱們三人深入黑石寨，也是勢單力孤，真要是有什麼變故，只怕咱們應付不來。」

胡小天道：「又不是去打架，去那麼多人幹什麼？這幫山賊並不傻，他們故意選了一個相對中立的地方，只要閻伯光活著，他們就不敢對咱們下手。再說那裡是黑石寨，黑苗人的地盤，他們不敢輕舉妄動。」

慕容飛煙道：「為何不通知官府？」

胡小天道：「縣衙的那幫官吏根本無人可信，倘若這件事傳到他們的耳朵裡，焉知他們不會落井下石？誣陷我跟天狼山的馬匪勾結？」

「他們會不會在黑石寨設下埋伏，就等著我們入甕？」

胡小天搖了搖頭道：「不會，閻伯光受傷的事情應該還沒有傳到天狼山，胡金牛他們幾個之所以留在青雲求醫，應該是做了兩手準備，倘若能夠救活閻伯光，那麼他們還敢返回天狼山，假如閻伯光不幸死了，我看他們十有八九會就此逃走，絕不敢返回天狼山，不然等他們的只有死路一條。」

慕容飛煙緩緩點了點頭，胡小天分析得的確很有道理。她輕聲道：「我陪你去！」

胡小天道：「就知道你一定會。」

慕容飛煙道：「不要以為自己很瞭解我，真要是遇到了危險，我絕對會毫不猶豫地將你拋下。」

「你捨得嗎？」胡小天唇角的微笑耐人尋味。

慕容飛煙忽感到一陣俏臉發熱，垂下黑長的睫毛，小聲道：「何時出發？」

胡小天瞇起雙目道：「現在！」

……

胡小天只帶著慕容飛煙和柳闊海同行，他讓梁大壯留下，一來是因為梁大壯武功稀鬆，真要是打起來非但幫不上什麼忙，反而會成為累贅，二來，這邊也需要一個人照應，胡小天特地交代，假如今天酉時自己還未回來，就讓他馬上去縣衙報案，聯繫捕快官兵前往黑石寨支援，當然這種可能微乎其微，胡小天並不認為這群山賊會置閻伯光的生死於不顧，敢於設計報復自己。

慕容飛煙曾經不止一次領教過胡小天智計百出的頭腦，這次卻見識到他超人一等的勇氣，即便是她自己也要再三斟酌此次的黑石寨之行，可胡小天卻幾乎沒做任何的猶豫就決定前往，這不僅僅需要智慧，更需要過人的膽色。

三人在巳時出發，出城之後一路向西，柳闊海是土生土長的青雲人，對本地的風土人情都極其熟悉，通過他的介紹知道，黑石寨是青雲附近最多黑苗人聚居的一個苗寨，共有五百多戶人家。黑石寨雖然距離青雲縣城只有十五里，可那裡卻始終保持著獨有的黑苗文化，嚴格恪守和漢人不通婚的準則，日常生活中除了經商交易之外，很少和城內的漢人有所聯絡。

柳闊海活了十九歲也只去過黑石寨兩次，兩次都是陪著父親前往那邊求教。可以說讓柳闊海同去還真是選對人了，在黑石寨他唯一認得的就是那位蒙大夫。

## 第六章

# 黑石寨

胡小天沒想到剛來到黑石寨就遇到了熟人，
這樣最好，這位滕紫丹雖然是個眼神不好的花癡姑娘，
不過好在她應該是友非敵，如果有了她的幫助，
想必今天的事情更容易得到解決。

胡小天坐在馬上，不急不緩地趕路，他向柳闊海道：「那位蒙大夫醫術當真如此厲害？」

柳闊海道：「我爹曾經說過，黑苗人治病的方法和我們的醫術不同，他們善用各類毒蟲。」

慕容飛煙道：「我也聽說過，說黑苗人善於下蠱，據說還有個五仙教，崇尚五種毒蟲，以毒蟲煉製各種毒藥，據說有天下第一毒師之稱的須彌天就是黑苗人。」

胡小天道：「這世上無論毒物還是藥物都有相克相生的道理，但凡用毒的大師往往都是解毒治病的高手。」

慕容飛煙道：「你也被很多人尊稱為醫國聖手，按照你的說法，你也是用毒大師了？」

胡小天笑道：「我是用刀的。」

慕容飛煙道：「那一定是刀法大師了，可我看你的刀法也不怎麼樣嘛。」

胡小天被她揶揄慣了，並沒有和她一般見識，微微一笑，真要是鬥起嘴來，慕容飛煙這妮子可不是他的對手，不過大敵當前，正是同仇敵愾之時，待會兒還要全靠伊人保護，現在可不敢在語言上得罪了她。

慕容飛煙看到胡小天居然一反常態的任她打擊，也感到無聊起來，鬥嘴只有兩人鬥起來才有趣，一方已經完全放棄了抵抗，自己也沒有不依不饒乘勝追擊的必要，轉過身去，發現遠處有一隊車馬遠遠跟著他們，輕聲提醒胡小天道：「後面那隊車馬一直都在跟著我們。」

柳闊海也留意到了這一狀況，他向胡小天道：「我去看看。」

胡小天搖了搖頭道：「不用看，十有八九是萬家的人，他們現在是最緊張的。」

胡小天果然沒有猜錯，跟在他們後面的果然是萬家過來的人，萬伯平特地讓管家萬長春率領萬府的六名好手前來，名為保護胡小天的安全，可實際上真正關心的還是他自己的兒子。

臨近黑石寨的時候，萬長春率領六名家丁追趕上了胡小天一行，向胡小天恭敬作揖道：「胡大人，我等奉了我家老爺之命，特地前來供大人調遣。」

胡小天和萬長春已是非常熟悉，看了看萬長春身後的六名家丁，其中有一人他認識，正是那天參與劫持樂瑤幾人中的一個，此人名叫馬橋，當時還是領軍人物。

馬橋見到胡小天似笑非笑的目光朝自己望來，不由得一陣心驚膽顫，那天胡小天逼他服下三屍腦神丸，自從那日開始，這廝便惶惶不可終日，心中盤算著半年之期，若是半年後胡小天不給他解藥，他就必死無疑，如果胡小天這半年內出了任何意外，他一樣也得陪葬。

胡小天道：「咱們去那麼多人，反而讓人警惕，又不是去打架，未必是人越多越好。」他指了指馬橋道：「你跟我過去，其餘人都在外等消息。」這些人中他最信任的就是馬橋，現在馬橋的性命捏在自己手裡，借他一個膽也不敢有加害之心。

萬長春點了點頭，讓馬橋隨同胡小天一起進入黑石寨，他則帶領另外五人在寨子外等候，雙方約定三個時辰之後，如果胡小天再沒有出來，他便帶人進去接應。

黑石寨共有五百多戶人家，近三千人，寨內共有兩大姓氏，范姓和滕姓，黑苗人本來沒有姓氏，只有父子連名，大康疆域幾經擴展，征服黑苗洞蠻，在西南邊陲設立城鎮，版圖的擴展促進了各民族之間的交往和流通，後來越來越多的黑苗人走出大山前往城鎮經商，有一人賣飯，還有一人專門做藤製傢俱器皿，久而久之城裡人就以老飯、老藤相稱，於是他們也以次為姓氏，黑石寨的兩大姓氏就此形成，其實兩姓一宗。

一直以來寨內不能通婚，黑苗人接親嫁女都要寨外不同宗的寨子去找才行。他們還有一個嚴格的規定，黑苗人與漢人之間嚴禁通婚。正是這個原因，黑石寨雖然距離漢人聚集的青雲縣很近，可仍然能夠保持著他們的傳統文化和習俗。

黑苗人以農耕為主，狩獵為輔。黑苗人心靈手巧，挑花、刺繡、織錦、蠟染、剪紙、銀飾製作等民族特色工藝瑰麗多彩，黑苗族少女美麗淳樸，熱情奔放，能歌善舞。

進入黑石寨之時，胡小天不由得想起初來青雲的時候，慕容飛煙因為不瞭解當地習俗，強出頭去阻止別人搶親的笑話，正是那次的打抱不平，才讓胡小天忙不擇路逃到了萬府藏身，從而結識了樂瑤。

慕容飛煙看到寨子大門，也向胡小天望去，看到他正笑吟吟望著自己，應該是也想到了那天的誤會，慕容飛煙笑道：「希望不要再遇到搶親的才好。」

胡小天哈哈大笑。

縱馬進入黑石寨，黑石寨依山傍水，背南面北，世面群山環抱，茂林修竹叢中，掩映著古色古香的吊腳樓，晚宴的山路掩映在鬱鬱蔥蔥的蒼翠綠林和絲條般攀附蔓延的青蔓古藤之中，悅耳動聽的飛歌不時迴盪在空曠的原野山間，黑石寨前一條彎彎的河流宛如銀龍一般蜿蜒曲折，河流也因為外形而得名，被當地人稱為白龍河。南方高山樹林繁茂，北面有一座古樸的風雨橋橫跨在白龍河畔。

遠遠望去黑石寨內吊腳樓鱗次櫛比，氣勢恢宏。

依著黑石寨的規矩，他們在風雨橋前下馬，牽著坐騎走過風雨橋，途徑風雨橋的時候，突然傳來一陣銀鈴般悅耳的歌聲。

……最尊敬的客人，你們不怕旅途辛苦，來到我們這個貧窮的地方，山路雖然狹窄陡險，總有你落腳的梯坎，泥濘雖然髒滑，青石板路平穩而又閃光。

你們的到來，給冷落的苗寨增添了無限的喜悅，屋背後的錦雞，牠是歡迎你們這些尊貴的客人。

苗寨雖然偏僻貧寒，但苗家個個都有一顆火熱的心腸。沒有什麼好東西接待你們，苗家的包穀燒酒格外甜蜜，飄香攔門酒是苗家待客的最高禮節，請你們不要驚慌。

一碗酒是苗家的深深情意，一碗酒是苗家獻給你的一顆火熱的心房。喝了這甜蜜蜜的攔門酒，你的臉上閃現出幸福的紅光。喝了這碗香噴噴的攔門酒，你的貴體將會更加健康強壯。喝了這碗同心酒，我們的心貼得更緊……

十多位身穿紅色民族服裝帶著銀色頭飾項圈的黑苗族少女一邊笑著一邊唱著歌出現在他們的面前，看到這麼多美貌的少女出現在眼前，幾人都有種目不暇接的感覺。慕容飛煙卻一眼就認出，站在中間的那名紅衣黑苗女郎，正是那天在青雲縣城內遭遇搶親的那一個。

胡小天也認出來了，當真是無巧不成書，想到誰就遇到誰，那天他被這黑苗女郎拉著一路抱頭鼠竄，正是這黑苗女郎將他拖到了萬府的院牆之上，最後還是她現身將追殺他們的族人引走，為胡小天解了燃眉之急。

不過那黑苗女郎自從出現，一雙美眸就盯住了慕容飛煙，笑靨如花，俏臉之上還帶著些許的興奮和嬌羞。然後那群黑苗女郎便端著牛角杯一擁而上。

柳闊海告訴他們，這是黑苗人特有的待客禮儀攔門酒，除非遇到了尊貴的客人才會有這樣的儀式。

一個圓臉的黑苗少女奔著胡小天而來，揚起牛角杯就往他嘴裡灌，胡小天對規矩多少知道一些，他知道得喝，不喝就是不給人家面子，而且喝的時候最好別用手碰，一旦用手碰了杯子，那就證明你能喝，一定得喝完。

攔門酒共有十二道，而且道道都有名目，分別代表恭喜、昌盛、勤勞、善良、寬宏、富裕、明亮、美麗、長壽、勇敢、聰明和華貴的意思。

胡小天每次都是淺嘗輒止，柳闊海對黑苗人的規矩非常熟悉，雖然他善飲，可知道今天重任在肩，決不能開懷暢飲。馬橋過去就經歷過這種場面，所以也應付自如。

真正麻煩的是慕容飛煙，那紅衣黑苗女郎笑瞇瞇望著她，端著牛角杯只差沒摟著她的脖子去灌了。

慕容飛煙雖然認識這位黑苗女郎，可她仍然警惕萬分，伸手推辭道：「我不會飲酒。」

紅衣女郎嬌聲道：「小哥兒莫不是把我給忘了，上次多虧了你救我呢。」一雙美眸秋波漣漣，竟似乎完全繫在了慕容飛煙身上一樣。

慕容飛煙指了指胡小天道：「救你的是他可不是我。」

那紅衣女郎朝胡小天看了一眼，格格笑道：「他可沒那個本事。」說完之後目光再度回到慕容飛煙的臉上。

胡小天還是第一次被美女如此無視，他發現那紅衣黑苗女郎看慕容飛煙的目光中含情脈脈，過去就聽說黑苗女郎多情，沒想到她居然對同性也有興趣，放著三個大老爺們不看，只是對慕容飛煙看個不停。忽然意識到慕容飛煙平時都是身穿公服，習慣了男裝打扮，難不成這苗女將她錯當成了男人，真要是如此，這苗女的眼神也忒差了一點兒。

慕容飛煙被那紅衣女郎逼迫尷尬不已，只能勉為其難地沾了沾嘴唇。

那紅衣黑苗女郎嬌聲道：「公子尊姓大名。」

慕容飛煙正想回答，胡小天一旁道：「他是我二哥，胡大地！」

慕容飛煙心中一怔，自己什麼時候又成他二哥了，這名字起得倒是省心，他叫小天給自己弄了個大地，看到胡小天一臉的壞笑，馬上就明白了，胡小天這是要坑自己啊，他一定看出這苗女將自己視為男子，所以又順水推舟，讓這位眼神差到極點的黑苗女郎錯上加錯。

那紅衣黑苗女郎道：「我叫滕紫丹，胡公子一定要記住哦！」此胡公子顯然非彼胡公子，跟胡小天沒半毛錢的干係。

慕容飛煙此時也不便揭穿胡小天的謊話，只能將錯就錯地點了點頭。

胡小天一旁道：「我叫胡小天……」

滕紫丹卻像根本未聽到一樣，陪著慕容飛煙向寨內走去，胡大官人自來到這個世界還從未被美女如此忽略過，確切地說應該是遭到無視，滕紫丹一雙明眸始終望著慕容飛煙精緻的面孔，那感覺正應了一首歌「我的眼裡只有你」，除了慕容飛煙之外，她根本就將他人視如無物。

胡小天沒想到剛來到黑石寨就遇到了熟人，這樣最好，這位滕紫丹雖然是個眼神不好的花癡姑娘，不過好在她應該是友非敵，如果有了她的幫助，想必今天的事情更容易得到解決。

黑石寨內的小路全都用鵝卵石鋪設，整齊而乾淨，寨子的中央有一個大型的蘆笙場，地面也是用鵝卵石鋪成。圖案是太陽十二道光芒。

走過風雨橋，滕紫丹問道：「胡公子此次前來所為何事？」

慕容飛煙第一時間並沒有反應過來，直到看到滕紫丹火辣的眼神方才意識到她是在叫自己，這全都要怪胡小天這個惹禍精，非得說自己是他二哥，叫什麼胡大地，豈不是讓滕紫丹的誤會越來越深？她不無埋怨地瞪了胡小天一眼，輕聲道：「我們特地前來拜會蒙大夫。」

滕紫丹道：「你們來看病？」

慕容飛煙點了點頭。

「誰牛了病？該不是胡公子你吧？」滕紫丹關懷之情溢於言表。

胡小天一旁看著，心中暗笑，難不成還真有一見鍾情的事兒？慕容飛煙此時指了指胡小天道：「有病的是他！」

滕紫丹居然信以為真，點了點頭道：「蒙大夫就住在西南山坳裡的吊腳樓內，我帶你們去見他。」

此前胡小天本以為是一場驚心動魄的凶險之旅，卻沒有想到一切居然會進行得如此順利，初入寨門就遇到了一位老熟人。有了滕紫丹的熱情引領，一切都變得容易了許多。

沿著蜿蜒朝上的小路一直上行，道路兩旁樹木蒼翠，山花爛漫，雖然正值盛夏，可是行走在山間小路之上卻沒有絲毫的酷熱之感，山風迎面吹來，夾雜著野花沁人肺腑的清香，讓人不由得心曠神怡。胡小天一夜未眠，此時聞到這誘人的花香也感覺精神一振，倦意盡去。

一條小溪自山間奔流而下，繞行在那山坳前的吊腳樓旁，水流聲叮咚悅耳，溪水催動水車，幾名黑苗族的孩童在小溪邊戲水，好一派醉人的田園景色。

滕紫丹停下腳步指了指那吊腳樓道：「蒙大夫就住在這裡了。」柔媚的目光在慕容飛煙俏臉之上流連了一下，柔聲道：「我還有事，就不陪胡公子過去了。」

慕容飛煙巴不得她趕緊離開，這一路之上被滕紫丹火辣辣的目光看得連雞皮疙瘩都生出來了，她暗自下定決心，下次一定要穿著女裝讓滕紫丹見一見，省得這糊塗的黑苗女郎繼續誤會下去。

滕紫丹臨走之前又向他們道：「蒙先生脾氣很古怪的，不喜歡人多，你們誰看病誰過去見他，最好不要一起進去。」

胡小天向她笑道：「謝謝滕姑娘指點。」

滕紫丹笑著擺了擺手道：「你是胡公子的弟弟，就是我的朋友。」

胡小天不覺有點汗顏，敢情自己還是沾了慕容飛煙的光，不然人家不會對自己如此禮遇。

滕紫丹帶著那幫姐妹們走遠，慕容飛煙總算得以長舒了一口氣，她狠狠瞪了胡小天一眼道：「奸賊害我！」

胡小天呵呵笑道：「怪不得我，要怪就怪你自己生得太俊俏，連女人見了你都要心動呢。」

倘若不是周圍有人在場，倘若不是今天還有大事未了，慕容飛煙一定要照著這廝可惡的笑臉上狠狠一拳，打到他滿臉開花，看他還敢不敢做這種壞事。慕容飛煙其實心中明白，就算給他一拳也沒用，這廝註定是屢教不改的。

此時從吊腳樓上走下來一名身穿藍色短裙的黑苗族少女，她身上穿著典型的黑苗族服飾，頭上卻沒有像其他少女般帶著紛繁精美的銀飾，而是將滿頭秀髮高高束起，眉目如畫，一雙明澈的眼睛竟然是綠寶石一樣的色彩，膚色也與中原人迥異，欺霜賽雪，棕色綁腿一直束到膝彎，從膝蓋到短裙邊緣有寸許的大腿暴露在外，肌膚晶瑩如玉，極為誘人。腳上穿著一雙黑色的獸皮鞋，步履輕盈，青春逼人。

慕容飛煙從這少女的步伐已經看出她的輕功不弱，心中警惕頓生，手指緩緩落在劍柄之上。

那少女來到幾人面前，一雙明澈的眼睛掃視了一下眾人，目光最終落在胡小天的臉上，冷冷道：「你是胡小天？」

胡小天沒想到對方能夠一口就叫出自己的名字，其實想想這件事也很正常，自己好歹是青雲縣丞，青雲縣的二號人物，一個公眾人物形象被別人熟知也是難免的事情，自己沒有見過人家，並不代表別人沒有見過自己，胡小天點了點頭。

那少女道：「我叫閻怒嬌，閻伯光是我二哥！」

胡小天微微一怔，原來這一身苗族服飾裝扮的少女竟然是採花賊閻伯光的妹妹，也就是說她是天狼山大當家閻魁的小女兒，山賊的女兒居然敢大搖大擺地出現在黑石寨，還真需要一些勇氣。要說這妮子長相實在是有點西化，不像是漢人，也不像黑苗族人，難不成是個混血兒？

閻怒嬌道：「我哥到現在都沒有醒過來。」她的聲音透著冷靜，沒有憤怒，也沒有仇恨，從她的表情上也找不到太多的憂傷。

胡小天開始感覺到這位馬賊的女兒有些特別了，他點了點頭道：「萬廷昌人在哪裡？」

閻怒嬌道：「我哥沒事，他就沒事，我哥要是有個三長兩短，他必死無疑……」說到這裡她停頓了一下，明澈如山泉水一般的雙眸盯住胡小天，第一次綻露出冰冷的殺機：「你也一樣！」

胡小天呵呵笑了起來，這小姑娘雖然把話說得氣勢十足，可是對他而言並沒有什麼威懾力。胡小天道：「萬廷昌的死活不干我的事！你想讓我幫忙救人，就最好對我客氣一點，不然我馬上拍屁股閃人，你就準備給你那位好哥哥收屍吧。」

閻怒嬌被胡小天反將了一軍，不過她並未動怒，只是重新審視了胡小天一番，點了點頭道：「有些膽色，你可以不在乎萬廷昌的性命，可是你不會不在乎青雲縣百姓的性命，我天狼山共有七千兵馬，如果攻打青雲縣，你守得住嗎？」

胡小天內心一驚，這馬賊的女兒還真是猖狂，居然公開向自己叫板。青雲縣那幫老弱殘兵加上毫無戰鬥力可言的那般胥吏，一共也不到五百人，這五百人自然無法和七千名凶猛殘忍的馬賊相抗衡。

閻怒嬌道：「你治好我哥哥，大家井水不犯河水，相安無事，如若不然，我必親領七千兵馬血洗青雲，將你們殺個片甲不留，到時候我看你還當誰的縣丞？」

胡小天歎了口氣道：「小小年紀，心腸如此歹毒，盜亦有道，何必傷及無辜。」他向吊腳樓望去：「帶我去看看。」

閻怒嬌轉身先行，胡小天幾人準備跟上的時候，她卻又道：「你一個人上來。」

慕容飛煙看了胡小天一眼，俏臉之上寫滿關切，平時鬥嘴歸鬥嘴，可關鍵時刻還是對他關心得很。

胡小天笑瞇瞇朝她點了點頭，示意讓她留下來，如果說之前還有些擔心，見到閻怒嬌之後，心中的所有顧慮全都消散，閻伯光沒死，閻怒嬌背後所做的這一切無非是想讓自己救人，諒她不敢輕舉妄動。

跟在閻怒嬌的身後走上樓梯，胡小天故意落後了一段距離，從這樣的角度仰視，剛好可以看到閻怒嬌裙底的春光，不過這妞兒的防走光措施做得很足，除了多看到一截美腿，便再無斬獲，胡大官人絕無道德上的負疚感，哪個看病不收點診金預付，穿得那麼暴露，老子不看白不看，權當是收點定金。

其實暴露也是相對而言，在當今時代能夠這麼穿著的還是很少，胡小天發現這閻怒嬌的體型真是不錯，尤其是兩條長腿，部分的裸露再加上綁腿的刻意強調，玲瓏曲線毫無保留地展示人前，景致還真是不錯，換成在現代，這妞兒也一定是個引導潮流的時尚女郎。

走到中途，閻怒嬌似乎意識到了什麼，側過身站在遠處等著胡小天上來，一雙碧綠色的眼睛充滿敵意地望著他。

胡小天毫不心虛地笑了笑：「你眼睛的顏色和你哥不同噯！你倆不是一母同胞吧？」純屬沒話找話。

閻怒嬌冷笑了一聲，並沒搭理他。

胡小天笑著搖了搖頭，來到吊腳樓的平台之上，看到門外站著兩名男子，其中一人正是胡金牛的結拜三哥，昨晚設圈套將自己騙去給閻伯光看病的中年書生。

那中年書生充滿怨毒地望著胡小天，昨天晚上他有兩名弟兄被胡小天一方幹掉，結拜老五至今下落不明，如果不是為了給閻伯光療傷，中年書生此時就衝上去一刀殺了胡小天。

胡小天道：「這位兄台，咱們又見面了，還真是有緣呢。」

中年書生冷哼了一聲，將面孔扭到一邊。

胡小天心中暗罵，一幫做賊的，臭拽什麼？老子一個國家幹部都沒跟你們甩臉子，你們一個個傲得跟二五八萬似的。已經來到門前的胡小天轉身就走，閻怒嬌不由得有些愣了，慌忙上前一步攔住他的去路：「你去哪兒？」

胡小天道：「走啊！感覺這兒沒一個人歡迎我，我就納悶了，是你們請我來幫忙看病呢？還是我死乞白賴地求著你們看病？我說你們這幫人雖然是做賊的，可起碼的待客之道也應該懂得吧？一個個臉拉得跟長白山似的，我欠你們錢哪？」

閻怒嬌道：「你想怎樣？」

胡小天道：「這看病跟戀愛差不多，是你情我願的事兒，閻姑娘，看你長得也算是聰明伶俐，可做起事來怎麼糊裡糊塗的。強逼我看病，跟強迫我跟你相愛又有什麼分別？」

「你……」閻怒嬌想不到這廝如此猖狂，到了這裡居然還敢耍威風。

「你什麼你啊，你真以為我在乎萬廷昌的性命，我都跟你說了，他死他活，跟我一毛錢的關係都沒有，想砍頭，想凌遲，隨便你們去玩，我之所以過來，是因為我是個醫生，本著救死扶傷之心，這上天有好生之德，無論你那個色鬼哥哥多麼可惡，我既然救治過他，就不能中途放棄，做人要善始善終，所以我才過來。可我來到這裡，你們這幫人非但不懂得感恩，反而一個個的跟我甩臉子，我欠你們錢哪？你們付我多少診金？一個銅板我都沒見，我憑什麼替你們消災，我又憑什麼看你們的臉子行事？你還真別拿那天狼山那幫同夥說事兒，七千人怎麼了？我告訴你，我們西州還有一萬大軍呢，你們真要是膽敢血洗青雲縣城，我敢保證一定把天狼山夷為平地。」

閻怒嬌被胡小天的氣勢給震住了，她倒不是害怕什麼西州十萬大軍，而是這廝軟硬不吃的態度，他說得沒錯，無論怎樣，都是自己有求於他，倘若真將他激怒，最終倒楣的還是自己的哥哥。閻怒嬌道：「你到底想怎樣？」語氣明顯已經軟化了下來，她是個聰穎的女孩兒，看到萬廷昌根本起不到要脅的作用，自然語氣不像剛才那般強硬。

胡小天指了指中年書生道：「這廝昨晚將我騙去為閻伯光治病，我勞心勞力地做完手術，他居然想加害於我，這口氣我咽不下，想讓我給你哥治病可以，先讓他跪下來給我磕三個響頭道個歉，讓我心頭這口氣平了再說。」

中年書生一張面孔登時變得鐵青，胡小天真是欺人太甚。

閻怒嬌咬了咬櫻唇，這中年書生叫屈光白，乃是天狼山的頭目之一，在天狼山座次排名第十七位，因為頭腦靈活，頗得她父親閻魁的器重。閻怒嬌向屈光白看了一眼，目光中充滿了矛盾，她畢竟年輕，原本以為利用萬廷昌就能夠掌控全部的局面，卻想不到胡小天居然是這種奸猾人物，初次交鋒便處處受制。

胡小天冷笑道：「你不肯跪，看來你們少東家的性命還不如你的面子重要，這也難怪，你結拜兄弟胡金牛的性命你都可以不管，又怎會在乎那個閻伯光。」胡小天的這番話可謂是極其歹毒，將屈光白逼得幾乎無路可退，如果他不跪就證明他對少東家抱有異心，唯有跪下才能證明自己的忠誠。屈光白對胡小天恨到了極點，他咬了咬牙，當前之計唯有忍一時之氣，證明自己的清白，他在胡小天面前跪了下來，抱拳道：「胡大人，昨晚之事，小的多有得罪，還望胡大人大人大量，不要跟我一般見識。」

胡小天根本不屑看他，目光盯著閻怒嬌道：「我總覺得，無論是做人還是做賊都要有原則的，人不是禽獸，不能恩將仇報，昨晚我如果不出手，你大哥早已成為死人。」他向屈光白道：「你真是像條狗啊，有多遠滾多遠，別在這兒影響我治病的心情。」

屈光白的臉皮由青變紫，有生以來他還從未受過這樣的奇恥大辱。

胡小天跟隨閻怒嬌走入房間內。

慕容飛煙三人在吊腳樓下仰望著，看到屈光白先跪下來，然後又灰溜溜走下來的情景，慕容飛煙不由得心中暗歎，其實即便是胡小天一個人過來也不會有什麼危險，這種人任何時候都不會吃虧的，克敵制勝的首要選擇從來都不是武功。

進入吊腳樓內，看到閻伯光四仰八叉地躺在藤床之上，臉色仍然蒼白，緊閉雙眼一動不動。

胡小天先檢查了一下他的傷口，並沒有感染的情況，又摸了摸他的額頭，皮膚有些發冷，掀開閻伯光的眼瞼來看，這貨有些貧血的徵兆。

初步檢查之後，胡小天的心中就有了回數，知道閻伯光應該沒有太大的問題，他來到一旁的銅盆中洗了洗手。

閻怒嬌跟著他走了過去，關切道：「我哥怎樣？」

胡小天道：「沒什麼大礙，休養一陣子自會醒來，手術很成功，沒有感染。」他環視了一下這間房，典型的黑苗族吊腳樓，房間裝飾簡單而質樸，只是並沒有看到那位黑苗醫生蒙大夫。胡小天道：「蒙先生不在？」

閻怒嬌道：「採藥去了，至今未歸。」其實將閻伯光送到這裡的目的就是想請蒙大夫為他療傷，因為找不到人，所以才想到了胡小天。

胡小天一邊用毛巾擦手一邊道：「只是失血過多身體虛弱，我想他今天應該會醒過來。」

閻怒嬌眨了眨眼睛，對胡小天的話將信將疑，可眼前的狀況下又沒有其他的選擇。

就在此時，忽然聽到外面一個驚喜的聲音道：「蒙先生回來了！」

胡小天也沒想到會這麼巧，這位神秘的蒙先生剛好採藥歸來，既然來了，就不妨見一見。只是不知這閻怒嬌和蒙先生究竟是什麼關係？從目前看到的情況，她和黑石寨應該很熟。

胡小天從窗口向外望去，卻見溪水旁的小路之上出現了兩個身影，走在前方的是一位白髮披肩的老人，他身材雄壯，穿著褐色衣褲，袖口和褲管卷起，露在外面的胳膊和小腿肌肉飽滿，皮膚呈現出健康的古銅色，顯然是長期陽光照射的結果，他的背後背著一個竹編的藥簍。

在他身後是一位身材高挑的少女，那少女身穿黑苗民族藍色白印花布蠟染服飾，滿頭秀髮都包裹在藍色頭巾之下，白色面紗遮住了半邊面孔，只有一雙美眸暴露在外，她的身後同樣也背著一個藥簍，裡面應該裝滿了藥材，不過和前方老者不同，她的竹簍內還插著不少鮮豔的野花。

白髮老人正是黑苗族的神醫蒙先生，他赤著雙腳走上吊腳樓，對樓下所站立的慕容飛煙等人視而不見。

身後少女身材頎長，纖腰盈盈一握，走在老人身後如同風中擺柳，一雙美眸有如雨過天晴的天空，如此純淨，卻深邃的讓人無法看透，她腳步輕盈躍過小溪，就像是一隻歡快的小鹿，溪水邊忽然飛來了十多隻色彩繽紛的蝴蝶，圍繞在她的身邊翩翩起舞，那少女伸出雪白細膩的纖手，一隻彩蝶輕輕停靠在她春蔥般的指尖，翅膀輕輕翕動，一陣微風吹來，那彩蝶再度飛起，縈繞在少女的肩頭。

胡小天看在眼裡，只覺得那少女如同幽谷中走來的仙子一般，不由自主地眨了眨眼睛，真是想不到這黑石寨中居然藏著這麼多的美女。

閻怒嬌慌忙迎了出去，如同救星一般歡呼道：「蒙伯伯，您總算回來了。」

蒙先生不苟言笑的面孔上總算浮現出一絲笑意：「嬌丫頭來了！」

閻怒嬌道：「蒙伯伯，我哥哥他……」說到這裡，心中又是擔心又是難過，眼淚流了下來，哽咽得不能言語。

蒙先生看來對閻怒嬌頗為關愛，伸出大手輕輕撫摸了一下她的頭頂，低聲道：「不必擔心，我看看再說。」

胡小天對這位蒙先生的印象就是此人極其高傲，自己明明站在房間裡，他卻對自己這麼大一個人視而不見，別說打招呼了，連看都不向他看上一眼，直接來到了床前。

閻怒嬌應該是和那位藍衣少女根本不熟，再加上心繫哥哥的傷情，跟著蒙先生走過去，這下胡小天總算找到了一個和自己差不多的淪落人了，他向那位藍衣少女笑了笑，主動示好。

藍衣少女似乎根本沒有留意到胡小天示好的目光，也關注著藤床上的閻伯光。

胡小天接連碰了兩個釘子，臉皮再厚也能感覺到有些熱度了，熱面孔貼上了冷屁股，怎地一個尷尬得了。想不到這時代的所謂名醫也和過去一個樣子，醫術越高架子越大。不過這藍衣少女應該不是什麼名醫啊，年紀輕輕最多是蒙老頭的徒子徒孫，怎麼也如此傲慢？

蒙先生檢查了一下閻伯光的傷口，他的面色變得極其凝重，看了一會兒，他轉身向那藍衣少女招了招手，藍衣少女放下藥簍，也走了過去。

蒙先生道：「雨曈，你怎麼看？」

藍衣少女仔細看了看縫合後的刀口，一雙秀眉顰在了一起，輕聲道：「之前有人為他剖腹？」

閻怒嬌點了點頭，轉過頭去一雙妙目盯住了胡小天，顯然是在告訴所有人，剖開她哥哥肚子的事情就是胡小天幹的。

蒙先生和藍衣少女同時轉過身去，這還是他們走進房間一來第一次關注到胡小天的存在。

胡小天笑了笑，估計自己的手術又震驚到這兩位醫學界的同行了，料想他們十有八九要將自己的行為視為邪魔外道。

蒙先生道：「為何要剖開他的肚子？」

胡小天道：「傷者當時出現了很嚴重的內出血，剖開他肚子的目的是為了儘快尋找到出血點，處理損傷的內臟，這是挽救他性命的唯一途徑。」

蒙先生雙眉緊鎖道：「你做了什麼？」

胡小天心想，我就是說了你也不懂。

閻怒嬌道：「他切掉了我哥哥的一段腸子。」

蒙先生瞳孔驟然收縮，他抿了抿嘴唇：「為什麼？」

胡小天道：「他的小腸被利器刺破，腸子裡面的東西洩露出來，必須將腹部清理乾淨，再進行部分腸段切除和腸腔吻合術，否則肯定性命不保。」

那藍衣少女道：「你是說切掉他被刺穿的那段腸子，然後重新將兩段腸子縫合在一起？」

胡小天點了點頭。

藍衣少女的雙眸中閃過驚奇萬分的目光，她彷彿頭一次見到胡小天一樣，盯著他的面孔仔細看了看，這才轉身向蒙先生道：「師伯，病人失血很多，應該補血。」

胡小天其實早就已經做出了貧血的診斷，昨晚他雖然提出了輸血，但是在目前的時代背景下並不具備輸血的條件，放了胡金牛二斤多血只是為了清除一個潛在的對手，那些血並未用在閻伯光的身上，全都被他給浪費了，倘若胡金牛知道被他如此戲弄，只怕會被氣得吐血。

蒙先生道：「我去找些血源過來。」

藍衣少女取出一個針盒，從中抽出一根寸許長度的銀針，在閻伯光的手指上扎了一下，擠出幾滴鮮血放入預先準備好的銀器內，然後不知灑了什麼藥粉在上面。胡小天站在靠窗的位置，遠遠看著，對她的舉動頗為好奇。終於按捺不住好奇心走了過去，卻見銀器內鮮血的顏色由紅轉灰，進而變成淡藍色。

胡小天心中暗自揣測，這應該是血型鑒定，和現代的凝集實驗完全不同，不看不知道，世界真奇妙，超越自己認知的東西還真是不少。果不其然，藍衣少女做完這一切，又向閻怒嬌道：「病人大量失血，必須儘快補血，兄弟姐妹之間是最合適的。」

閻怒嬌道：「我可以。」她對這個色鬼哥哥還真是不錯。藍衣少女用同樣的方法，採了她的幾滴鮮血，不過添加藥粉之後，所呈現出的色彩卻是綠色，藍衣少女秀眉微顰，搖了搖頭，閻怒嬌的血型顯然和她哥哥不同。

胡小天一旁看著，不由得暗想，這閻怒嬌皮膚如此白嫩，眼睛還是綠色，整一個歐版少女形象，怎麼看跟閻伯光都不像是一個娘生的，血型不同很正常。

閻怒嬌聽說自己的血並不適合，臉上不禁呈現出失望之色。此時蒙先生帶著幾名精壯的黑苗族小夥子走了進來，藍衣少女利用獨特的血型檢測方法，從中甄別出可用的血源，然後在他們的小臂肌膚之上進行清理消毒。

蒙先生從裡面的房間內取來一個瓦罐，其中竟然裝滿了水蛭，胡小天只有在書中讀到，醫學史上曾經有人利用水蛭來進行輸血，今天才算是親眼見到了。

藍衣少女戴上一雙薄薄的獸皮手套，取出水蛭逐條放在供血者手臂的靜脈血管之上，胡小天單從她嫻熟的動作就已經看出，這小妞應該有一定的解剖學知識，對靜脈的走行非常熟悉，水蛭吸附在肌膚之上迅速開始吸取供血者體內的鮮血，身體很快就鼓漲起來，由原來的柳葉大小變成了拇指般粗細，吸滿鮮血之後，自動從人體的肌膚上滾落下來。

藍衣少女將吸滿鮮血的水蛭小心拿起，放在閻伯光的手臂和小腿處，在水蛭身體上灑了一些不知名的白色藥粉，那水蛭又開始將體內吸滿的鮮血注入閻伯光的靜脈。

胡小天看到閻伯光的四肢上佈滿了水蛭，這種獨特的輸血方法真是讓他大開眼界歎為觀止，這一過程中顯然是無法確保完全無菌操作的，胡小天不由得想到，假如其中有人是乙肝，又或是梅毒愛滋，這下閻伯光豈不是慘透了。

不過看這幾位供血的黑苗族青年都是健康淳樸，應該不會有病，即便是有病也是閻伯光，這貨是個採花賊，爛人一個，這次居然逃過了一場死劫，胡小天想起自己在他下半身悄悄動過的手腳，心中不由得暗自得意，採你娘的花，老子讓你這輩子都無法行人事，憋死你的。

約莫過了半個時辰，補血告一段落。蒙先生又向閻伯光的嘴裡倒入一些綠色黏稠的汁液，再看閻伯光的臉色居然泛起了一些紅意，看來貧血的狀況很快就得到了改善。蒙先生探了探他的脈息，又翻看了一下他的眼瞼，向閻怒嬌道：「嬌丫頭，你放心吧，他的性命應該是保住了。」

素來堅強的閻怒嬌聽到哥哥沒事的消息，不由得喜極而泣。

胡小天趁著這會兒無人關注，悄悄退了出去，今天過來的確沒幫上什麼忙，其實即便是不給閻伯光補血，這廝也死不了，只是休養的時間更長一些。

胡小天來到外面，剛剛走到樓梯口，卻聽到身後一個清冷的聲音道：「公子請留步！」

胡小天轉過身去，叫他留步的卻是那位藍衣少女，藍衣少女仍然帶著面紗，增添了神秘感之餘又讓胡小天產生了不小的距離感，憑直覺感到這小妞應該不是那麼容易接近，一雙美到極致的妙目裡面找不到任何的溫情。

胡小天指著自己的鼻子道：「姑娘叫我？」

藍衣少女點了點頭，來到他身邊道：「你用何種工具為他剖腹？」

胡小天笑了笑道：「姑娘貴姓？」真是所答非所問。

藍衣少女並沒有表現出太多的矜持：「免貴姓秦。」

「秦雨瞳，好名字，我叫胡小天！」胡小天這人一向是個自來熟，別人可沒問他的名字。

秦雨瞳道：「我過去只是在古籍上看到過有剖腹療傷之術，今天還是第一次親眼見到。」

胡小天微笑道：「水蛭輸血我也在書中讀到過，今天也是頭一次看到，這麼說咱們還真是有些緣分呢。」這廝望著秦雨瞳明澈深邃的雙眸，卻感覺她的目光變幻莫測，透過她的雙眼很難看到她的內心，秦雨瞳年齡應該不大，可是給胡小天的感覺卻有種超越年齡的成熟和冷靜，少有的高深莫測，琢磨不透。

秦雨瞳道：「胡公子可以讓我看看您所用的工具嗎？」

面對一個絕世美女的要求很少有男人能夠拒絕，秦雨瞳雖然蒙著面紗，但是她的氣質風姿已經當得起絕代風華這四個字，胡小天也深信，輕紗後的那張面孔定然是傾國傾城，禍國殃民，可胡小天最大的優點就是好色卻從不被美色所迷，他呵呵笑了一聲，然後果斷搖了搖頭道：「不可以。」

秦雨瞳顯然沒有想到胡小天會拒絕自己，她的要求並不過份。

看到秦雨瞳因為意外吃驚而錯愕的眼神，胡小天生出一陣得意，並不是他真心想要拒絕，而是要通過這種意外的方式留給秦雨瞳一個深刻的印象，過去的心理學可不是白白修煉的，秦雨瞳並沒有意識到她面對的是怎樣一個人。

秦雨瞳短暫的錯愕之後，目光又重新恢復到古井不波，這讓胡小天都不禁感到奇怪，一個花樣年華的少女，怎會擁有如此沉穩的心態，她輕聲道：「很高興認識胡公子。」翩然而來，翩然而去，幾隻彩蝶又來到秦雨瞳的身邊流連忘返。

胡小天又道：「知不知道你救的是什麼人？」

秦雨瞳停下腳步，慢慢轉過身來：「有分別嗎？」

胡小天道：「一個淫賊啊！」他向前湊近了一些，壓低聲音道：「禍害了無數良家婦女，死有餘辜的淫賊！」

# 第七章

# 遇　刺

慕容飛煙下手毫不容情，手起劍落接連刺殺了兩個，
一拳將其中一名歹徒擊倒在地。
胡小天此時才從被鮮血染紅的潭水中爬了出來，
這貨屁股上插著一支羽箭，雖然入肉不深，可也痛得他呲牙咧嘴。

秦雨瞳道：「醫者是沒有權力選擇病人的，任何生命都值得尊重，我們不可能在救人之前去調查他是什麼人，做過什麼？他是好是壞，應該得到什麼樣的結局，只有上天才能夠評判。我們能做的，應該做的只是盡我們的能力去救人。一個不懂得尊重生命的人，就不配稱為一個真正的醫者。」

胡小天還是頭一次聽到如此高尚的論調，秦雨瞳的這番話簡直是醫德範本，他點了點頭，對她已經刮目相看了。此女不但醫術高超，而且智慧超群。他微笑道：「衝著你的這番話，我答應你剛才的要求。」

秦雨瞳道：「謝謝，不過現在我已經沒有興趣了。」她說完便轉身走入房內。

胡小天怔怔站在那裡，再次感受到熱臉貼上冷屁股的滋味，這貨搖了搖頭，忽然打了個響指：「有性格，我喜歡！」

閻怒嬌出來的時候，雙目已經哭得有些紅腫，當然是喜極而泣，她哥哥剛剛甦醒了，不過只是一小會兒，又重新昏睡了過去，按照蒙先生所說，已經脫離了危險，性命是保住了。

再次面對胡小天已經沒有了初始時的仇視，她輕聲道：「這裡沒你事了，你回去吧。」

胡小天發現多數女人翻臉都比翻書還快，閻怒嬌也不例外，他笑道：「閻姑娘好像忘記了一件很重要的事情噯。」

閻怒嬌道：「等我哥哥康復離去之後，我自然會將萬廷昌放回去，現在還不是時候。」

胡小天道：「姑娘真是言而無信啊！」

閻怒嬌道：「你們官府中人大多奸詐陰險，你看起來也不像好人，我若是將萬廷昌交給你，焉知你不會派兵追殺我們？我就是要你們投鼠忌器，多點保障總是好的。」明明是她不守承諾，居然還說得振振有辭。

胡小天真是有些哭笑不得，反正他壓根也沒把萬廷昌的死活放在心上，只要自己平平安安離開就好，人家不放，自己總不能撕開臉皮跟他們火併，為了萬廷昌那種垃圾貨色，還真是犯不著！

胡小天望著閻怒嬌的俏臉歎了口氣道：「花樣年華，花容月貌，好端端的一個姑娘何苦為賊？」

閻怒嬌道：「做官的未必比做賊的有良心，屍橫遍野，民不聊生，全都是你們這些貪官污吏的緣故。」

胡小天哈哈大笑，這小姑娘倒是牙尖嘴利，其實他也明白閻怒嬌所說的的確有些道理，如今的大康朝綱混亂，官員腐敗，老百姓的疾苦多半都是因為朝廷所造成，土匪山賊在其中所占的因素只是極少一部分。

這裡畢竟是黑苗人的聚居地，胡小天不宜久留，快步下了吊腳樓，慕容飛煙三

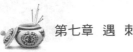

人仍然在原地等待，看到胡小天平安歸來，全都鬆了一口氣。

慕容飛煙道：「怎樣？他們有沒有為難你？」

胡小天笑道：「敢為難我的人還沒出世呢。」

「吹牛！」

馬橋有些緊張地看著周圍，他低聲催促道：「咱們趕緊離開吧，以免節外生枝。」

胡小天點了點頭：「他們準備多留你家少爺幾日，咱們回去再說。」

幾人準備離開的時候，卻聽吊腳樓之上傳來一個雄渾的聲音道：「胡大人，請留步！」

胡小天回身望去，卻見蒙先生從吊腳樓之上走了下來。其實胡小天對來到這裡所見到的一切也頗感好奇，尤其是剛才見到的水蛭輸血讓他歎為觀止，這樣的情節在武俠小說中曾經出現過。關於輸血，胡小天瞭解一套完整的理論。他最感到神秘的還是秦雨瞳用來鑒別血型的藥粉，應該是藥粉中含有某種成分，和不同血型的血液結合在一起產生了顏色上的變化。

胡小天隱約猜測到，那幾名過來獻血的黑苗男子很可能都是O型血，因為O型血紅細胞上沒有A抗原和B抗原，通常可成為萬能輸血者。

A型血紅細胞上有A抗原，血清中有抗B抗體。B型血紅細胞上有B抗原，血清中有抗A抗體。相應的抗原抗體就會發生反應，使血液凝集。

關於血型的專業知識還有很多，胡小天不知秦雨瞳甄選血型的理論何在，也許今天只是巧合，或許這幾名獻血者全都是O型血，又或許閻伯光那個採花賊恰恰是有萬能受血者之稱的AB型。胡小天忽然想起秦雨瞳第一個為閻怒嬌驗血的事情，閻怒嬌的血型應該和她哥哥不符，也就是說閻伯光沒有AB型的可能。看來自己以後有必要完善一下自己的診療設備，要將交叉配血試驗開展起來。

蒙先生身材魁梧，站在胡小天面前比他要高出半個頭，胡小天的身材已經不矮，可在蒙先生面前仍需仰視，粗略地估計蒙先生的身高要接近兩米，這樣魁梧的身軀並不多見。

從蒙先生剛剛對自己的稱呼，胡小天就知道他的身分已經不再是什麼秘密，微笑道：「蒙先生，找我有何指教？」

蒙先生道：「想不到胡大人居然還是醫國聖手。」

胡小天道：「不敢當！」

胡小天神情鎮定坦然，可是隨同他一起過來的慕容飛煙幾人全都是警惕十足，畢竟這裡是黑苗人的聚居區，在目前而言，並不知道這些黑苗人對他們是敵是友，不過每個人都看出蒙先生和閻怒嬌非常熟識，所以不能排除黑苗人和天狼山馬賊聯手對付他們的可能。

蒙先生敏銳覺察到了周圍幾人對他的戒備，淡然道：「胡大人不必多心，我們黑苗人一向奉公守法，遵守大康律例，絕不會做危害你們的事情。」他向胡小天做了個邀請的手勢：「胡大人，我有些事想單獨請教。」

胡小天點了點頭，感到這位蒙先生雖然稍顯冷漠了一點，可應該不是奸邪之人，加上他本身也想和對方探討一下醫學方面的問題，於是跟隨蒙先生一起又回到了吊腳樓內。

蒙先生邀請胡小天在籐椅之上落座，親手泡了一壺茶，他所用的茶壺茶杯全都是用竹筒製成，頗為別致，所泡的茶水也並非茶葉，而是一種不知名的樹葉，泡出的茶水呈現出黑褐色，聞起來異香撲鼻。因為不知道到底是什麼藥材，胡小天並沒有貿然飲用。

蒙先生看到他遲遲沒有飲茶，知道他心中有所顧慮，輕聲道：「胡大人，我幾年前曾經在玄天館坐堂，大康的法律我是懂得的，我對當今朝廷也無叛逆之心，對大人更無加害之心。」他喝了口茶，緩緩將手中的茶杯放下。

胡小天笑了起來，料想這位蒙先生也不會公然做出危害朝廷命官的事情，自己如果表現得太過猶豫，反倒落人笑柄，他喝了口茶，茶水入口苦澀，但是後味生津，餘香嫋嫋，胡小天不禁贊道：「好茶！」

蒙先生道：「算不上好茶，是我在後山採摘的烏楓樹葉，曬乾以後用來泡茶，倒是有些活血化瘀的功效，大人若是喜歡，回頭帶一包走。」他身軀向前傾斜了一下，雙目盯住胡小天道：「老夫蒙自在，曾經在玄天館坐館五年，斷斷續續的也在京城待了近十年的光景，算起來離開京城不到七年，卻想不到京城之中出了胡大人這樣的醫道高手。」

胡小天是從京城過來的縣丞已經不是什麼秘密，聽完蒙自在的這番話，胡小天對他也算是有了一個初步的瞭解，想不到這位隱居西南苗寨的黑苗族醫生居然也曾經在玄天館坐堂，玄天館乃是京城三大醫館之首，是御醫輩出之地，在大康醫學界的地位稱得上首屈一指。蒙自在能在那裡坐堂十年，此人的醫術絕不普通。想當初自己傻了十六年，老爹將京城名醫全部請了一遍，卻不知這位蒙先生有沒有給自己看過病，如果他當真離開京城七年，那麼即便是給自己看病也是七年前的事情了，他應該不會認識自己現在的樣子。

胡小天道：「我不是什麼醫道高手，只是對人體的結構比較熟悉罷了。」

蒙自在道：「胡大人因何會對人體的結構如此熟悉？不知師承何人？」

胡小天當然不會照實相告，如果他再用當初嚇退李逸風的那番話來對付蒙自在，應該不會奏效，蒙自在這個人有種強大的氣場，這種氣場很少在從醫者的身上找到。

胡小天道：「我師父已經去世了，他不讓我說他的名諱，我在他面前發過誓，還請蒙先生見諒。」這個解釋合情合理，蒙自在也不好再問，總不能逼迫別人違背誓言，更何況胡小天是青雲一帶的地方長官。

蒙自在道：「胡大人從京城來？」

胡小天道：「去過，算不上熟悉。」

蒙自在又道：「胡大人的口音卻是土生土長的京城人。」

「我父母都是京城人。」胡小天說起謊話是絕不會臉紅心跳的。

蒙自在道：「老夫活了大半輩子，有生以來親眼看到別人剖腹療傷的只有一次，今天確是第二次見到了，胡大人認不認識須彌天？」

胡小天之前聽慕容飛煙提起過這個名字，據說須彌天有天下第一毒師之稱，自己卻從未見過，他搖了搖頭。

蒙自在始終關注著胡小天的表情，發現他應該沒有說謊，心中卻越發奇怪了。

胡小天道：「蒙先生好像跟傷者很熟啊。」他旁敲側擊試圖問出蒙自在和天狼山之間的關係。

蒙自在呵呵笑了一聲道：「我不認識傷者，閻伯光的名字我聽說過，可是卻從來沒有見過，可嬌丫頭卻是我的救命恩人，她找我幫忙救人，我自然不會追問任何理由，傾力為之。」他口中的嬌丫頭就是閻怒嬌。

胡小天這才知道原來其中有這麼一段淵源，如果閻怒嬌救過蒙自在的性命，那麼現在的一切就能夠解釋了。他提醒蒙自在道：「閻怒嬌和閻伯光全都是天狼山大當家閻魁的子女，閻魁可是朝廷通緝的要犯，蒙先生不會不知道吧？」

蒙自在道：「我和閻魁沒有任何聯絡，我們黑苗人講究恩怨分明，胡大人不用擔心我會幫助天狼山的馬賊害你，同樣也不用想讓我幫你去抓他們，黑石寨對任何人都一視同仁，我們黑苗人不管你們是官是賊，誰善待我們，誰就是我們的朋友，誰敢對不起我們，誰就是我們的敵人。」他一番話說得斬釘截鐵氣勢十足。

胡小天聽他這麼說反倒放下心來，黑石寨保持中立最好，原本他也沒打算在黑石寨大打出手，胡小天拱手道別道：「蒙先生，多謝您的招待，他日如果有時間，還請前往縣城一聚，晚輩一定陪同。」

蒙自在淡然道：「老夫只怕高攀不起。」

胡小天看出蒙自在沒有從自己這裡得到想要的答案，明顯有些不開心，人家既然冷臉相向，自己也沒有繼續留下的必要，他起身道別，這次蒙自在沒有挽留。

午時剛過他們已經出了黑石寨，幾人不約而同地回過頭去，原本緊繃的一顆心終於放鬆下來，雖然沒有成功將萬廷昌救出，可畢竟沒有遭遇危險。

萬長春帶領另外五人在外面等得焦急萬分，看到他們出來，慌忙迎了上去，萬長春發現大少爺並沒有跟出來，不由得有些失望，低聲道：「胡大人，我家少爺他……」

胡小天將閻怒嬌剛剛的那番說辭向萬長春說了一遍，萬長春叫苦不迭道：「這下我該如何向老爺交代。」

胡小天道：「你放心吧，他們應該不會為難萬廷昌，只是多留他幾日。」

慕容飛煙和胡小天、柳闊海三人在黑石寨前和萬長春一行分手，縱馬向青雲城的方向飛馳而去。萬長春幾人沒有找回大少爺，不敢回去，只讓一個人回去覆命，其他人仍然在黑石寨外駐留，查看那幫馬賊的動靜。

正值盛夏，烈日當空，沒走出多遠，三人都已經是大汗淋漓，前方就是飛鷹谷，穿過這條飛鷹谷就到了通往青雲縣城的官道。

一進入飛鷹谷，山谷兩邊峰嶺對峙，投下長長的暗影，谷口植被豐富，進入其中如同從三伏天瞬間走入了秋季，迎面涼風送爽，讓人心神為之一振，兩旁大樹遮天蔽日，偶爾有陽光透過樹蔭的罅隙透射進來，在碎石路上留下斑駁的光影。這種碎石路面容易扭傷馬匹。三人翻身下馬，牽馬步行。

道路越走越窄，走不幾步，就聽到溪水淙淙，一條山澗在山谷奔騰行進，清溪迂迴在密林長藤間，迂迴在嵯峨亂石之間，迂迴在懸崖峭壁間，人和坐騎都是口乾舌燥，胡小天還好些，他在黑石寨畢竟喝了一些黑楓茶，幾人牽著馬匹，沿著緩坡來到山澗旁，放開轡繩讓馬兒在下游飲水。慕容飛煙來到上游的一處積水潭旁，先掬起清冽的潭水喝了幾口，然後洗去臉上的浮塵，閉上雙眸，靜靜感受著這份夏日難得的沁涼。

忽然聽到噗通！一聲巨響，慕容飛煙睜開美眸再想躲避已經來不及了，被四散的水花濺了滿頭滿臉，卻是胡小天從左側巨岩之上一躍而下，跳入前方水潭中，潭水四處飛濺起，首先殃及到的就是慕容飛煙。

慕容飛煙柳眉倒豎，經典的生氣動作，卻見水潭中仍然水花翻滾，定睛望去，只見一個黑溜溜的影子沉到了潭底，不是胡小天還有哪個，她心中的第一個念頭就是，這貨不會脫得光溜溜地跳進去吧？非禮勿視，趕緊把臉扭到一邊。

一旁響起柳闊海的鼓掌喝彩聲，他是為剛才胡小天那個拉風的跳水動作鼓掌，胡小天的腦袋慢慢從水裡冒了出來，頭髮披散著如同一隻水鬼，這貨抹乾臉上的水漬，高台跳水，真是爽到了極點，看到慕容飛煙將臉扭到一邊，顯然是不敢看自己，不由得笑道：「飛煙，你莫怕，我穿著衣服呢。」

慕容飛煙這才轉過臉去，卻發現這廝光溜溜的肩膀露在水面外，頓時俏臉羞得通紅，怒斥道：「無恥，下流！」這次沒有轉過身去，直接抓起了岸邊的一塊石頭，足有人腦袋那麼大，瞄準了胡小天。

把胡小天嚇得連忙揮手：「別這樣啊，要出人命的，我上身沒穿，可下身穿得齊齊整整呢。」

慕容飛煙將那塊石頭拋保齡球一樣砸了出去，當然目標不是胡小天的腦袋，假如真是他的腦袋，這廝肯定要腦漿迸裂。石頭落水濺起大片的水花，胡小天被兜頭蓋臉澆了個遍，慕容飛煙報復成功，格格笑了起來。

胡小天也笑了，他向慕容飛煙招了招手道：「要不要下來？」若是能和慕容捕頭來個鴛鴦戲水倒也旖旎浪漫。

慕容飛煙白了他一眼，他的這張臉皮真是比城牆拐角還要厚了，她提醒胡小天道：「別只顧著貪玩，咱們還要趕回去。」

胡小天舒舒服服地在水潭中仰泳，這下慕容飛煙看清了，他的確穿著褲子，胡小天道：「人生得意須盡歡，活在世上就是一種享受。」

柳闊海跟著點頭，慕容飛煙忍不住提醒他道：「你可別跟他學壞了。」

胡小天笑道：「闊海，下來游兩圈兒？」

柳闊海頭搖得跟撥浪鼓似的，他是個旱鴨子，跳進去只有喝水的份兒。

慕容飛煙雙手叉在纖腰之上，指著水中的胡小天道：「你給我上來，信不信我打扁你。」

胡小天哈哈大笑，一個猛子又紮入了水潭深處。慕容飛煙拿他也是無可奈何，搖了搖頭，舉目向著陽光的方向望去，水潭的上方出現了許多高於水面的橋石，大小不同，這些橋石彎彎轉轉，溪水穿過這些石塊的縫隙，湧起了白色的浪花，溪水拍擊石塊激蕩出迷蒙的水霧，在陽光的照射下呈現出彩虹般七彩繽紛的效果，霧氣中依稀帶著淡淡的清香。慕容飛煙尋找香味的來源，左右一望，原來白色浪花向下流去的地方，岩石縫中生長著一片片百香花，這香味兒就是被飛濺的水霧帶來的，此情此境讓慕容飛煙不禁陶醉其中。胡小天說得不錯，人生得意須盡歡，千萬不可錯過這生命中難得一見的景致。

慕容飛煙晶瑩的耳廓卻突然間微微顫抖了一下，陶醉的目光倏然變得冷酷異常。右腳足尖一動，挑起一塊拳頭大小的石塊，然後橫掃出去，石塊朝著左側的密林如同炮彈般激飛而出，樹林深處傳來一聲慘叫。

慕容飛煙厲聲道：「保護大人！」

鏘的一聲抽出長劍，嬌軀已經如同大鳥般撲向密林深處。

樹林之中，岩石後方瞬間湧出了十多名黑衣蒙面的殺手，其中兩人彎弓搭箭向水潭中射去。胡小天看到不妙，已經來不及爬到岸上，一個猛子重新紮向水潭深處。他剛剛進入水中，就有兩支利箭呼嘯射入水潭之中。

柳闊海一個前滾翻藏身在一塊巨岩之後，迅速抽出身後的長弓，他的這張弓就是用毛竹和牛筋製作而成，看似普普通通，可沒有過人的臂力是無法拉開的。柳闊彎弓搭箭，覷定站在上游橋石之上向水潭中射擊的男子，一箭射了出去，弓弦輕響，旋即弓弦來回嗡嗡蕩動不停，那支羽箭已經追風逐電般射了出去。

一箭正中那名偷施冷箭射手的咽喉，那射手悶哼一聲，倒栽蔥從橋石之上摔落下去，屍身墜入水潭，鮮血在潭水中浸染開來。

慕容飛煙揮劍連續撥開兩支射向自己的羽箭，已經來到另外一名射手站立的地方，那射手想不到她來得如此迅速，驚慌失措，嚇得將手中角弓扔下，慌忙去摸刀，可不等他摸到刀柄，慕容飛煙已經一劍砍在他的脖子上，將他一顆頭顱齊齊斬落，抬腳將他的屍身踢了下去，鮮血不停從斷落的脖頸中噴射出來，潭水更紅。

分別幹掉了一名弓箭手，徹底瓦解了對方的遠距離攻擊，剩餘殺手看來對慕容飛煙和柳闊海強悍的戰鬥力缺乏了解，嚇得面面相覷，竟然放棄攻擊轉身就逃。

柳闊海怒吼道：「哪裡逃！」他大踏步衝上前去，一腳就將其中一人踹翻在地，揚起手中的大砍刀拋了出去，大砍刀在空中風車一般旋轉，噗的一聲插入另外一名殺手的後心，刀尖透胸而出。

慕容飛煙下手也毫不容情，手起劍落接連刺殺了兩個，一拳將其中一名歹徒擊倒在地。

胡小天此時才從被鮮血染紅的潭水中爬了出來，這貨屁股上插著一支羽箭，雖然入肉不深，可也痛得他呲牙咧嘴。

柳闊海慌忙向前，幫忙將他從水潭中拉了出來，驚聲道：「胡大人，你受傷了？」

胡小天點了點頭，扭頭看了看屁股後面，羽箭仍然插在上面，看起來跟多了條尾巴似的，他倒吸了一口冷氣。

慕容飛煙已經點了那兩名殺手的穴道。

胡小天一瘸一拐來到那兩人面前，想起自己屁股上被射的一箭，不由得怒火焚心，抬腳照著一名殺手的臉上狠狠踢了過去，怒道：「操你大爺……居然敢……暗算本官……哎呦喂……」這一動作，屁股痛得不行。

慕容飛煙看了看他屁股上的那支羽箭，從暴露在外面的箭桿來看，入肉應該不深，芳心中有些關心，可看到胡小天狼狽的樣子又有些想笑，讓他得意忘形，這下得到教訓了。

柳闊海走過去扯掉這兩人臉上的黑布，怒吼道：「說？什麼人派你們來的？」

那兩人嚇得哆哆嗦嗦，親眼目睹剛才的戰況，早就嚇得兩人魂飛魄散，來了十幾個，轉眼功夫就死了五個，這幫人夠狠心的。

其中一人顫聲道：「大人饒命……大人饒命……」

慕容飛煙道：「老老實實回答我們的問題，或許會對你們網開一面……」

那人咬了咬嘴唇，看了看周圍同伴的屍體，似乎終於下定了決心：「是別人雇我們來的……給了……一百兩銀子……買胡大人的性命……」

胡小天一聽就火了，不是因為有人謀財害命，而是因為這身價實在太低了，自己雖然算不上身嬌肉貴，可一百兩銀子也太寒磣了。

「什麼人雇你們過來的？」

兩名殺手面面相覷。

慕容飛煙道：「說還是不說？」她揚起手中長劍作勢要砍下去。

兩人同時叫道：「別……我們只知道……是衙門裡的人……具體是哪個……我們也不清楚。」

胡小天和慕容飛煙對望了一眼，兩人的表情都是極其憤怒，胡小天咬牙切齒，他認定這件事一定是許清廉那幫人幹的，老子還沒對你們下手，你們居然就想謀害我了！

慕容飛煙將胡小天拉到一旁低聲道：「這兩人怎麼辦？」

胡小天本想說殺了，可隨後又一想此事不妥，至少現在還不知道兩人說的究竟是不是實話，還是先將兩人押到衙門裡，倘若真是許清廉那幫人所為，他們擔心事情暴露，勢必會殺人滅口。

屁股上插著一支箭肯定無法趕路，還好這支箭上沒有餵毒，也不是當初在京城射傷慕容飛煙的那種犬齒倒鉤箭，加上射手本身的膂力不大，所以入肉不深。胡小天雙手趴在樹上，嘴裡咬著一根樹枝，用力點了點頭。

柳闊海望著胡小天的屁股，鏃尖還有小半個露在外面，這一箭因為受到水的阻力，力道減弱不少，不然造成的傷害會更大，柳闊海道：「大人，我動手了啊？」

胡小天又用力點了點頭。

柳闊海雙手抓住箭桿，猛然一用力，將血淋淋的鏃尖從胡小天的臀部拔了出來，胡小天痛得發出一聲悶哼，臀大肌不由自主繃緊了，這下痛得越發厲害。

胡小天吐出口中的樹枝，額頭上痛得滿是冷汗，他長舒了一口氣：「用酒幫我消毒！」

柳闊海擰開葫蘆將烈酒倒了上去，這次的疼痛比拔箭的時候還要劇烈，胡小天痛得殺豬般大聲慘叫。連背身站在遠處的慕容飛煙都忍不住回過頭來，看到胡小天光溜溜地站在樹林中，褲子褪到了足踝，羞得俏臉通紅，小聲罵道：「厚顏無恥。」可旋即又想到人家可沒讓她看，是她按捺不住好奇偷看人家。

柳闊海按照胡小天教給他的方法幫助胡小天將傷口消毒，然後又為他覆上了金創藥，包紮好傷口。

回城的路雖然已經不遠，可是對胡小天來說是一種煎熬，這貨屁股受傷，無法騎乘，只能選擇橫趴在馬背上。慕容飛煙雖然嘴上厲害，可心中仍然是對他非常體貼的，刻意放慢了行進的速度，以免旅途顛簸讓胡小天痛上加痛。

兩名殺手被他們活捉，一路隨行。

申時剛過已經回到了青雲縣城，早有人將這邊的情況通報給了縣衙那邊。許清廉聽說胡小天遇襲，也是吃了一驚，胡小天讓慕容飛煙直接將兩名殺手送往縣衙，自己則由柳闊海陪同返回了住處。

胡小天前腳剛到，那邊萬伯平就尋了過來，萬伯平聽說胡小天一個人回來，並沒有將他兒子給帶回來，也是一臉失望。雖然心中牽掛著兒子的事情，可第一件事也必須要問候胡小天的傷情：「胡大人，您這是……」

胡小天趴在床上，這會兒屁股已經不疼了，他歎了口氣道：「途中遇到歹徒襲擊，打死幾個，抓了兩個。」

萬伯平大驚失色道：「究竟是何人如此大膽？難道是天狼山的那幫馬賊？」

胡小天道：「我也不甚清楚。」

萬伯平這才問起自己兒子的事情，胡小天將今日前往黑石寨的事情簡略說了一遍。

萬伯平其實剛才已經得到了稟報，知道兒子仍然被天狼山的馬賊囚禁，不由得歎了口氣道：「這些馬賊真是背信棄義。」事已至此，他也不便多說什麼，胡小天這次受傷多少也是因為他的緣故，萬伯平留下了一些慰問禮品，失落而去。

萬伯平剛走，縣令許清廉和縣尉劉寶舉就聞訊趕來，雖然兩人心底巴不得胡小天死了才好，可表面功夫還是要做的。

能在官場站住腳的基本上都是演技一流，許清廉佯裝關切，一臉的痛惜似乎感同身受：「哎呀呀，胡大人，怎會如此？怎會如此？」

胡小天心中暗罵這廝裝腔作勢，此時這兩人肯定是心花怒放，說不定還在遺憾怎麼沒把自己射死。胡小天歎了口氣道：「我也不知道為何會這樣。」

縣尉劉寶舉道：「胡大人放心，我已經派人前往飛鷹谷，務必要將暗算胡大人的歹徒一網打盡。」

胡小天哼哼了兩聲，一網打盡，等你派的人到了，那幫殺手早已跑了個無影無蹤，趕去收屍還差不多。

許清廉道：「胡大人，你今天出城所為何事？」

胡小天歎了口氣道：「一言難盡，兩位大人，我此時身體痛得厲害，腦子裡也亂得很，不如等我恢復一些再說。」他才不會實情相告，不然這幫賤人一定得了便宜賣乖，十有八九會指責他擅自行動。

兩人聽到胡小天下了逐客令，自然也不好意思繼續留下，又假情假意地安慰了胡小天兩句，無非是讓他留在家裡靜養，衙門裡面的事情就不要他問了之類的話。

胡小天讓梁大壯替自己送他們出門，心中暗忖，這倆貨色恨不能自己一輩子都不往衙門裡去才好。

胡小天的傷勢驚動了不少人，回春堂的掌櫃柳當歸從兒子那裡得知這件事過來了，連西川神醫周文舉也不知從何處得知了消息，帶著禮品前來探望，還特地帶來了他自己獨門秘製的金創藥。

他們幾人都算得上是同行，見面之後自然免不了一番寒暄。胡小天之前有句話沒說錯，術業有專攻，周文舉雖然在外科治療上並不擅長，但是他在治療慢性病方面非常有一套，他配製的金創藥也是相當的靈驗，胡小天用上他的金創藥之後，頓時就感覺到痛感消失，屁股上清涼舒爽，剛剛還趴在床上輾轉反側，這會兒居然能一瘸一拐地下床了。

胡小天讚道：「周先生的金創藥真是靈驗啊，塗上就不痛了。」

周文舉聽到他誇讚自己，反倒有些不好意思了，自從他來到青雲以來可謂是處處受挫，接連遇到的幾個急症病人全都束手無策，這段時間的經歷更讓他意識到醫學之道沒有止境，在胡小天這位年輕人面前表現的越發謙虛。

在柳當歸這位青雲當地名醫的眼中，周文舉已然是宗師級的人物，他雖然聽說過胡小天醫術的傳聞，但是他對胡小天的尊敬還是源自於胡小天對他的恩德和胡小天地方官的身分，連他都鬧不明白，為何周文舉這位西川神醫會對胡小天如此尊敬。

胡小天問起那位黑苗族醫生蒙自在，周文舉並未聽說過這個人，他過去基本上都是在夔州一帶行醫，很少來到西川邊陲，對於黑苗醫術只有耳聞，並沒有深入的瞭解。

柳當歸對蒙自在反倒更熟悉一些，他輕聲道：「那位蒙先生是黑苗族人，過去曾經在京城坐診，斷斷續續長達十年之久，也就是在七年前才回到了故鄉，黑苗族人看病擅長利用蛇蟲草藥，尤其是擅長解毒，我過去曾經有病人被蛇蟲叮咬，先後幾次前往黑石寨向蒙先生求藥，蒙先生那個人外冷內熱，幾次都贈我蛇藥。」

胡小天道：「他今天曾經親口對我說，過去他是玄天館的坐堂醫生。」

柳當歸和周文舉同時流露出驚詫的目光，玄天館是大康三大醫館之一，是大康杏林的領袖，為天下醫者所敬仰，倘若蒙自在真的出身玄天館，那麼他的醫術肯定非同尋常。

周文舉暗自慚愧，一直以來別人都給他西南神醫的名頭，尊稱他為西川第一神醫，他開始對此不以為然，可後來喊的人多了，在他潛意識裡也漸漸接受了這個事實，憑心而論，在他眼中，西川境內少有人的水準可以和自己相提並論。可是在見到胡小天之後，他數十年經驗積累的信心受到了嚴重的打擊，甚至因此對自己的醫術產生了懷疑。現在聽說在小城附近的苗寨之中還隱藏著一位曾經在玄天館坐堂的醫道頂尖高手，心中越發慚愧。

其實他本來早就能夠離去，之所以決定多留幾日，無非是想找機會和胡小天探討一下醫術，胡小天讓他見識到了一個前所未有的全新領域。

當著柳當歸的面，周文舉有些話並不方便細問，等到柳當歸父子離去，他方才低聲道：「胡大人，請問你因何會受傷？難道還是昨晚的那幫賊人？」

胡小天搖了搖頭道：「目前還不清楚，抓了兩個活口，已經關進了衙門裡面，回頭看看能不能問出什麼。」他話鋒一轉：「周先生昨日回去之後有沒有見過萬員外？」

周文舉道：「見過，他倒是問了我昨晚的去向，我謹守大人的叮囑，沒有透露半點口風。」

胡小天點了點頭，如果周文舉沒說，這件事肯定就是周興說出去的，看來周文舉的這個小藥僮嘴巴還真是不緊。

周文舉從胡小天的問話中覺察到了異常，低聲道：「胡大人，是不是有什麼麻煩？」

胡小天搖了搖頭道：「沒什麼，對了，怎麼沒見周興？」

周文舉馬上明白了他的意思，他是在懷疑周興走露了風聲，周文舉道：「周興一早就被我趕回燮州了，他根本沒有和萬員外見面的機會。」

胡小天聽他這樣說，心中不禁迷惘起來，如果周文舉所說的一切屬實，那麼萬伯平根本就沒有從他們這裡得到任何消息，那麼他何以會知道昨晚發生的事情？他們究竟誰在說謊？

胡小天並沒有繼續追問下去，岔開話題道：「二公子怎樣了？」

周文舉道：「好多了，身體康復得很快，只是對於過去的事情還是一點都想不起來。」

胡小天道：「想不起來未嘗不是一件好事，他過去本不是什麼好人，假如經過這場事情能夠煥然一新，倒也算是一件功德。」功德當然是他自己的。

周文舉對胡小天的觀點不敢苟同，如果一個人失去了所有的回憶，連父母妻子都不認識，那麼他活著又有什麼意義？只是這些話他不會在胡小天的面前說出來了，輕聲道：「我準備明天離開青雲了。」

胡小天點了點頭道：「離開也好，最近青雲的事情實在太多，周先生又得罪了那幫山賊，留在這裡還是有些風險的。」

周文舉道：「只可惜沒太多時間和胡大人探討醫術了。」

胡小天笑道：「以後有的是機會，我肯定是會去燮州的，周先生如有時間也可以再來青雲，青雲不會永遠亂下去，用不了太久時間，一切就會平靜下來。」

周文舉微笑頷首，不知為何，他對眼前的這個年輕人充滿了信心，感覺這世上沒有什麼事情可以難得倒他。

慕容飛煙將兩名刺客送入監房之後回來，看到胡小天正從房間裡出來，手裡不知從何處弄了根拐棍，走起路來一瘸一拐，看來屁股上的箭傷並不算重，想起胡小天光溜溜的屁股，慕容飛煙的俏臉不禁有些發熱，她故意垂頭看著腳下，以免胡小天看到自己羞赧的樣子。

還好胡小天並沒有留意她的表情，低聲道：「怎樣？人是不是已經送過去了？」

慕容飛煙點了點頭道：「已經關押起來了，按照你的意思，和周霸天關在了一處，你回去休息吧，我會盯著的。」

胡小天指了指柴房道：「我去看看我那位本家。」

慕容飛煙道：「看他幹嘛？」

胡小天神神秘秘附在慕容飛煙耳邊道：「準備放了他。」

慕容飛煙道：「放了他？你還真是心疼這位本家。」

胡小天道：「這叫欲擒故縱，我讓柳闊海跟著他，看看他往哪裡去，若是他和同黨聯繫，剛好將他們一網打盡。」

慕容飛煙知道胡小天沒那麼容易把胡金牛給放了，點了點頭道：「就你鬼主意多。」

胡小天又道：「黑石寨方面還需找人盯著，留意那幫山賊的動向，只要他們膽敢離開黑石寨，我們就動手抓人，務必要將他們一網打盡。」

慕容飛煙皺了皺眉頭道：「這件事只怕不容易辦到，蒙自在既然出手救了閻伯光，就不會任由咱們將他抓走。」

胡小天冷笑道：「他們在黑石寨中老老實實待著，咱們自然不會動手，我不信他們能在裡面待一輩子，只要他們離開，就是咱們動手的時候。」

慕容飛煙道：「只是咱們身邊似乎沒有太多可用之人。」胡小天初來青雲，青雲的這幫官吏和處處作對，放眼三班衙役之中竟然沒有多少可信之人。

胡小天微笑道：「你不用擔心，我自有安排！」他心中已經有了合適的人選，紅柳莊蕭天穆手下人才濟濟，此事剛好交給他們去辦。

就目前而言，即便是將胡金牛收監也起不到任何的作用，經過這件事胡小天已經能夠斷定，這廝在天狼山的地位極其普通，屬於奶奶不疼姥姥不愛的角色，他的死活根本無人關注，甚至連他的幾個結拜兄弟也沒有興起營救他的念頭。

將胡金牛羈押在柴房內，倒也沒有委屈他，胡小天交代梁大壯要好吃好喝地招待他，這廝能夠說出丹書鐵券的事情，應該和他們胡家有些淵源。

經過一天的休整，胡金牛的精神也恢復了許多，看到胡小天歸來，他表現得頗為關心：「怎樣？我們少東家怎樣？」

胡小天道：「真是難為你了，自己泥菩薩過江，居然還牽掛著那淫賊的安危。」

胡金牛倒不是關心閻伯光，真正的原因是閻伯光若是死了，他們這些負責保護閻伯光安全的人全都得陪葬。

胡小天道：「他還活著，這條命算是保住了，只是你們那位四小姐出爾反爾，沒有信守承諾，將萬廷昌交給我。」

胡金牛有些急切地問道：「他們有沒有提起我的事情？」

胡小天搖了搖頭。

胡金牛一臉的失望，黯然道：「本家，你打算如何處置我？」

胡小天道：「當然是將你送入官府，以你的罪責，審都不要審了，肯定是先斬後奏。」

胡金牛這次居然沒有求饒，他黯然歎了口氣道：「也罷，你這樣做原也無可厚非，只是可憐我的娘親和孩兒無人照顧了。」胡金牛明白，只要被送入官府，自己就是死路一條，想到這裡他不禁潸然淚下。

胡小天看到他如此表現，也相信他絕不是做戲，輕聲道：「早知如此，何必當初？」

胡金牛道：「本家，雖然你是官我是賊，可咱們既然相識一場，就是有緣，我求你一件事行不？」

胡小天心想這胡金牛真是有趣，難不成要把老母孩兒全都託付給自己？雖然是本家，可沒這份交情啊，這貨還真是冒失。

胡金牛含淚道：「城西楊家坡有一處亂葬崗，你到了那兒會看到一個風雨亭，風雨亭右側有一條小路，沿著風雨亭往裡面走，數十三個墳包就是俺爹的墳。」

胡小天越聽越是有些哭笑不得，敢情真把自己給當成本家了，這是要交代身後事的節奏。

胡金牛道：「俺爹叫胡不成……五年前埋他的時候，俺買不起棺材，也沒錢立碑……就找了塊石頭，自己用鑿子在上面刻了兩個字，可刻到中途……鑿子就被俺給砸斷了……所以那石頭上只有兩個字……胡不……」說到這裡，胡金牛抑制不住內心的傷感，黃豆大小的淚珠子啪嗒啪嗒地往下落。

胡小天強忍著笑，這貨倒也憨直，心腸不算太壞。

胡金牛道：「俺真是不孝，想想俺連塊碑都立不起，俺也算七尺男兒，活著又有個屁的意思……可俺不能死，死了誰來照顧俺娘？於是俺才落草為寇……」

胡小天道：「你到底想說什麼？」

胡金牛抹了把眼淚道：「本家啊，你去那塊石頭下挖挖看，俺沒騙你，俺家祖上傳下來的丹書鐵券就被我埋在那裡。」

胡小天心中一震，這對他來說可謂是意外之喜，想不到家裡丟失的丹書鐵券居然在這裡找到，可轉念一想根本不可能，胡金牛所說的丹書鐵券是他祖上傳下來的，胡金牛的老爹胡不成死了五年，可自己家的丹書鐵券卻只丟失了不到三個月，難不成這丹書鐵券也有兩份？更不可能，其中一份肯定是復刻版，假貨！

不過無論這份丹書鐵券是不是假貨，有一點能夠斷定，胡金牛肯定跟他們老胡家有著極其密切的關係，同氣連枝已經毫無疑問，貨真價實的本家。

夕陽西下，胡小天帶著梁大壯和柳闊海三人來到楊家坡的亂葬崗，之所以瞞著慕容飛煙，是因為她畢竟是京兆府出身，而且她也知道丹書鐵券的真正意義。慕容飛煙一向是個眼睛裡揉不得沙子的人，在處理很多事情上有些拘泥古板，胡小天在有些事上必須做出隱瞞，事關胡家的生死存亡，不敢有絲毫大意。

按照胡金牛的指引，很容易就找到了胡不成的墳塚，墳塚之上荒草叢生，看來已經有段日子沒人清掃祭拜了，那塊充當墓碑的石頭上面也生滿了青苔，胡金牛當年雕鑿的兩個字也因為長年風雨侵蝕而模糊不清。

胡小天先在墳前拜了三拜，心中默默道：「本家伯伯，我無意驚擾你的清靜，只是丹書鐵券事關重大，關係到胡家未來的生死存亡，今天只能打擾了。」讓柳闊海開了罈酒，親手傾灑在墳塚周圍。

柳闊海將那塊石頭移開，和梁大壯兩人操起工具一起開挖，胡小天讓兩人挖掘的時候務必要小心，千萬別碰壞了底下的東西，掘地三尺之後，梁大壯的鋤頭碰到了一件堅硬之物，發出噹的一聲。兩人棄去工具改用手挖，沒多久就從地下扒出一塊黑黝黝的鐵板，乍看上去跟瓦片似的。原本外面包著油布，可時間太久，已經完全腐爛，梁大壯將那塊鐵板交到胡小天的手裡。

胡小天翻來覆去地看了看，這塊鐵板入手極其沉重，應該不是普通的鐵板，而且深埋地下五年之久，竟然沒有任何銹蝕，想來必非凡品，因為天色黯淡，他也沒有細看，直接將鐵板用布包了收好。又讓柳闊海兩人將土坑掩埋復位，又朝這墳塚拜了三拜，這才離開。

今日之事應該是個意外之喜，倘若這份丹書鐵券是真的，那麼老爹珍藏在尚書府內的那一份就是假的，有了真的，何必再為丟了那份假的而困擾，胡小天越想越是得意，正所謂踏破鐵鞋無覓處，得來全不費工夫。

可人得意忘形的時候往往會遇到倒楣事，馬車卻劇烈顛簸了一下，不小心駛入了一個深坑裡，胡小天的屁股因為顛簸彈起後又重重落在座椅上，痛得這廝哎呦叫了一聲。

卻是梁大壯駕車時候沒有看清，不小心駛入了一個凹坑之中，連續揮了幾鞭，都沒有成功將馬車趕出，胡小天和柳闊海兩人只能下了馬車，胡小天唯有感歎，在這個連汽車都沒有的時代，就不要想什麼四驅越野脫困了。

柳闊海幫忙推車的時候，胡小天看到道路右側停了不少的車馬，原來一旁就是萬家的祖墳，今日萬夫人過來給三兒子掃墓，帶來的隨從不少。

胡小天下車的時候，萬夫人帶著丫鬟僕從正準備上車，遠遠看到了胡小天，猶豫了一下，終於還是過來打了個招呼，雖然萬夫人對胡小天一直都不怎麼相信，可有一點她無法否認，胡小天是他們萬家的恩人，她指揮幾名家丁過來幫忙。自己來到胡小天面前倒了個萬福道：「民婦參見胡大人。」

胡小天笑道：「萬夫人，這麼巧啊？」

萬夫人道：「我來給廷光掃墓。」

胡小天跟她原沒什麼好聊的，兼之知道萬夫人雖然長得面目慈善，可背後做的都是冷血絕情之事，幾次欲將樂瑤置於死地，如果不是自己，那可憐的小寡婦只怕早已香消玉殞了。想起樂瑤，不由得想起她此前高燒時候的胡話，不知她為何如此害怕萬廷光的亡魂？難道萬廷光的死跟她有關？

胡小天道：「萬夫人還要顧惜身體。」

萬夫人歎了口氣：「多謝大人掛懷。」

此時胡小天的馬車已經從泥坑裡成功推了上來，胡小天就此告辭。

坐在馬車內，透過車窗望著萬家祖墳的方向，胡小天眉頭緊皺，他忽然想到了一個很棘手的問題，假如萬廷光的死和樂瑤有關，那麼他當如何面對這件事？是大義滅親呢還是徇私枉法？這還真是個難題呢。

回到三德巷的仵處，已經有人在那裡等著了，卻是鴻雁樓的掌櫃宋紹富專程買了滋補品又帶了酒菜過來探望，可惜胡小天不在，撲了個空，正準備離開，胡小天就到了。

宋紹富此來一是探望胡小天的病情，二是為了跟他商談慈善義賣的事情，按照他的說法就是，慈善義賣一呼百應，本來打算定在後天，可聽說胡小天受了傷，所以特地前來商量重新擬定日期。

胡小天道：「只是一些皮肉傷，休養一晚就沒事了，既然這件事大家都有興趣，還是趕早不趕晚，按照你的原定計劃進行就是。」胡小天也想儘快把這件事辦完。

宋紹富道：「那就後天晚上，我在鴻雁樓擺酒操辦此事。」

胡小天點了點頭道：「沒問題，衙門那邊我來召集，其餘的人你來操辦。」

宋紹富道：「胡大人放心，我一定將這件事辦得漂漂亮亮。」

胡小天本想留他吃飯，可宋紹富店裡還有生意要忙活，不敢久留，讓夥計將禮品和酒菜放下，忙著趕回鴻雁樓去了。

胡小天吃飽喝足，帶著那塊鐵板回到了自己房間內，將鐵板浸在銅盆內洗淨上面的污泥，鐵板上的雕花銘文清晰顯露了出來，胡小天借著燈光辨認著上方的字跡，看完之後，難以抑制內心的激動，這塊鐵板十有八九就是御賜的丹書鐵券。他小心將丹書鐵券收藏好，心中暗忖此事必須馬上通報給遠在京城的父親，讓他知道此事也好心安。

當下借著燈光寫了一封家書，又弄了一幅丹書鐵券的拓片，裝入信封，蓋上火印，馬上就將梁大壯叫到身邊。

梁大壯聽說讓他明天一早就返回京城送信也是吃了一驚，要說他來到青雲之後已經漸漸適應了這邊的生活，日子漸漸開始過得滋潤的時候，卻又讓他離開，梁大壯自然有些不捨。

胡小天實在是沒有其他的人選，梁大壯雖然話多了一些，可畢竟是他從尚書府帶出來的親信，丹書鐵券的事情不能讓外人知道，即使慕容飛煙也不能例外，胡小天鄭重道：「大壯，這件事非常重要，你務必要儘快趕回京城，將這封信親手交到我爹的手裡，切記路上不可耽擱，也不能將這封信給任何外人見到。」

梁大壯道：「少爺，可老爺讓我照顧您，送信的事兒可以另找其他人去啊。」

胡小天道：「你這蠢材，別人我信不過的，我不是趕你走，你將這封信送去京城之後，馬上就回來。我給你準備了二十兩金子，足夠你一來一回的花銷了。」從萬伯平那裡弄來不少的金子，所以現在胡小天出手也格外的大方。

梁大壯嘴巴一扁，只差沒哭出來了，其實心裡也不是那麼的難過，這會兒他算悟出來了，是個美差啊。

胡小天道：「你一定要記住，途中不可耽擱，更不可前往花街柳巷，儘快返回京城，這封信一定要貼身收藏好，務必要親手交到我爹手上。」因為有了上次環彩閣被坑的經歷，所以胡小天特地強調這件事，生怕梁大壯中途再出什麼岔子。

梁大壯鄭重點頭。

主僕兩人說話的時候，聽到慕容飛煙在外面道：「胡大人，有人找你！」

胡小天停下說話站起身來，梁大壯趕緊上去攙扶住他的手臂，充滿感傷道：「少爺，我有段時間不在您身邊了，您一定要自己懂得照顧自己。」這番話說得情深義重，連胡小天都不禁被他感動。

胡小天笑道：「又不是一去不回，說這種煽情話作甚，大壯，我對你一向嚴厲，你不要記恨我才好。」

梁大壯眼圈紅了：「少爺，您待我恩重如山，即便是打罵，也是為了我好，我豈敢記恨您。」

胡小天心想當年在京城時，你背後罵我被我抓了個正著，全都忘了？這種事情現在回想起來倒是讓心中暖洋洋的，要說一路跟隨自己從京城到這裡的家丁，也只剩下梁大壯了，雖然這廝膽子小了一點，嘴巴貧了一些，做事的頭腦也算不上靈光，可對自己的忠誠毫無疑問。真正到了分別的時候，心中還是有些不捨之情的。

胡小天來到外面，看到院落中只有慕容飛煙，並無其他人在，不由得苦笑道：「飛煙，你又騙我。」

慕容飛煙道：「沒騙你。」她將一封拜帖送到胡小天手中，卻是紅柳莊蕭天穆的拜帖。

胡小天道：「他人呢？」

慕容飛煙道：「在門外馬車內等著呢，不願進來。」

胡小天點了點頭，他舉步出門，梁大壯本想攙著他，慕容飛煙主動道：「我來吧！」她上前攙住胡小天的手臂。

胡小天微笑望著她道：「介不介意永遠這樣給我當拐杖？」

「很介意！」

第八章

# 你不是第一個

蕭天穆道：「青雲遇害的縣丞你不是第一個，
只是你的運氣比較好一些罷了。」
胡小天想起，蕭天穆曾說過他的前任楊縣丞不慎跌入通濟河中，
屍首沒找到，死後又被人污蔑貪污，楊夫人受辱自盡身亡，
唯一的兒子楊令奇奔喪的路上也不知所蹤。

黑色的馬車靜靜停靠在黑色的夜色中，駕車的中年漢子看到胡小天出來，麻利地拉開車門。胡小天在慕容飛煙的攙扶下慢慢走近了馬車，車內很黑，遮擋得嚴嚴實實，沒有一絲光亮。

黑暗中響起蕭天穆的聲音：「大人請坐！」

胡小天的眼睛好半天才適應了車廂內的黑暗，依稀辨認出蕭天穆的輪廓，他笑了笑，在蕭天穆身邊坐下，他正想去找蕭天穆，沒想到蕭天穆自己主動來了。

慕容飛煙退了出去，那中年漢子關上了車門，緩步走向一邊。

慕容飛煙警惕望著那名漢子，從他的一舉一動判斷出此人是個內家高手。紅柳莊在她心目中越發神秘起來，蕭天穆是一個盲人書生，看樣子手無縛雞之力，卻不知這樣的人是如何令那麼多的武功高手甘心為他所用。

蕭天穆聲音低沉道：「對我來說，白天和黑夜原沒什麼區別，反正我也看不到。所以我不喜歡在陽光下和別人見面，那會讓我沒有安全感，」

胡小天想起他和蕭天穆第一次見面的情景，那是一個白天，蕭天穆看不到他，可是他卻看得到蕭天穆，蕭天穆的眼睛雖然看不到，可是他的心裡卻非常的明白，此人智慧超群，心機深沉，不然周霸天也不放心將外面的事情全都交給他。

胡小天道：「現在咱們一樣了！」

蕭天穆發出一聲淡淡的笑聲：「不一樣，咱們永遠都不會一樣。」停頓了一下，他又道：「胡大人傷得看來並不是很重。」

胡小天道：「你的消息倒是靈通。」

蕭天穆道：「好事不出門壞事傳千里，胡大人在飛鷹谷遇刺的事情已經傳遍了整個青雲。」

胡小天道：「想不到這些歹徒如此膽大妄為，居然在光天化日之下行刺本官。」

蕭天穆道：「青雲遇害的縣丞你不是第一個，只是你的運氣比較好一些罷了。」

胡小天聞言一怔，忽然想起第一次和蕭天穆見面時對話的情景，蕭天穆曾經告訴他，他的前任楊縣丞就是不慎跌入通濟河中，屍首都沒有找到，死後又被人污蔑貪污，楊夫人受辱不過自盡身亡，唯一的兒子楊令奇奔喪的路上也不知所蹤，所以蕭天穆才會有這樣的說法。

胡小天道：「如此說來，我的運氣的確不錯。」

蕭天穆道：「一個人不可能永遠都走好運，我聽說大人抓了兩名刺客。」

胡小天緩緩點了點頭道：「已經押入監房之中，改日再好好審訊。」

蕭天穆道：「大人是要以此作為誘餌，利用他們引蛇出洞嗎？」

胡小天被他說中了心思，呵呵笑了起來。

蕭天穆道：「大人是不是懷疑這件事是你們衙門內部有人做的？」

蕭天穆雖然目盲，可他卻是紅柳莊不折不扣的領軍人物，這幾個月周霸天藏身獄中，外面的一切都是他在指揮籌畫。胡小天雖然和他僅僅只是接觸了兩次，但是對此人的心機和智慧已經有了一個充分的認識，知道此人的頭腦決不在自己之下。既然決定要和周霸天一方合作，有些事情就沒有隱瞞的必要，胡小天將昨晚到今日發生的事情詳細向蕭天穆講了一遍。

蕭天穆聽完，沉吟片刻方才道：「閻伯光乃是天狼山匪首閻魁的兒子，閻魁有三個女兒，只有這一個兒子。他將這個兒子看得比自己性命還重要，只是照大人目前所說，閻伯光受傷之事，閻魁可能並不知情。」

胡小天道：「天狼山的馬賊綁架了萬廷昌是事實，萬伯平應該不會撒謊。」

蕭天穆道：「萬家乃青雲首富，這些年來始終和南越國做著生意，胡大人知不知道，南越國通往大康最近的路途就是經過天狼山，自從天狼山鬧了馬賊，這條路便少有商隊經行，而萬家恰恰是個例外。這些年來萬家在這條線上雖然也遭過搶劫，可是並沒有太大的損失。」

胡小天低聲道：「你是說萬家和天狼山的馬賊有勾結？」

蕭天穆道：「我只是覺得這件事不正常，卻沒有確切的證據，咱們做個假設，如果萬家和天狼山馬賊之間有些聯繫，這麼多年也一直相安無事，可為什麼天狼山的馬賊會突然綁架他的大兒子？」

胡小天咬了咬嘴唇，終於下定決心道：「閻伯光這次受傷便是在萬家。」

蕭天穆明顯一怔，胡小天這才將前晚閻伯光潛入萬家意圖擄走萬家三兒媳的事情說了。

蕭天穆點了點頭道：「即便是閻伯光在萬家受傷，錯的仍然是他，他沒有報復萬家的理由，我看這件事十有八九是個圈套。」

胡小天道：「難道萬伯平會幫著馬賊一起害我？」

蕭天穆緩緩搖了搖頭道：「這件事疑點頗多，如大人所說，閻伯光生死未卜，大人救了他的性命，出於這個原因，在閻伯光沒有脫離危險之前，他們應該不會對大人不利。」

胡小天低聲道：「咱們做個假設，萬伯平和天狼山的馬賊有勾結，那幫馬賊想讓我幫忙治病，可是因為發生昨晚的事情之後，他們知道我斷然不會答應，所以才去萬伯平那裡求助，於是萬伯平就想出了一個兒子被劫持的主意，以此來求我幫忙。」

蕭天穆道：「大人的假設建立在萬伯平和天狼山有勾結的基礎之上。」

胡小天道：「很有可能，我問過周先生，他根本沒有將昨晚的事情告訴任何人，萬伯平何以會對這件事如此清楚，他們兩人之中肯定有一個在說謊話，現在看來就是萬伯平，而且他大兒子被擄的事情並沒有通報官府，只是私下找我幫忙，我看他真正的目的是讓我幫忙救人，其實他兒子可能正躲在某個地方逍遙自在呢。」

蕭天穆道：「無論怎樣，大人還是多一份小心的好，大人的存在已經影響到了很多人的利益，所以他們才會迫不及待的下手，想將大人除去。」

胡小天道：「蕭先生有什麼消息？」

蕭天穆道：「刺殺大人的是五仙教的人，他們在西川一代勢力很大，大人此次令他們死傷慘重，這個樑子只怕是結定了。」

胡小天道：「五仙教？莫不是黑苗族人的一支？」

蕭天穆道：「五仙教的確是黑苗人創立，但是後來卻為黑苗人所不容，因為他們為了權力不惜出賣本族人的利益，廣納門徒，殘害族人，崇尚邪術，被族人驅逐，後因從事刺殺活動引起朝廷的注意，在西川展開大規模的緝捕和剿滅，五仙教也從公開走向地下，陷入人人喊打的局面，可銷聲匿跡了近五十年，最近又有死灰復燃的跡象，正所謂百足之蟲死而不僵，最近西川發生了不少的事情據說都和他們有關，我此次前來是想提醒胡大人要多多小心了。」

胡小天點了點頭道：「多謝蕭先生提醒。」

蕭天穆意味深長道：「青雲縣城雖小，可是這其中的文章卻很大。大人想要有所作為，還需先下手為強！」

胡小天內心一震，其實今天遭遇刺殺事件之後，胡小天便想到了這件事，蕭天穆所說的這番話正中他的心思。胡小天故意歎了口氣道：「只可惜初到貴地，人生地疏，有些事也是有心無力。」

蕭天穆平靜道：「大人只管佈局，有些事跟天穆說一聲就好。我大哥那邊勞煩胡大人言語一聲，五仙教之事非同小可。」

「你放心，明天一早我就去找他。」

有了蕭天穆的這句話，胡小天自然不會客氣，他將監視黑石寨閻怒嬌一行的任務交給了蕭天穆，蕭天穆欣然接受下來。

走出馬車，已經是繁星滿天，胡小天內心中的鬱悶一掃而光，他抬起頭望著夜空中的星河，深深吸了一口氣，輕柔的晚風送來馬蹄遠去的聲音，再度睜開雙眼，看到蕭天穆的馬車已經消失在街角的盡頭。

慕容飛煙來到他的身邊，輕聲道：「談什麼這麼神秘？」

胡小天的唇角露出一絲會心的笑意，蕭天穆離去前最後那句話已經確定了他們彼此之間的聯盟，有些事蕭天穆是願意為自己去做的，胡小天當然明白這世上沒有免費的午餐，蕭天穆甘心為自己所用的原因是圖謀日後的回報。此人行事神秘，背後肯定還有不少的秘密瞞著自己。

慕容飛煙終於有些不耐煩：「少賣關子，說！」

胡小天把右胳膊抬了起來，一副等著她攙扶的架勢，慕容飛煙橫了他一眼，終究還是順從地攙住他的手臂，她從來都不是落井下石的人，對胡小天的關心總是在無聲無息中表露。

胡小天望著一旁慕容飛煙美麗的側臉，心中感到一陣溫馨，這一路走來，若是沒有慕容飛煙的陪伴，自己又該如何的寂寞？慕容飛煙總覺得這廝的目光熱力十足，一向大方爽朗的她居然被他看得不好意思了，將俏臉高高揚起，望著繁星閃爍的夜空。

此時天際之上有一顆流星倏然劃過。

胡小天卻沒有看到那顆流星，輕聲道：「我想讓你給我當一輩子的拐杖。」

慕容飛煙似乎沒聽到他此刻所說的話，美眸靜靜望著那顆流星，彗尾在她的美眸中倒映出美麗的光影。

胡小天被剎那閃過的光影驚豔到了，此時方才意識到有流星劃過，過去他曾經不止一次地聽說，對這流星許下心願便可以得償所願，難道上蒼果然聽到了自己的呼喚？

剎那間的美麗都是短暫的，胡小天抬起頭的時候，流星已經消失於遙遠的天際。

流星消失許久之後，方才聽到慕容飛煙的回應：「假如你讓我打斷你的兩條狗腿，或許我可以考慮。」

而這時衙門卻發生了一件預料之中的意外之事，兩名被慕容飛煙親自送往監房的刺客遇到了麻煩，兩人晚飯過後便四肢抽搐，眼看就要不行了，因為這兩名人犯是胡小天所抓，故而監房第一時間來向胡小天通報。

胡小天和慕容飛煙趕到的時候，回春堂的柳闊海被請來救人，他雖然採用了一些措施，可看來見效不大。其中一人已經死去，另外一個雖然沒死，也已經奄奄一息。

胡小天並沒有想到有人下手如此之快，剛剛送到監房，就已經迫不及待地殺人滅口。望著地上不停抽搐的那名刺客，胡小天道：「找些皂角粉泡水過來給他灌進去。」

兩名獄卒領命之後趕緊去了，沒多久就拎著一桶清水過來，按照胡小天的吩咐用皂角粉摻雜之後，直接灌到了那名刺客的嘴裡，那刺客被灌了不少皂角水，大口大口嘔吐起來。倒不是胡小天故意整他，這裡並沒有洗胃機，只能想出這個辦法對刺客進行催吐。

胡小天忍者刺鼻的臭味，站在一旁看著，那刺客直到將膽汁都吐出來，胡小天方才讓人停手，再用冷水潑灑在那犯人身上，衝洗乾淨之後。那犯人躺在地上，仍然顯得有氣無力，若非胡小天利用這種極端的搶救方法，只怕他此時已經死了。

兩名刺客死了一個，這名倖存的刺客雖然將晚飯全都嘔吐出來，可狀況仍然不容樂觀，清醒了片刻，很快又陷入昏迷狀態。

胡小天來到囚室外，慕容飛煙剛剛已經詢問過幾名當值的獄卒，今晚的晚飯所有犯人都是一樣的，但是只有這兩人出事，此事肯定大有文章。那些獄卒全都一口咬定，當晚飯菜絕無問題。

柳當歸來到胡小天身邊，向他低聲道：「胡大人，剩下那個看來也是不行了，奄奄一息，我估計撐不了太久時間。」

胡小天對解毒並不擅長，他皺了皺眉頭道：「城裡有沒有解毒的高手？」

柳當歸搖了搖頭，隨即又想到了一個人：「蒙先生！」

胡小天目光一亮，可此時又傳來一聲哀嚎，卻是剛剛好不容易搶救過來的殺手一命嗚呼了。好不容易抓了兩個活口，本來準備用這兩人將幕後的策劃者揪出來，卻想不到剛剛送到監房之中就遇到這種事情，兩人同時遭遇滅口。

胡小天和慕容飛煙的內心中都感到些許的挫敗，畢竟他們還是太過輕敵，沒有料到背後的主謀下手如此狠辣及時。

胡小天讓人暫時將屍首送入義莊，又讓人將當晚的飯菜取樣封存，這才離開了監房，雖然監房內死了兩名人犯，可是青雲縣衙除了主管監房的胥吏之外，沒有任何一名官吏前來查看，沒人關心這些人犯的死活，更何況這兩名刺客是胡小天帶回來的，出了事情也是他來擔待，即便是住在縣衙內的許清廉都懶得現身。

胡小天和慕容飛煙默默返回住處，進入院落之中慕容飛煙怒道：「一定是有人下毒。」

胡小天道：「這件事明日再說。」心中卻已經斷定是衙門內部所為，監房守衛森嚴，外人不會那麼容易進入其中。由此能夠推斷，此次買兇殺人的就來自青雲縣衙內部。

梁大壯慌慌張張跑了過來，驚聲道：「少爺，大事不好了，那個胡金牛逃了。」

胡小天對此卻沒有感到任何驚奇，讓胡金牛逃走只是他計畫中的一個部分，現在柳闊海應該已經在跟蹤胡金牛的路上了。他擺了擺手道：「隨他去吧，你早點休息，明天還要趕路。」

梁大壯離去之後，慕容飛煙一雙美眸盯住胡小天道：「你難道打算就這樣算了？只要抓住那班獄卒細細審問，肯定能夠問出端倪，不用問，一定是他們在飯菜中下毒。」

胡小天微笑道：「為什麼要下毒？」

「當然是要殺人滅口！」

「殺人滅口的目的是什麼？」

「因為有人擔心刺殺你的事情敗露，所以要將這兩名殺手除掉。」

胡小天又道：「什麼人能神不知鬼不覺的下手？」

慕容飛煙道：「這還用問，當然是衙門裡面的人！難道你不想查出究竟是誰幹的？」

胡小天搖了搖頭道：「為何一定要查出是哪一個，也許整座衙門裡面壓根就沒有一個是乾淨的。」

慕容飛煙美眸一亮，她忽然明白了胡小天的目的，或許他的本來目的只是要證實一件事，證實飛鷹谷刺殺行動是衙門內部所策劃，至於是誰，已經沒必要查清。

胡小天道：「既然每個人都有嫌疑，那麼每個人都是咱們的敵人，我沒精力再跟他們玩小孩子過家家的遊戲，從今天起，我要寧可錯殺一千，絕不放過一個。」

胡小天這番話說得威武霸氣，聽得慕容飛煙也是心頭一凜，再看這廝嬉皮笑臉的樣子，怎麼聽怎麼覺得這貨是在開玩笑。

胡小天卻不是在開玩笑，這貨是真動了殺念。他也知道慕容飛煙是個原則性很強的人，自己絕不能將心中所有的想法都告訴她，否則非但得不到她的贊成，反而會遭到她的反感。但是思想工作是必須要做的，冰凍三尺，水滴石穿，改變都是在不懈努力下發生的，想當初他們還曾經是分外眼紅的對立面，現在不也成了好搭檔，只要自己肯下功夫，成為好朋友，好情人也有可能，只要功夫深，鐵棒磨成針，不過這廝想磨的可不是鐵棒，望著慕容飛煙這廝不禁又想入非非。

慕容飛煙總會在第一時間內覺察到他的企圖，並果斷而迅速地和他拉開距離，這貨是個危險分子，就像，就像一隻刺蝟，離得太近肯定會扎傷自己，連慕容飛煙都不知道自己為何如此怕他，論武功，十個胡小天也打不過她一個。

胡小天建議道：「去我房間。」

「無恥！」慕容飛煙顯然又誤會了胡小天的話。

胡小天道：「我跟你商量點事兒，沒別的意思。」

慕容飛煙道：「去就去，我怕你啊？」往往聲音越大，越是心虛。

來到胡小天的房間內，胡小天讓慕容飛煙將房門掩上，然後一瘸一拐地爬到床上趴下，就目前的身體狀態而言，這姿勢是最舒服的。

慕容飛煙在靠近窗口的太師椅旁坐下，胡小天道：「近一些。」

慕容飛煙道：「咱們還是保持點距離為好，我聽得到。」

胡小天道：「剛剛我和蕭天穆達成了協定。」

「你跟他？該不是想幹什麼壞事吧？」

胡小天呵呵笑了一聲道：「他說今天那幫殺手是五仙教的人。」

「五仙教？」慕容飛煙站起身來，她是六扇門中的人，對江湖的掌故要比胡小天瞭解得多，緩步來到胡小天身邊，低聲道：「你是說曾經被朝廷出兵剿滅的五仙教？」

胡小天閉上眼睛點了點頭道：「就是他們，據說已經死灰復燃了。」

慕容飛煙道：「五仙教主上官無情此人武功高強，據傳已經躋身大宗師的境界，倘若是他要對付你，只怕咱們麻煩大了。」

慕容飛煙雖然膽色過人，可是提起上官無情的名字，也不禁感到一陣惶恐，在江湖中，上官無情是一個幾近神話的存在，據說他的武功已臻化境，可於萬軍之中取人首級如同探囊取物，只是她也未曾親眼見過這個人。

胡小天道：「我哪有那麼厲害的仇家，五仙教門徒眾多，不知有多少堂口多少分舵接下的任務，還不至於勞動那個什麼上官，什麼無情吧？」

慕容飛煙道：「你居然還有點自知之明。」

胡小天笑了笑道：「對自己都不瞭解，哪敢出來混官場。」

「說你胖你還喘上了！」

胡小天道：「兩名五仙教的門徒送進監房就被人給殺了，毫無疑問，買兇殺人者出現在咱們衙門內部。」

慕容飛煙有些遺憾道：「可惜我們百密一疏，沒有當場抓住滅口者。」

胡小天笑道：「這青雲縣衙的官吏本來就是蛇鼠一窩，許清廉、郭守光、劉寶舉、邢善那幫人根本沒有一個好東西，他們都把我看成眼中釘肉中刺，一個個都想將我除之而後快。」

慕容飛煙道：「早就叫你來到這裡要低調做人，你偏偏不聽，結果得罪了這麼多人。」

胡小天道：「夾著尾巴做人我不會。」

「可我看你平時蠻會做人的啊，你不是常說男子漢大丈夫能屈能伸。」

胡小天道：「我是說男子漢大丈夫可硬可軟。」

慕容飛煙羞得滿臉通紅，可不知該如何接話了。

胡小天道：「就算是能屈能伸，對付這幫蒼蠅一般的貨色，我也犯不上啊，飛煙，咱倆是一夥的不？」

慕容飛煙道：「我羞與你這種人為伍。」

「知道害羞的女人才有女人味，你總算懂得如何更像一個女人了。」

「我呸！」

胡小天道：「許清廉那幫人全都是貪官，而且這幫貪官貪墨的是老百姓，我擋了他們的路，這幫孫子就想把我除掉。」

「你有什麼證據證明？」

胡小天道：「我有個主意，就是不知道你同不同意。」

慕容飛煙道：「別讓我去做壞事，我絕不做違背良心的事情。」

胡小天道：「在我眼裡你就是正義女神，我怎麼可能讓你去做壞事，再說了，我就是讓你去做壞事，以你這麼聰明的頭腦，還能分不清楚什麼是對的，什麼是不對的？」

慕容飛煙聽出這貨又開始忽悠自己，不過明知道是忽悠，可聽著還是蠻舒服的。正義女神，這廝真會發明新詞。

胡小天心底暗笑，正義女神，你肯定不知道正義女神那妞兒是蒙上眼睛的。他低聲道：「後天有場慈善義賣，我打算把青雲大大小小的官員都請過去。」

慕容飛煙眨了眨眼睛，心想這跟自己又有什麼關係？難道他想讓自己去負責現場治安？

胡小天道：「我把他們全部支開，到時候我想找個人挨家挨戶下手。」

慕容飛煙倒吸了一口冷氣：「你想幹什麼？你想做賊啊？」

胡小天道：「就算我想做賊，有那賊心也沒有那個賊能耐，這幫貪官污吏，平日裡魚肉百姓，真正到了掏錢的時候，一個比一個會裝孫子，我就不信這裡面能有一個清官，我要是有飛簷走壁的本事，我一早就下手了，把他們家裡面收藏的銀兩一網打盡，他們要是敢報案，我就讓他們說出銀子的出處，他們要是不敢報案，這筆銀子反正是坑老百姓的，咱們取之於民用之於民。」

慕容飛煙現在已經完全明白了，這貨是讓自己臨時客串一下女飛賊的角色，真是會打如意算盤。她冷哼一聲道：「你這根本就是作奸犯科，跟賊沒有分別。」

胡小天道：「飛煙，咱們在飛鷹谷被刺殺就是這幫孫子幹的好事，咱們要是不來點反應，他們會以為咱們好欺負，接下來還不知會想出什麼餿主意，我沒讓你對付別人，許清廉一個就夠了，他口口聲聲是個清官，這些壓榨青雲老百姓最狠的就是他，你只要將他家裡的金銀財寶打包弄出來一些，就算完成任務。我思來想去，我最信任的人就是你，我認識的人中武功最高的也是你，也只有你這樣的人才配做這樣的大事。」

慕容飛煙眨了眨眼睛：「胡小天，我應該拒絕你嗎？」

胡小天可憐巴巴地看著慕容飛煙：「飛煙，你千萬別拒絕我，不然我會傷心欲絕。」

慕容飛煙道：「那就去死吧，我保證，你死了我一點兒都不心疼。」

或許是因為周文舉的金創藥的確神奇，又或者因為胡小天屁股上的箭傷本來就不重，這貨第二天就精神抖擻地去了衙門，所有人都佩服他昂揚的鬥志，雖然武功不濟，可這份頑強的鬥志足可以和打不死的小強相提並論。

縣衙的一般胥吏都以為胡小天這次至少要休息幾天，誰都沒想到他一早就會來到縣衙，許清廉今日不在，據說又帶著一幫心腹手下去鄉下巡查了。

衙門裡原本就清閒得很，如果說有事，也是胡小天來了之後發生的。

主簿郭守光仍然留下坐鎮，剛剛處理完監房的事情，雖說死的是兩名人犯，可畢竟這事兒是發生在衙門內，調查一下也是必須的，他將當值獄卒問了一遍，正在房內書寫事件經過的時候聽聞胡小天來了，他對胡小天可謂是又恨又怕，現在縣衙內其他人不在，唯有他留下坐鎮，思來想去，還是不去見胡小天為妙，這廝交代一聲，悄悄從後門溜了。

胡小天聽說衙門裡幾個管事的全都不在，正遂了他的心意，他來到監房，雖然監房經過清埋，裡面仍然有股酸臭味道，畢竟裡面空氣流通不暢，氣味很難散出去。

胡小天裝模作樣地提審了幾個犯人，真正的重頭戲還是落在周霸天的身上，他讓獄卒將周霸天叫到刑房內。原是想通過周霸天得到一些昨晚的情況。

周霸天料到他會問這件事，低聲道：「兩人吃的晚飯和我們並無差別，卻不知為何只有他們出事。」

胡小天壓低聲音道：「他們兩人是五仙教的人！」他並沒有忘記蕭天穆的囑託，第一時問將這件事通報給周霸天。

周霸天聽到五仙教這三個字，臉上的表情頓時變得嚴峻了起來：「五仙教？」

胡小天點了點頭道：「沒錯，蕭先生這麼說。」

周霸天道：「胡大人和五仙教有仇？」

胡小天搖了搖頭道：「我也是第一次聽說這個名字，過去從未和他們有過接觸，更談不上什麼仇恨了。」

周霸天眉頭緊鎖道：「大人有沒有檢查過那兩人的屍首？」

胡小天道：「屍體已經送到了義莊暫時安放，仵作今天會去驗屍。」其實胡小天並沒有意願去查實兩人到底是中的什麼毒，對他來說，這兩人只不過是無足輕重的小角色，將他們送來監房，目的就是要證明一件事，衙門內部有人要殺人滅口，從而推斷出飛鷹谷謀殺是同僚所策劃，從這一點上來說，胡小天已經達到了目的，接下來他要做的就是著手報復，將潛在的對手一一清除。

周霸天道：「大人還是好好查查，此事非同小可。」

胡小天道：「五仙教真有那麼厲害？」

周霸天緩緩點了點頭道：「勞煩大人幫我安排一下，我需要出獄了。」

胡小天不知這件事為何對周霸天的震動如此之大，他看來對五仙教頗為忌憚，隱藏在監房中接近四個月，可聽到五仙教的名字馬上就準備離開，難道說周霸天和五仙教有仇？胡小天心中雖有疑問，但是並沒有提出來，畢竟周霸天和他之間還沒到暢所欲言的地步，周霸天不想說的事情，只怕誰也問不出來。

離開監房，有獄卒迎上來道：「大人，有位姑娘在衙門口等著您。」

胡小天聽到姑娘兩個字，腦子裡瞬間閃過幾個倩影，首當其衝的就是樂瑤，可首先否定的也是樂瑤，她好不容易才逃了出去，怎麼可能堂而皇之地在青雲縣衙露面？然後想到的是慕容飛煙，這幫人不可能不認識慕容飛煙，要說自己認識的姑娘不少，可在青雲這邊卻沒有幾個。

胡小天帶著滿心的好奇來到大門外，就算他想破腦袋，也想不到秦雨瞳居然會來找自己。

秦雨瞳穿著深藍色的黑苗人服飾，頭頂帶著斗笠，仍然是用黑紗掩住半邊面龐，靜靜站在衙門前望著照壁上的那隻貪獸。

雖然只是看到她的背影，已經美得令人窒息，胡小天緩步來到她的身後，不到一丈的地方，秦雨瞳已經轉過身去，清澈而深邃的雙眸凝望著胡小天的面龐，從她的眼神中看不到任何悲喜的波動成分，從她的眼角眉間可以看出她的年齡並不會比自己大多少，可是她的眼神卻宛如深山古潭平靜無波，胡小天不禁詫異，這麼年輕的女孩子怎麼修煉出這樣風波不驚的心態？

胡小天接觸到的女孩，或單純、或多情、或率真、或高貴、或陰險，可唯有秦雨瞳給他的印象是如此的琢磨不透，無懈可擊，頭一次有一個人給胡小天這樣的印象，他甚至感覺到自己面對的並非是一個真人。

可秦雨瞳畢竟活生生站在那裡，明澈的眼睛眨了眨，輕聲道：「胡大人，我冒昧前來，還是想看看你為閻伯光剖腹所用的那套器具。」

胡小天還以為有多大的事情，不禁笑了起來：「好說，秦姑娘其實不必親自前來，只消讓人說一聲，我就會讓人給你送過去。」

聽到胡小天答應得如此痛快，秦雨瞳的目光中流露出些許的欣慰，她留意到胡小天一瘸一拐的步伐：「大人受傷了？」

胡小天點了點頭，照實答道：「昨日從黑石寨返回途中，遭遇歹徒伏擊，屁股上挨了一箭。」

「要不要緊？」雖然是問候胡小天屁股的情況，可秦雨瞳沒有任何的忸怩，也沒有流露出半點的尷尬之色，她和其他的女人還真是不同呢。

跟秦雨瞳說話，胡小天感到有種說不出的壓抑感，他也不知為什麼會產生這種感覺，兩人的對話沉悶而無趣，就像是過去枯燥無味的工作對話，這貨特不喜歡這種感覺，決意要打破這種沉悶的氛圍，像是無意其實是在故意讓秦雨瞳難堪的來了一句：「你要不要幫我看看？」倘若他面對的是慕容飛煙，只怕現在早已一拳打了過去，最好的結果也會奉上卑鄙下流這四個字。

可秦雨瞳仍然風波不驚，清澈的雙眸純淨的似乎沒有察覺到這廝陰險的用意：「好啊，在這裡還是另外找個地方？」

胡小天真正領教到秦雨瞳的厲害了，額頭已經開始冒汗，搞到最後難堪的反而是他自己，秦雨瞳這是以不變應萬變，無論他動什麼心思，秦雨瞳都是那副與己無關的架勢，胡小天此時的感覺糟透了，在秦雨瞳的面前，他忽然感覺到自己就像個小孩子，無論自己想幹什麼？她總是可以輕描淡寫地將之化解。

胡小天歎了一口氣道：「還是算了，男女授受不親。」

秦雨瞳平淡道：「那就算了！」

雖然兩人在你一言我一語的說著，可是非但沒有拉近彼此的距離，反而始終讓胡小天有種遙不可及的感覺，這種感覺真是奇怪。

此時青雲縣的仵作李廣勝埋著頭匆匆向衙門走來，看到胡小天，趕緊上前行禮，胡小天詢問他有沒有去過義莊。李廣勝知道胡小天在問屍檢的結果，點頭說已經去過了，屍檢並沒有發現什麼異常情況。

胡小天對這廝的屍檢水準持有相當懷疑的態度，要知道這一時代的屍檢還停留在只看表面的基礎上，而且這種小縣城的仵作，大都是半路出家，根本沒有經過專業培訓，查不出來是正常的，查出來反倒奇怪了。

李廣勝告辭離去之後，胡小天心生一計，他向秦雨瞳道：「我想先去義莊看看。」在胡小天看來，女人就算膽子再大，也會害怕死人，你秦雨瞳不是心態好嗎？我倒要看看你的心態究竟能好到哪種地步。

秦雨瞳居然天真地點了點頭：「好啊！」

青雲縣城內只有一間義莊，最近天氣炎熱，正是死亡的高發季節，義莊的生意自然格外興隆，連院子裡都擺滿了棺材。至於在義莊存放的都是些官府送來的無主屍體，義莊是不會提供棺材的，只是提供臨時存放屍體的場所，等到仵作做完屍檢取證之後，這些屍體就會用破席捲了直接埋葬到城外的亂葬崗。當然做這些事是有錢拿的，屍體存放一天是五文錢，幫忙掩埋一具屍體是二十文，錢雖然不多，可是義莊老闆朱延年卻樂此不疲，蚊子再小也是肉，有錢不賺那不是傻子？

胡小天和秦雨瞳兩人來到義莊院子裡，看到偌大的院子內橫七豎八地擺滿了棺材，多半棺材還沒有上漆，胡小天看到外面沒人，義莊的大門敞開著，於是舉步走了進去，大聲道：「有人嗎？」一臉喊了幾聲都無人回應。

通往後院的道路兩側也都是棺材，後面是臨時存放屍體的地方，義莊有義莊的規矩，陰魂見不得陽光，所以後院的停屍間內都沒有窗戶，房門緊閉，就連過道也都用黑布蒙得嚴嚴實實，雖然是炎炎夏日，走入其中也感覺一種莫名寒意。

牆壁的燈籠內點著油燈，借著微弱的光線向裡走，胡小天又道：「有人嗎？」身邊發出吱吱嘎嘎的響聲，卻是右側棺材內一名男子從裡面坐了起來。胡小天雖然是個無神論者，也被這廝嚇了一跳，定睛一看，那男子頭髮蓬亂打著哈欠，膽小的一定以為是詐屍。

那男子從棺材內站了起來：「誰找我？」當他看清眼前人是胡小天時，趕緊從棺材裡面爬了出來，深深一揖道：「草民朱延年不知胡大人大駕光臨，還望恕罪。」

胡小天切了一聲，指著朱延年的鼻子道：「你有毛病啊，大白天的跑到棺材裡睡覺，真有你的，人嚇人嚇死人你知不知道？」他轉身看了看秦雨瞳，秦雨瞳淡淡然站在自己的身後，舉止之中沒有流露出半分的恐懼，又不禁感歎，這妞兒膽子還真是不小呢。

朱延年解釋道：「大人，這裡涼快又清淨。」

此時左側的棺材裡面也坐起了一個人，胡小天這次有了心理準備，沒有了剛才的心驚肉跳，那人是義莊的夥計范通，小夥子雖然勤快，可因為飯量奇大，被朱延年戲稱為飯桶，一來二去，這名號傳開了，連周圍鄰居都開始這麼叫他。

聽說了胡小天的來意，朱延年趕緊引著胡小天兩人來到存放屍體的地方。進入停屍房之前，朱延年特地給他們提供了用來掩住口鼻的紗布，天氣炎熱，裡面又不通風，屍體已經開始腐爛，臭不可聞。

胡小天蒙好口鼻，還算他有點憐香惜玉之心，向秦雨瞳道：「裡面太臭，秦姑娘就不要進去了。」

秦雨瞳道：「沒關係，醫者對於這種事是沒有什麼可忌諱的。」

胡小天心想你自己選的，回頭吐出來別怪我，於是跟著朱延年和范通走了進去。

朱延年挑著燈籠，那兩具屍體都躺在鋪板之上，剛才仵作李廣勝已經來檢查過了。

胡小天忍者屍體的臭味，湊過去看了看，低聲道：「這裡光線昏暗，把屍體弄到外面去，找個光線明亮的地方，我查看一下。」

朱延年點了點頭，范通上前抱起了屍體，別看他身材瘦削，可膂力卻是不小，手抱一具，肩扛一具，竟然同時將兩具屍體輕輕鬆鬆給扛了出去。要知道平時扛一個活人都不容易，更何況人死後格外沉重，胡小天心中暗讚，這小子倒是有些蠻力。

范通將屍體弄到後院，找了處通風且光線明亮的地方，朱延年在地面上鋪開兩張草席，直接將兩具屍體放在上面。其實仵作已經檢查過屍體，如果胡小天不來，待會兒等朱延年睡醒之後，就將這兩具屍體拉到亂葬崗給埋了。

胡小天讓范通將兩具屍體的外衣給扒光，僅存一條底褲遮醜。他悄悄觀察一旁的秦雨瞳，發現她既沒有感到害怕，也沒有感到害羞，而是半蹲在其中一具屍體旁仔細看了起來。

朱延年看到這對年輕男女對屍體毫不害怕，似乎膽子比自己這個經營義莊多年的老闆還要大一些，心中暗暗稱奇，他向胡小天道：「胡大人，剛才李仵作已經來過，他仔仔細細地驗過屍體，說是沒什麼問題。」

胡小天道：「他懂什麼？」一句話噎得朱延年閉上了嘴巴。

秦雨瞳道：「昨晚這兩人吃了什麼？」

胡小天道：「有部分飯菜留在縣衙裡封存起來了。」

秦雨瞳道：「倘若知道他們吃了什麼，應該可以查出他們中的是什麼毒藥。」

胡小天道：「這還不容易。」這貨從腰間抽出隨身攜帶的手術刀，他現在身上常備兩把刀，一是自己的這柄手術刀，還有一把是未來岳父李天衡送給他的匕首。又從腰間取出鹿皮手套戴上，這廝要準備剖腹了。

胡小天雖然是醫學博士，但是這廝沒學過法醫，即便是驗屍他也從中看不出什麼端倪，這貨掏出手術刀，目的是為了噁心秦雨瞳的，你不是對我剖腹手術感到好奇嗎？今兒我就現場給你演示一下如何剖腹探查。

朱延年看到胡小天掏出一把刀，開始的時候還不知他的目的，可當胡小天乾脆麻利地劃開屍體的肚皮，朱延年饒是見慣了屍體，饒是站在燦爛的陽光下，仍然被屍體的臭味和眼前花花綠綠的肚腸給弄傻了，他看都不敢看，這位縣丞大人簡直是惡魔轉世，怎麼劃開人的肚皮連眼睛都不眨一下。

胡小天戴著鹿皮手套的手探入屍體的腹腔，扒拉了兩下，就將胃給扒拉了出來。

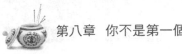

朱延年看到這裡，不由得臉色蒼白，內心發虛，額頭上滿是冷汗，不敢看，又不敢走，只能轉過身去。

小夥計范通居然沒有害怕，反而看得津津有味，好奇問道：「胡大人，這東西是胃嗎？」

胡小天笑道：「不錯！」說話的時候，目光望向秦雨瞳。

秦雨瞳的冷靜真真正正讓胡小天感到折服了，她還是剛才的樣子，聚精會神地望著屍體的腹部，抽出一根銀針插入屍體的肝臟，銀針瞬間變成了黑色：「是中毒！」

## 第九章

# 屍　檢

秦雨瞳重新選了一根銀針挑起那片蘑菇，
又從隨身的鹿皮袋中取了一個青瓷瓶，
灑了些不知名的藥粉在蘑菇上面，過了一會兒，
蘑菇並沒有任何變化。秦雨瞳道：「食物本身並沒有毒。」

如果說胡小天剖腹的目的是為了將秦雨瞳給嚇住，現在吃驚的反而是他自己了，這妮子真是膽色過人，居然沒有流露出一絲一毫的畏懼。

胡小天切開屍體的胃部，因為死者死得很快，裡面的食物基本上沒有消化，他用刀尖從中挑出了一片蘑菇。

秦雨瞳重新選了一根銀針挑起那片蘑菇，又從隨身的鹿皮袋中取了一個青瓷瓶，灑了些不知名的藥粉在蘑菇上面，過了一會兒，蘑菇並沒有任何變化。秦雨瞳道：「食物本身並沒有毒。」她讓范通幫忙掰開死者的口腔檢查了一下，然後又逐一檢查了他們體表肌膚。

秦雨瞳觀察入微，終於在兩名死者的腋下發現了一個細微的針眼。針眼周圍肌膚微微有些發紅，因為兩名死者的腋毛豐富，如果不仔細觀察根本發現不了這一點，秦雨瞳又用銀針循著針眼刺入其中，然後將浸染毒液的銀針放入瓷瓶之中暫時封存。

做完這一切，胡小天直接找朱延年要了一根大號縫針，將死者的肚皮給縫上，給死人縫針當然不需要太多的技巧，工具雖然不稱手，可是仍然能夠看出胡小天精妙的縫合手法。

秦雨瞳始終關注著胡小天的一舉一動。

兩人離開之前，胡小天交代朱延年直接將屍體拉去亂葬崗埋了，自己剖腹驗屍的事情，一定不要向任何人提起。

離開義莊，胡小天抬頭看了看燦爛的陽光，用力舒展了一下雙臂：「果然不出我的所料，是中毒啊！」

秦雨瞳道：「既然知道是中毒而死，胡大人為何要毀滅證據？」

胡小天笑道：「留著屍體也沒什麼用處，你說是證據，假如別人說是屍體死後才被扎的，這又當如何辯駁？對我來說，真相並不重要，結果才重要。」

他帶著秦雨瞳來到了自己在三德巷的住處。

柳闊海已經回來，看到胡小天和秦雨瞳在一起，頗感驚奇。

胡小天讓柳闊海幫忙泡茶，自己則帶著秦雨瞳來到書房，將自己的手術器械箱取了出來，打開器械箱，交由秦雨瞳觀賞。

秦雨瞳看到這箱中琳琅滿目的器械，向來靜如止水的美眸也不禁泛起了漣漪，她逐一鑒賞，顯得頗為投入。連胡小天送過來的香茗都顧不上去接，手中拿著一隻血管鉗夾起又鬆開，輕聲詢問這工具的用處。胡小天也不藏私，原原本本將工具的作用告訴給她。

秦雨瞳足足看了半個時辰，方才放下手中的器械，來到銅盆前洗淨雙手，接過胡小天再度遞來的香茗，並沒有喝茶，而是直接放在茶几之上道：「胡大人的這些工具從何處得來？」

胡小天當然不會實情相告，總不能說是自己畫出來然後易元堂的李逸風幫忙打造。他笑道：「我的一位老朋友送的。」因為知道蒙自在是玄天館的坐堂醫生，秦雨瞳又尊稱他為師伯，想必她和玄天館也有密切的聯繫，倘若提起了易元堂，說不定這妮子就會順藤摸瓜查出自己的來歷。

秦雨瞳並沒有追問的意思，輕聲讚道：「這些工具設計精妙，巧奪天工，我若是沒看錯，這些全都是京城第一工坊天工坊的手筆。」

胡小天暗叫失算，自己怎麼會這麼糊塗，明明都想到了秦雨瞳和玄天館的聯繫，卻忽略了這麼重要的一節，須知道天工坊是京城第一工坊，經他們一手打造的各種武器工具都有他們的標記，如果秦雨瞳是玄天館的人，又豈會不認識天工坊的標記？這下麻煩了，只要她循著這條線去打聽，根本不用花費太大的功夫就能夠查出自己的出身來歷，我靠，大意了，終究還是大意了。胡小天決定把裝糊塗進行到底：「這我也不清楚，畢竟是朋友送給我的禮物，我也沒問過出處，秦姑娘既然這麼說，想來不會錯，秦姑娘眼力真是不簡單吶，你對天工坊很熟？」

秦雨瞳道：「天工坊名滿天下，只要冠以天工坊這三個字無一不是精品，公子的這套工具上全都有天工坊的標記，由此推斷出來歷並不難。」她這句話似乎一語雙關。

胡小天呵呵笑道：「秦姑娘秀外慧中，醫術高超，我昨日從黑石寨離去之後，一直念念不忘。」其實他直接說欣賞秦雨瞳的醫術就罷了，非得繞著彎兒說，把話故意說得如此曖昧。這廝有個心理，你越是不為所動，我就越挑戰你的心理極限。

秦雨瞳簡直就是個絕緣體，無論胡小天話說得如何曖昧，她都沒有一絲一毫的表情變化。

胡小天還是頭一次遇到這樣的女人，他遇到過仰慕自己的，遇到過鄙視自己的，可秦雨瞳對他寡淡如水，讓胡小天產生一種錯覺，自己這麼大一人站在這裡猶如空氣一般。

秦雨瞳道：「胡大人對人體結構非常熟悉。」

胡小天笑道：「每個人都有屬於自己的愛好。」

「胡大人的這份愛好好像特別了一些。」

的確這個世界上以解剖屍體為愛好的人實在是少之又少。

胡小天道：「我總認為，想為人治病，首先要瞭解人體，連人的身體結構都不瞭解的人，談何去為別人治病？」

秦雨瞳道：「不知胡大人師從哪位大師？」

胡小天道：「白求恩！」

秦雨瞳的目光變得越發迷惘，什麼白求恩，她還真是沒有聽說過。

胡小天笑道：「我跟在師父身邊也就是打打雜，他算不上什麼大師，我從他那裡也沒學到多少本事，即便是治好了幾個也是瞎貓碰上死耗子。」

秦雨瞳當然不會相信胡小天的說辭，輕聲道：「我聽說了胡大人為萬家二公子治病的事情，也聽說了胡大人挽救萬家大少奶奶的善舉，開顱割喉，開膛破肚，假如這樣的治病方法說給人聽，肯定是驚世駭俗。若非親眼所見，我也不會相信。」

胡小天道：「親眼見到的也未必是真的。」他盯住秦雨瞳的眼睛道：「秦姑娘為何要蒙著面紗？」

秦雨瞳道：「雨瞳相貌醜陋，擔心驚擾了胡大人。」

胡小天心中暗暗發笑，拋開秦雨瞳出眾的身材氣質不說，單單是她的這雙眼睛已經可以顛倒眾生，這個藉口真是牽強。

秦雨瞳道：「大人一定以為我是在故意撒謊。」她當著胡小天的面，就將蒙在面上的黑紗摘了下來。

胡小天看到她的面孔之時，驚詫地張大了嘴巴，卻見秦雨瞳兩頰之上縱橫交錯著三道刀疤，其中有一道刀疤幾乎橫貫了她的整張面孔，當真是觸目驚心。再看她的秀眉雙眸全都美到了極致，和下半邊面孔對比顯得越發強烈，讓人不禁感歎，究竟是什麼人能忍心在這少女的臉上做出如此殘忍之事。

秦雨瞳又重新將面紗蒙上：「大人現在滿意了？」

胡小天用力眨了眨眼睛，幾乎不能相信自己剛才所見的事實。

秦雨瞳道：「我幼年時曾經遭遇仇家滅門，雖然僥倖逃生，卻在臉上留下了終生印記。」

胡小天心中暗自感歎，可能秦雨瞳寡淡的性情和幼年時的這次變故有關。他安慰秦雨瞳道：「秦姑娘，容顏並不能代表一切，一個人存在的意義在於他能夠為這個世界做些什麼，而不是他長得什麼樣子。」

秦雨瞳道：「胡大人不用安慰我，其實過了這麼久，我任何事情都已看淡了。能夠學些醫術，盡我的能力多為幾個人解除病痛，就是我最大的願望。」秦雨瞳的願望雖然不高，但是非常無私，胡小天自問做不到像她這樣，剛剛還提到白求恩，敢情毫不利己專門利人的那位就在自己的面前。

秦雨瞳起身告辭，胡小天道：「秦姑娘，今晚我在鴻雁樓有個慈善義賣晚宴，若是有時間，不妨過來捧捧場。」

秦雨瞳淡然道：「我對這種人多的場合從來都不感興趣。」

秦雨瞳離去之後，柳闊海前來向胡小天稟報，按照胡小天的安排，他在昨晚故意造成疏忽的假像，給了胡金牛逃走的機會，一路悄悄跟蹤胡金牛，發現胡金牛並沒有前往黑石寨與其他人會合，也沒有去天狼山，而是直接去了青雲城外的北固鎮，那裡住著一位老太太和兩個孩子，應該是胡金牛的家，胡金牛一進門就是哭聲一片，柳闊海看到如此情景就悄悄返回。

胡小天點了點頭，他讓柳闊海再幫自己送一封信去紅柳莊，讓蕭天穆加派人手盯緊胡金牛，只要他的同夥跟他聯繫，就將他們一網打盡，當然儘量要留有活口。然後再將明晚在鴻雁樓舉辦慈善義賣的拜帖逐一給那幫青雲同僚送過去。

忙完手頭的一切，胡小天這才想起今天一早就沒有見到慕容飛煙，習慣了這妮子在自己面前逛蕩，一會兒看不見她還真有些不習慣。

梁大壯走後，胡小天這邊的飲食起居暫時無人照顧了，一切就得親力親為，這貨晚上居然自己動手做了四道小菜，擺好了碗筷只等慕容飛煙回來，可左等不來，右等不來。等到飯菜都涼了，眼看夜幕降臨，胡小天只能自己先吃，這邊剛剛拿起碗筷，慕容飛煙就回來了。

胡小天笑道：「怎麼回來這麼晚啊？有沒有吃飯？」

慕容飛煙望著桌上的飯菜：「你做的？」

「嘗嘗！」

慕容飛煙去洗了手，回來的時候胡小天已經幫她盛好了飯，在她的記憶中，好像還是這位大少爺第一次主動伺候自己。慕容飛煙不說受寵若驚，芳心之中也難免有些小激動，不容易，真是不容易。讓慕容飛煙更驚奇的是，一向被她定義為五穀不分，四體不勤的大少爺廚藝居然還不錯。

胡小天笑瞇瞇道：「怎麼樣？嘗嘗土雞湯。」

慕容飛煙接過他遞來的土雞湯喝了一口，禁不住點頭讚道：「好美味，真的是你做的？」

胡小天笑道：「家裡只有我一個還能有誰？這土雞湯大補，最適合坐月子時候喝，等你將來坐月子的時候，我每天都燉給你。」

慕容飛煙美眸圓睜，差點沒把這碗湯全都澆到這貨的腦袋上，吃他一頓飯還得被他佔便宜，這貨真不是個好東西。不過接觸那麼久，聽慣了這廝無節操無下限的混帳話，慕容飛煙已經漸漸免疫了，他說他的，只當沒聽到就是。於是不再搭理他，以沉默抗議這貨的無恥。

胡小天無人理睬自然也沒有了調笑的興致，兩人吃飽了飯，胡小天這才想起慕容飛煙外出一整天的事情：「飛煙，這一整天你都去哪兒了？」

慕容飛煙道：「抽時間去探望一下你的紅顏知己。」

胡小天聽說她去看了樂瑤，頓時關切起來：「她怎樣？病好了沒有？」

慕容飛煙點了點頭道：「病好了，她也問起你呢，好像挺關心。」

胡小天嘿嘿笑了起來，一想起小寡婦樂瑤頓時心頭就火辣火辣的，這小寡婦實在是個絕代尤物啊。

慕容飛煙說話的時候已經在觀察胡小天的表情，看到這廝色授魂與的樣子，打心底呸了三聲，她冷冷道：「知不知道我還去了哪裡？」

胡小天搖了搖頭。

慕容飛煙道：「我昨晚就已經離開了，去了萬家三公子萬廷光的墓地。」

胡小天愕然道：「你去那裡幹什麼？」問完之後馬上明白慕容飛煙前往哪裡的真正目的，慕容飛煙一定是對萬廷光的死因產生了懷疑，所以才會去驗屍。胡小天隱約想到了什麼，內心變得沉重起來。

慕容飛煙道：「他的屍體保護得很好，栩栩如生，我仔細查驗過，他的皮膚上有銅錢大小的屍斑，根據屍斑的顏色和形態來看，很可能是中毒，我取了他的頭髮和指甲，準備找人查驗到底中的是何種毒藥。」

胡小天抿了抿嘴唇，臉上的表情前所未有的凝重，其實早在樂瑤發燒胡話之前他就已經產生了懷疑，記得在萬府之中樂瑤為了讓自己帶他離開，曾經佯裝暈倒。如今回想起來，樂瑤身上的疑點其實很多。但是胡小天和慕容飛煙不同，慕容飛煙是個原則性很強的人，一旦發現疑點，她就想查個水落石出，這也算得上某種職業病。而胡小天在這件事上卻想睜一隻眼閉一隻眼，無論樂瑤對萬家做過什麼，他認為都不重要，畢竟萬家為富不仁，一家沒一個好東西。他低聲道：「飛煙，咱們還有許多正事兒要忙，這件事還是放一放。」

慕容飛煙當然知道胡小天有心徇私，以他的頭腦又怎能察覺不到其中的異常，她並沒有馬上表態，而是笑了笑道：「你打算如何安置她？」

胡小天道：「等過了這陣子，問問她家裡還有什麼親人，將她送回去就是。」

「她沒有親人了，父母雙亡，她父親叫樂清池，是西川一帶相當有名的文人，後來因為寫了反詩被人舉報，入獄後沒多久就病死了。」

胡小天愕然道：「病死在青雲縣衙？」

慕容飛煙搖了搖頭：「燮州府，是楊道全將他抓起來的。」

胡小天凝望慕容飛煙的雙眸，壓低聲音道：「你在查這件事？」顯然慕容飛煙已經將樂瑤的出身背景調查得相當清楚，他對慕容飛煙的性情已經有了相當的瞭解，知道她只要決定的事情很難中途放棄，看來樂瑤這次要有麻煩了。

慕容飛煙道：「我查過樂清池的案子，樂家過去也算得上是殷實人家，可後來為了營救樂清池弄得傾家蕩產，他們的家業田產最後全都落在了萬伯平手裡，應該是想通過萬伯平的關係，求楊道全放過樂清池。」

胡小天緩緩點了點頭，根據慕容飛煙所說的這一切已經能夠初步斷定，樂家被害得人財兩空應該拜萬伯平所賜，所以樂瑤才會如此痛恨萬家，忍辱負重嫁入萬家或許正是為了復仇。胡小天道：「有些事過去就過去了，沒必要查個水落石出。」

慕容飛煙將一個木盒緩緩放在桌面上，沒有說話，起身離去。

等到慕容飛煙離去，胡小天方才拿起那木盒打開來，卻見盒內存放著一些毛髮和指甲，不用問一定是從萬伯平那個傻兒子萬廷光屍體上取下來的，胡小天趕緊蓋上，剛剛吃完飯，慕容小妞根本是要噁心他啊，轉念一想慕容飛煙並不是這個目的，她將這些東西交給自己，意味著她認同了自己的想法，決定不再徹查樂瑤的事情。這對慕容飛煙來說已經是相當的不容易，要知道過去她向來是個眼睛裡容不得任何沙子的人，在樂瑤事件上的退讓，難道是受到了自己的影響？

慈善義賣晚宴，在青雲的歷史上還是第一次，在大康的歷史中也不多見。由鴻雁樓掌櫃宋紹富出面組織邀請了青雲縣的富賈名流，各行各業的領軍人物，當然青雲商界最具代表性的人物萬伯平沒來，不是萬伯平不給胡小天面子，而是因為最近萬家煩心事太多，他大兒子失蹤一事仍然沒有解決，萬伯平當然沒有了湊熱鬧的心境，藉口身體有恙在家休養。不過他還是委託了管家萬長春過來，並帶來了一尊青玉觀音作為義賣的拍品，也算是對胡小天這位恩人的支持了。

官場上的人物都由胡小天邀請，不過胡小天在青雲縣顯然沒什麼人緣，原本這幫同僚都答應前來，可弄到最後，許清廉推說有事沒來，許清廉目前就是青雲官場的風向標，他不給胡小天面子，別人自然不敢過來給胡小天捧場，一來二去，本來是慈善義賣的好事，如今卻上升到了官場中派別站隊的問題，胡小天這邊明顯被孤立了。

不過縣衙中還是有人過來的，主簿郭守光，要說他和胡小天早有芥蒂，上次在胡小天的接風宴上還被胡小天借著醉酒痛毆一頓，最不該來的就是他，可郭守光此來也不是以德報怨，而是奉了許清廉的命令過來看熱鬧，他倒要看看今天胡小天如何收場。

按照宋紹富和胡小天兩人預先的籌畫，今天要在鴻雁樓開滿十二桌，酉時準點開席，可計畫不如變化，別說這幫官員不給面子，連宋紹富事先聯絡好的那些商人似乎也全都約定好，幾乎同時放了他們的鴿子。

時間已經到了酉時，鴻雁樓仍然門庭冷落，只有三五輛馬車，胡小天和宋紹富兩位組織者作為迎賓站在門前，這會兒兩人的面色已經掩藏不住尷尬了。宋紹富之前向胡小天拍著胸脯打過包票，要將這件事辦得漂漂亮亮風風光光，如今這局面是他沒有想到的，還好胡小天那邊也沒來幾個客人，兩人半斤八兩，誰也不比誰臉上好看。今晚開了十二桌酒席，就目前而言，連一桌都坐不滿，只怕今晚不過，慈善義賣的事情就要成為青雲的大笑話了。

此時看到主簿郭守光乘著馬車過來，郭守光一下車，就四處看了看，看到這門前冷落鞍馬稀的場景，這貨打心底發笑，胡小天啊胡小天，你也不掂量掂量自己的斤兩，以為在青雲交了幾個商人就能夠呼風喚雨？你還差得太遠。什麼慈善義賣晚宴？只是徒增笑柄罷了。

郭守光帶著一臉幸災樂禍的笑容走了過去，遠遠拱手道：「恭喜大人，賀喜大人！」

胡小天心中暗罵，賀你媽個頭！來看老子的笑話，真是欠扁，臉上仍然堆著陽光燦爛的笑容：「老郭來了，哈哈，裡面坐，裡面坐！」很熱情地抓住郭守光的手臂做了個邀請的動作。

郭守光假惺惺道：「不好意思，我因為有事來遲一步，其他大人已經來了吧？」

胡小天道：「你是第一個！」

「哦？」郭守光望著空空蕩蕩的大堂，心中這個美啊，胡小天啊胡小天，你也有今天，多行不義必自斃，居然敢打我，嘿嘿，今天這臉都要被人打腫了吧？郭守光在心底恨了這麼久，終於等到了一個落井下石的機會，他豈肯放過：「胡大人，我是不是記錯了時間？怎麼許大人他們全都……」

胡小天知道他肯定會哪壺不開提哪壺，很有涵養地笑了笑道：「我沒請他！」郭守光心中暗罵，能要點臉嗎？青雲縣衙上上下下，你哪個沒通知到啊，是人家不願給你面了，不是你沒請。

胡小天懶得跟這廝廢話，將他交給小二安排坐下，再度回到門外，萬府的總管萬長春也到了，胡小天只是點了點頭，這會兒連話都懶得說了，今天的慈善義賣晚宴估計要弄得灰頭土臉，人都湊不齊，還玩個屁。要說胡小天之前也有了一定的心理準備，只是沒想到自己在青雲的號召力如此不濟，心中難免有些鬱悶。

看到天色漸暗，宋紹富來到胡小天面前低聲道：「胡大人，你看咱們是不是再等等？」

胡小天心想你這不是廢話嗎？總共才來了不到一桌人，蘇廣聚、柳當歸那都是自己的一些老關係，感情雖然不錯，可這些人是沒錢沒實力的。青雲有錢有勢的幾乎都沒有出現，今天的這場慈善義賣看來要慘澹收場了，胡小天暗忖，今天無論如何都要照常進行，大不了去路邊請些老百姓免費撐撐場面，怎麼都得把這十二桌席給坐滿，智者千慮必有一失，終究還是自己疏忽了。

胡小天正在這兒動腦子的時候，有六名騎士縱馬朝著這邊而來，胡小天舉目望去，發現清一色的全都是黑苗族人，其中一人正是黑石寨的滕紫丹，來到鴻雁樓前，她翻身下馬，笑盈盈招呼道：「胡大人，可是這裡要做慈善義賣晚宴嗎？」

胡小天又驚又喜，這會兒他可不在意來賓有什麼權勢了，能有人過來捧個人場已經是求之不得，慌忙樂呵呵迎了上去：「滕姑娘來了，哈哈快請，裡面請！」

滕紫丹身邊還有一名黑苗族中年人，身材魁梧，相貌威武，紫色面龐，八字鬍須，雖然站在那裡一言不發，可是他的身上卻明顯帶著一股強大的領袖氣場，一看就知道是這群人的帶頭人。

滕紫丹向胡小天引見道：「我爹！」

中年人抱了抱拳，胡小天笑著打了聲招呼將一行人引入鴻雁樓內。胡小天並不認識這位中年人，可中年人步入大堂之後，郭守光看到他之後慌忙站起身來，原來這名中年人正是黑石寨的寨主滕天祈，在當地黑苗人心目中擁有極高的威望，即便是縣令許清廉見到此人也要對他客客氣氣的。

郭守光實在是想不通，胡小天什麼時候與黑石寨的人搭上了關係？滕天祈性情古板，素來和青雲的官員很少聯絡，在郭守光的記憶中竟想不到他在何時參加過這邊的公開活動，今日居然主動帶著女兒前來給胡小天捧場，這關係顯然非同一般。郭守光主動上前和滕天祈打招呼，滕天祈只是微微頷首，態度倨傲，壓根沒把這個青雲主簿放在眼裡。

胡小天安排滕紫丹就坐的時候，她悄悄向胡小天詢問道：「你大哥呢？」胡小天微微一怔，旋即才明白她問的是慕容飛煙，微笑答道：「他出門辦事了，今晚或許趕不回來。」看來滕紫丹是衝著慕容飛煙過來的。

滕紫丹聽說胡大地不會出現，俏臉之上難免流露出失望之色。胡小天看到她的表情，心中不禁暗暗發笑，這滕紫丹的眼神兒實在是不好，到現在連慕容飛煙的雌雄都沒分出來。不過以慕容飛煙的性情應該不會和滕紫丹聯絡，更不會提出邀請，卻不知這幫黑苗人為何要過來捧場。

這邊將黑石寨的貴客迎入鴻雁樓，那邊又有客人到來，這次來的是紅柳莊莊主蕭天穆，隨同他一起前來的兄弟也有六七個，胡小天這會兒已經是笑顏逐開，好歹不像剛開始那樣冷清了，顏面上總算能夠交代得過去，陪同蕭天穆往裡走的時候，蕭天穆低聲道：「胡大人，你吩咐的事情，我已經安排好了。」

胡小天一語雙關道：「本來想調虎離山，可現在看起來不是那麼順利。」

蕭天穆壓低聲音道：「我大哥親自帶人出馬，應該不會有任何的差錯。」

胡小天這才想起今日周霸天已經被保了出去，今晚帶領他的那幫弟兄要在青雲縣內上演一齣劫富濟貧的大戲，想想都是激動呢。

安排蕭天穆那群人坐下，忽聽外面有人大聲道：「西州長史張大人到！」

主簿郭守光聽到後的第一反應就是自己聽錯了，西州長史張子謙是西州尹李天衡席下的第一謀士，此人學富五車智慧超群，乃是國內有名的大儒，平日常駐西州，為李天衡出謀劃策，可以說李天衡這些年在西川經營得有聲有色，此人居功至偉。

胡小天也是一臉的迷惘，西州長史那可是從五品上的官員，自己和張子謙素昧平生，卻不知他來這裡作甚?從之前李天衡送給他老爹的那幅對聯中，他就已經知道自己的行蹤早已敗露，李天衡一早就知道了他的身分並留意他的動向，看來這位西州長史的到來，十有八九是受了李天衡的委託。

胡小天帶著滿心的迷惑迎了出去，等他來到外面一看，心中頓時明白了，那張子謙根本就是自己第一天來到青雲之時，渡他過河的那位老漁翁。只是今天張子謙已經不再是那副漁翁打扮，身穿灰色長袍，身後跟著兩名侍衛，微笑站在門外，笑瞇瞇望著胡小天道：「胡大人，久違了！」

胡小天一揖到地，這個禮敬得有些誇張，有點學生見老師的意思，張子謙雖然輩分比他高出不少，可這個大禮還真有些受不起，上前一把抓住胡小天的手腕笑道：「胡大人不要如此大禮，真是折殺老夫了。」

胡小天道：「張大人，您可把我給騙慘了！」

張子謙呵呵笑道：「老夫原本想坦然相告，可轉念一想，你都不告訴我你是來青雲做縣丞的，我若是說了實話，豈不是吃了大虧？」

胡小天心想這老頭兒還蠻有趣，心中卻輕鬆不起來了，想當初離開京城的時候，老爹還千叮嚀萬囑咐，務必要隱瞞自己的身分，從目前的情況來看，自己從來到青雲之後，就已經在未來老岳父的監視範圍內，他的首席謀士張子謙還故意裝扮成老漁翁考驗自己的才學。早知如此，自己就該表現成一個傻子，一問三不知，讓李天衡對自己失望透頂，斷了要他當女婿的念想。這年月不但女子無才便是德，連男人也是如此。

胡小天邀請張子謙進入鴻雁樓內，因為張子謙是他的上級官員，又是李天衡眼前的紅人，於情於理胡小天都得陪同左右，他將迎賓的事情交給了宋紹富，自己陪著張子謙落座。

主簿郭守光開始還不相信，知道看到張子謙現身，他方才知道真是西州長史過來了，內心之震驚無以復加，雖然張子謙在官階上只是一個從五品，可是此人在李天衡面前極得信任，在西川是一位不折不扣的實權人物。張子謙祖籍青雲，每次前來省親都是來去匆匆，五年前他的老姐去世之後，家鄉再無親人，這五年間也未曾聽說過他返鄉的消息，不知今日為何會突然出現？

郭守光其實已經知道了答案，張子謙此次不是碰巧了過來吃飯，更不是衝著自己，而是衝著胡小天過來的，人家是給胡小天捧場的。郭守光內心開始直打鼓，胡小天果然有後台，連李天衡面前的紅人都能夠攀得上關係，看來他們掌握的資料很不完善，只怕這個胡小天不僅僅是鹽商的兒子那麼簡單。

郭守光悄悄向隨從耳語了幾句，然後起身笑容可掬地走向張子謙，也是一揖到地，別看他年紀大了，可卑躬屈膝的功夫要比胡小天更加強大，動作也是乾淨麻利：「卑職郭守光參見張大人！」

張子謙表現的倒是謙和，微笑道：「不用多禮，這裡不是衙門，你也不是我的下級，公堂之外，千萬不要拘泥禮節。」他轉向胡小天道：「胡老弟，我說的對不對？」

一句胡老弟顯然無限拉近了和胡小天之間的距離，一旁郭守光聽得真切更是額頭見汗，以張子謙的身分地位居然稱呼胡小天一聲老弟，兩人關係果然不一般啊。

張子謙的出現純屬意外，胡小天也感到顏面有光，看來今晚真是驚喜不斷，未來岳父大人難不成今天要把跟自己的關係公開，真要是如此，只怕明天青雲縣的大小官員都要把自己的門檻踏破了。

和張子謙沒聊幾句話，外面又有貴客來到，只聽一人高聲叫道：「周王殿下到！」

所有人都愣了，胡小天眨了眨眼睛，確定不是在玩我？周王不是十七皇子龍燁方嗎？自己跟他可是素昧平生，他到這青雲小縣城裡來作甚？難道要給我捧場？沒這交情啊？該不是來砸場子的吧？

大堂內所有人都愣在那裡，你看著我，我看著你，基本上都認為是有人在惡作劇，可轉念一想這事兒又有點不像，拿這種事開玩笑搞不好是要坐監殺頭的。

周王龍燁方今年二十三歲，當今皇上龍宣恩在三年前廢了大兒子龍燁霖的太子之位，傳位於三子龍燁慶，也就是在那時老皇帝做出了一個極為重要的決定，收回所有皇子的封地。周王那時年僅二十，剛剛到了弱冠的年齡，將西閩賜給他做封地，可這道命令僅僅下了三天，就一道聖旨將皇子們的封地盡數收回，周王甚至都沒來得及去自己的封地看看，又變成了一個徒有封號的皇子。

諸多皇子之中周王龍燁方屬於與世無爭的那一種，前頭還有十六位皇兄依次排序，從小到大也沒有表現出什麼過人的能力，這皇太子的位子輪不到他，他也無意於爭權奪利，無論那幫哥哥們爭得如何熱鬧，他理智地保持中立，其實在皇子之中抱有他這樣想法的人還有幾個，明哲保身，享受人生就好。

不過周王龍燁方的母親李貴妃頗得皇上的寵幸，愛屋及烏，老皇帝對這個十七子也是頗為疼愛，朝內居然因此也傳出皇帝有心立龍燁方為太子的流言。周王母子都知道這種流言對自己沒什麼好處，於是便產生了遠離宮廷爭鬥的心思，打著為皇上祈福的名義遊歷大康，其實真正的目的是為了躲避宮廷紛爭。

前些日子周王去了西川，張子謙還在西州和他見過一面，卻沒有想到他居然也會在青雲露面。張子謙暗自猜測胡小天和龍燁方之間的關係，猜想到兩人全都來自京城，或許過去就是舊相識。他又怎麼知道胡小天壓根沒見過這位周王殿下，龍燁方離開京城的時候，胡小天還是個傻子呢。

龍燁方身穿明黃色織金長袍，相貌英俊，氣宇軒昂，畢竟是皇家子弟，這身的尊貴氣質是普通人無法比擬的。即便是按照胡小天的標準，這位皇子也能夠算得上一位貨真價實的美男子，胡小天不認識龍燁方，低聲詢問張子謙道：「張大人，他該不是冒充的吧？」

張子謙沒說話，已經起身快步走了過去，屈膝跪下道：「老夫張子謙不知周王千歲大駕親臨，有失遠迎，還望殿下恕罪。」

胡小天現在完全明白了，敢情這貨是真的，他大踏步趕了過去，也跟著跪了下去，這一跪，滿堂賓客全都跟著跪了下去，胡小天雖然是個官二代，可跟人家皇子不能比。他現在是完全有點糊塗了，這周王沒事跑這裡來湊什麼熱鬧？難道是跟著張老頭兒過來的？

主簿郭守光這會兒連跪都找不到地方了，胡小天糊塗，他比胡小天更糊塗，暈了，徹底暈了，青雲有史以來還從沒有過這麼多的大人物同時出現過，今天到底是怎麼了？連皇子都來了，難不成就是為了胡小天這個新任縣丞？

龍燁方親切將胡小天從地上拉了起來，笑道：「胡小天，你不認識我，我可認識你，今天我受人之托特來參加你的慈善義賣，不請自來，你千萬不要見怪哦。」

胡小天眨了眨眼睛，更是一頭霧水：「周王殿下，您是受了誰的委託？」

龍燁方附在他的耳邊低聲道：「七七啊！」

聽到七七的名字，胡小天這才想起那個在蘭若寺巧遇的小丫頭，當時就覺得那丫頭詭異，猜想到她十有八九和皇家有著密切的關係，現在看來果然如此，卻不知七七究竟是龍燁方的妹子還是他的侄女？皇家子女又怎會淪落到被人四處追殺的地步？胡小天越想越是奇怪。

龍燁方看到眾人還都跪在那裡，笑著揮了揮手道：「大家全都起來吧，本王今天來，就是為了給我這位好兄弟撐撐場面，大家不必拘泥禮節。」

胡小天今天的地位是扶搖直上，先被西州長史張子謙稱為小老弟，這會兒連大康十七皇子周王龍燁方也叫他好兄弟，這貨在眾人的眼中形象前所未有的光鮮高大，需仰視才見了，可胡小天自己清楚，他跟張子謙是第二次見面，和周王更是第一次見面，一根毛的交情都沒有。

郭守光一顆心都跳到了嗓子眼兒，心中暗歎，難怪這小子如此囂張，我早就看出他不是普通人，想起自己一直旗幟鮮明地站在胡小天的對立面，頓時惶恐無比，這該如何是好？以胡小天的人脈背景，對付自己豈不是連小拇指都不要動一下。

龍燁方此次過來帶著八名侍衛，胡小天拉著張子謙一起陪著他坐下，這會兒他對一個個的驚喜已經麻木了，待會兒就算是老皇帝出現，他都不會感到驚奇，他意識到，今晚註定是個奇蹟之夜。

胡小天又讓宋掌櫃趕緊上菜，應該不會有比龍燁方地位更尊崇的客人了，周王到了就意味著晚宴可以正式開始。

酒菜早已準備好了，宋掌櫃也被今晚層出不窮的場面給驚呆了，連大康皇子都來了，這貨心中開始琢磨著回頭是不是央求個簽名題字啥的，如果真能求到一幅周王的墨寶，自己這邊也算是沾了點皇家貴氣。

按照胡小天的要求，在大堂內臨時搭起了一個小戲台，當然不是為了表演，而是為了慈善義賣。胡小天這位發起人當仁不讓地充當了主持人的角色。沒辦法，這慈善義賣的規矩只有他才知道。

胡小天給周王、張子謙敬酒，順便等著來賓陸續到來，要說這消息傳播的速度著實驚人，沒多久就看到一個個的賓客到來，其中大都是宋掌櫃之前邀請的青雲商界代表人物，連聲稱有病的萬伯平也不知從哪兒得到了消息，親自從家裡趕了過來。連十七皇子都來了，在青雲小城，這種攀交皇親國戚的機會實在是百年不遇，無論能不能湊上去攀上關係，混個臉熟總是好的，即便是無法近距離接觸，能在一起吃頓晚飯，以後也有了向他人吹噓的資本，這樣的機會誰也不願意錯過。

商人尚且如此，更何況青雲縣的那幫官員胥吏。縣令許清廉最初聽到黑石寨寨主滕天祈前往捧場的消息時候一愣，聽到西州長史張子謙現身的時候一驚，那時候已經動了要前往鴻雁樓拜會的心思，等他換好衣服準備出門的時候又聽說十七皇子龍燁方到了，他連馬車都顧不上用了，直接一路小跑就奔著鴻雁樓而去，本來就沒多遠，距離縣衙不到一里地，即便是這段距離，許清廉跑得也是氣喘吁吁。

等到了鴻雁樓大門前，舉步想往裡面走，卻被一隻手臂給攔住了，他定睛一看，是胡小天的跟班柳闊海。

許清廉上氣不接下氣道：「讓開，我……我來拜見周王……王……殿下……」

柳闊海道：「周王殿下豈是什麼人都能見的？」

「你……」許清廉三角眼一瞪，禁不住要發起官威，可柳闊海才不吃那套，胡小天讓他站在這裡就是要攔住這幫沒臉沒皮的貨色，重點人物之一就是許清廉。

柳闊海道：「胡大人說了，為了確保周王殿下安全，任何人進入都要事先稟報，胡大人允許才能入內。」

許清廉氣得指著柳闊海的鼻子道：「你不認識我？我乃青雲縣令……」

柳闊海道：「裡面是大康十七皇子！」

許清廉聽他這麼說頓時洩氣了，人家說的在理，自己這身分根本不值一提，這會兒功夫，縣尉劉寶舉也騎著一匹棗紅馬飛馳而來。

柳闊海望著狼狽趕來的兩人心中暗笑，胡大人果然沒有說錯，這幫人都是給臉不要臉的貨色，當初好好邀請他們不來，現在聽說周王來了，一個個又死皮賴臉的湊上來，要說也都是一方的父母官，怎麼就那麼不要臉呢？我們平民老百姓尚且知道廉恥二字，這些人為何不懂？

貴客絡繹不絕，三輛豪華馬車在鴻雁樓門前停下，一個白白胖胖的女郎從第一輛馬車上跳了下來，別看她身材臃腫肥胖，可是落在地上的時候卻輕盈無比，猶如一片枯葉輕輕飄落在地，抬起銀盆大臉，望著鴻雁樓的照片，格格笑道：「小姐，應該就是這裡了！」

從前後兩輛馬車之上各自又下來了三人，全都是美貌出眾的妙齡少女，最後一個下來的才是正主兒，那白胖女郎上前將中間的車簾挑起，一位身穿紅色長袍的少女從車內走了出來，她的出場猶如皓月東升，讓周圍這幾名美如星辰般的少女光芒頓時黯淡下去。秀髮像男子般束在頭頂，眉如春山，目似清泉，鼻樑小巧而挺直，櫻唇飽滿，膚色嬌豔如雪，雙手負在身後，抬頭看了看鴻雁樓的招牌，唇角流露出一絲魅惑眾生的微笑，輕聲道：「沒錯，就是這裡了！」

那白胖女郎在前方引路，四名美貌少女分別護衛在她的兩側，一行人直奔鴻雁樓而來，夜風吹拂，送來少女身上淡淡的幽香，讓人聞之欲醉。

柳闊海看到這群花枝招展的少女也不禁心中一呆，不過他還記得恪守職責，老老實實擋在門前道：「幾位姑娘是不是走錯了地方？」

為首的白胖女郎笑道：「胡小天是不是在裡面？」

柳闊海聽她一口就叫出胡小天的名字，想來是沒找錯地方，只是不知這些人和大人是敵是友？柳闊海道：「敢問姑娘芳名，我為您通報一聲。」

一旁許清廉和劉寶舉兩人看得心頭火起，這柳闊海只是一個藥鋪老闆的兒子，如今跟著胡小天也狐假虎威起來了。剛才對他們兩人不假辭色，這會兒看到漂亮女郎居然如此客氣，這態度真是天地之別。

那白胖女郎道：「不用你通報，我自己找他！」她揚聲叫道：「胡小天，我找你討債來了！」她這一嗓子可了不得，震得周圍人耳膜嗡嗡作響，只怕連半個青雲城都聽到了。

胡小天正在給周王敬酒呢，聽到這聲音感到有些熟悉，仔細搜索了一下腦子裡的記憶，忽然驚醒，這聲音分明是夔州環彩閣的香琴。之前自己為了幫梁大壯脫身，專門寫下了一千兩的欠條給她，早不來晚不來，偏偏挑選這個時候過來，還真是會選時機，再想起香琴的身分，胡小天頓時就緊張了，被妓院的人追債追到這裡，若是這件事被人知道，這張臉皮肯定掛不住，他慌忙起身迎了出去。

胡小天真正忌憚的還是那張欠條，要知道當初寫下欠條不說，還在上面蓋了自己的官印，現在回想起來，當時做事實在欠缺考慮，只想儘快脫困，找回行李，現如今才意識到留下了這麼大的隱患。終究還是自己疏忽了，這段時間在青雲過得悠哉遊哉，居然忘記了欠錢這回事，應該一早派人將這筆錢還上，順便將欠條拿回來。

不等胡小天走到門外，已經看到香琴一行人走了進來，胡小天滿臉堆笑道：「琴姐，什麼風把您給吹來了？」說話的時候，目光已經溜到香琴身後的那位美女身上，胡小天感到自己的呼吸頓時為之一窒，真正讓這位美女的絕世容顏給震撼到了，當然被震撼到的不僅僅是他，整個大堂內頃刻間靜了下來，只能聽到變得粗重的呼吸聲，間或夾雜著有人往下吞唾沫的聲音。

同樣都是男裝打扮，慕容飛煙穿起來就是英姿颯爽，而眼前這位少女卻益發顯得嫵媚動人，一雙妙目有意無意地環視了一眼大廳，幾乎每個男子都在心底想到，她看我了，她在看我啊！因為這少女在目光在自己臉上的片刻停頓而感到狂喜不已。

胡小天發現這少女禍國殃民的級數絕對和樂瑤能有一拚，不過她比樂瑤多了淡定從容，美眸之中流露出的眼神帶著孤傲和目空一切，對女人來說，美麗就是驕傲的資本。

胡小天嘿嘿笑道：「這位姑娘，咱們好像還是頭一次見面哩，不知如何稱呼？」

紅衣少女回答得簡單而明確：「債主！」

胡小天馬上想起了那張欠條，債主叫夕顏，顯然就是眼前這位了。他趕緊讓宋掌櫃安排她們落座，悄悄來到香琴身邊，低聲道：「琴姐，那錢我待會兒讓人還給你。」到底是時代不一樣，換成過去，欠錢的是大爺，胡小天才不怕什麼債主登門，可今天不同，這麼多重要人物在場，真要是當場討債，自己的這張臉面肯定過不去。

香琴格格笑道：「小天兄弟，什麼錢不錢的，咱倆什麼關係，提錢多傷感情？」她天生大嗓門，這一說話，整個大廳的人都聽到了，這香琴濃妝豔抹，一舉一動風塵味道十足，即便是她沒有暴露自己的身分，可現場不乏光顧風月場所的常客，這幫人一打眼就能把香琴的身分猜出個七八分。只是那紅衣少女和她身邊的四名侍女全都沒有半分的風塵味道，尤其是那紅衣少女美得讓人不敢逼視。

胡小天原本想回到周王身邊，卻被香琴一把給抓住，別看胡小天每天都在鍛煉，力氣也不小，可是仍然無法跟天生神力的香琴相比，被香琴握住手腕如同鐵箍束在手臂之上，感覺只要她稍一用力，自己的手臂就要斷了。香琴道：「別急著走嘛。」

胡小天苦笑道：「琴姐，我還得招呼其他客人，要不咱們回頭再聊。」

夕顏使了個眼色，香琴這才放開了胡小天的手臂，胡小天得以解脫，趕緊回到周王身邊，許清廉和劉寶舉兩人也趁著機會跟著蒙混進來，兩人對望了一眼，其實他們全都沒見過周王龍燁方，不過看到那位身穿明黃長袍，貴氣十足，眾星捧月的年輕人，認定是龍燁方無疑。這兩人雖然官階不高，可是在官場上混跡了這麼多年，這點眼色還是有的。

兩人搶上前去，撲通撲通，先後跪下，畢竟劉寶舉年輕了一些，動作要比許清廉麻利多了，許清廉跪下的速度雖然比不上劉寶舉，可發聲卻搶在劉寶舉之前，恭敬萬分道：「臣許清廉參見周王千歲千千歲。」

劉寶舉生怕落後：「臣劉寶舉參見周王千歲。」

兩人話說完了，周王臉上的微笑卻突然消失了，冷冷望著兩人，手中的酒杯在桌上重重一頓。

兩人都沒有意識到究竟何事觸怒了周王，他們的宦海生涯加在一起也沒見過一次皇親國戚，頭一次見，自然想盡力討好這位十七皇子，卻沒有想到一句話就得罪了周王，他們不該自稱為臣。

大康在階層級別上有著嚴格的規定，大臣面見皇子的時候可以自稱老夫，自稱卑職，卻不可稱臣，即便是太子，也只有他身邊的近臣，在私下裡敢以臣謙稱，在公眾場合絕不敢涉及這一雷區，若是傳到了皇帝的耳朵裡，只怕要生出疑心。

周王沒有理會兩人，自然也不會讓他們起來，周王不發話，這倆貨只能老老實實跪著。兩人之前是見過張子謙的，所以他們眼巴巴望著張子謙，希望這位西州長史能幫他們說句話。

張子謙只當自己沒有看到，微笑向胡小天道：「胡大人，今晚的慈善義賣何時開始？」

胡小天向大廳內環視了一眼道：「賓客們差不多都已經到齊了，現在就能開始。」他站起身走向那臨時搭起的戲台。此時的胡小天心中已經一掃剛才的陰霾，本來看到門庭冷落鞍馬稀，以為今天註定要慘澹收場了，卻想不到事情的發展一波三折，有份量的人物一個接著一個的粉墨登場，甚至連大康的十七皇子都過來給自己捧場了，要說今晚的事情實在是有點邪乎，這幫人難道都是事先約好了嗎？

胡小天躊躇滿志登上戲台，因為這時代還沒有麥克風，只能依靠大嗓門了，他清了清嗓子道：「各位先生，各位女士，大家晚上好！」

現場一片寂靜，愣了足足有五秒，方才聽到現場響起並不熱烈的掌聲，當然掌聲也由宋掌櫃發動他的那幫小夥計帶頭鼓起，然後迅速感染到了全場觀眾，這樣問候的方式還真是有些新奇呢，所以沒有將觀眾的熱情充分調動起來。

胡小天微笑道：「今晚諸位嘉賓貴客齊聚一堂，鴻雁樓蓬蓽生輝。我首先要感謝我們英俊瀟灑玉樹臨風平易近人的周王殿下能夠親臨現場，能夠支持我們的慈善事業，大家請將掌聲送給他。」

嘩！掌聲明顯比胡小天出場的時候熱烈多了，胡小天心中暗罵，人真是現實啊，鼓掌都要看地位。

周王龍燁方起身微笑向眾人示意，他還真是沒有太多皇族的架子，一舉一動溫文爾雅，待人平易近人，不過對許清廉和劉寶舉除外，這兩個不開眼的東西昏了頭，居然見他稱臣，實在是馬屁拍錯了地方。

胡小天又道：「我們同樣要將掌聲送給我的忘年之交，老當益壯老而彌堅的西州長史張大人！」既然你都稱我為胡老弟，我當然不會跟你客氣，胡小天也明白張子謙對自己這麼客氣，還不是看在自己未來岳父的面子上。

眾人馬上回應，張子謙唯有苦笑站起身來向眾人拱手示意，這小子分明是戲弄自己來著。掌聲比起剛才送給周王的小了一些，但是仍然比給胡小天的要熱烈，看來所有人都很擅長把握分寸，根據官階地位大小有效控制掌聲歡呼聲的大小。

胡小天目光轉向黑苗族人的那一席：「讓我們歡迎來自黑石寨的黑苗族兄弟姐妹，我們雖然分屬不同的民族，但是我們同樣生活在大康同一個大家庭裡，我們都是親兄弟，謝謝滕寨主，謝謝他美麗的女兒，謝謝黑苗族各位兄弟姐妹對我的深情厚誼。」

黑苗族人在寨主滕天祈的帶領下同時起身，握緊右拳緊貼心口的位置向眾人行禮，現場歡聲雷動。

許清廉和劉寶舉兩人此時已經徹底傻了眼，這胡小天能耐太大了，從眼前看到的一幕，真可謂是手眼通天，兩人想想之前和胡小天處處為敵的經歷，心中一陣陣發寒，他們真是螳臂當車，自不量力，倘若早知道胡小天這樣的背景，巴結都來不及，又怎敢跟他作對。

胡小天將紅柳莊和環彩閣兩邊略過沒有介紹，蕭天穆為人低調，加上他本身也不是什麼社會名流，沒有介紹的必要，至於環彩閣，胡小天是羞於啟齒，總不能說這幫姑娘全都是燮州乃至西川最有名的風月場所環彩閣來的，於是乾脆將這幫人都歸到省略號裡面了。

胡小天微笑道：「來賓眾多，恕我就不一一介紹了，不過今晚凡是能來這裡的，胡某全都銘記於心，感謝各位能於百忙之中抽出時間，參加慈善義賣晚宴，為青雲的老百姓奉獻自己的愛心。在此，我要特別感謝一個人。」他停頓了一下，向戲台下的宋紹富招了招手，示意他上來。

宋紹富假惺惺推辭了兩下，還是走上了戲台，胡小天隆重推出道：「我要感謝的就是鴻雁樓的宋掌櫃，我們這次慈善晚宴就是由他出資贊助，感謝宋老闆和全體員工為我們提供了如此優雅的環境和美味的晚宴，感謝他們的辛苦付出和服務。」他率先鼓掌。

宋紹富這輩子都沒那麼風光過，拱手做了個四圈揖，容光煥發，結結巴巴，連連道：「應該做的，應該做的，身為青雲的一份子，我應當……為青雲的慈善事業貢獻自己的一份力量……」這番話也是胡小天事先跟他交流過的。

## 第十章

# 慈善義賣

胡小天心中暗自埋怨這老頭兒多事，
這青花瓷瓶市場的行價也在五十兩左右，
張老頭純粹是過來撿便宜，你一叫價，誰還敢跟你叫板？
胡小天望著周王龍燁方，可發現龍燁方這會兒居然走神了，
目光望東南角，正是紅衣小妞夕顏所在的地方。

台下觀眾鼓掌的熱情並不高，敷衍了兩下，只剩下幾個店小二在撐場面，要說宋掌櫃的人氣值和魅力值比胡小天還不如，掌聲的熱烈程度自然又要減弱不少。

胡小天道：「今晚的晚宴以慈善為名，大家能夠齊聚一堂，並不是衝著我胡小天的面子，而是為了慈善兩個字，為了我們每人胸中的那顆仁愛善良之心，月前青雲橋被洪水衝垮，這是青雲通往西川腹地的咽喉要道，青雲橋損毀之後，給青雲百姓的生活造成了極大不便，我身為青雲縣丞，看在眼裡痛在心中，我不敢說自己為官一任，就可以造福一方，但是我會傾盡自己的全力去做，急百姓所急，苦百姓之苦，我將修復青雲橋之事列為我任期內首要解決的問題。」

許清廉和劉寶舉兩人仍然跪在周王身邊，膝蓋都跪麻了，聽到這裡，兩人同時在心裡罵，花言巧語，什麼功勞都被你占去了，修葺青雲橋的計畫明明是我們定下來的好不好。現在忽然感覺之前坑他害他，卻似乎白送了一個天大的便宜給他。

胡小天道：「修橋說起來容易，可是真正實施起來卻並不是那麼簡單，青雲縣這些年天災不斷，連年欠收，哪戶人家都沒有餘糧啊！」

說到這裡他故意停頓了一下，目光盯住仍然跪在地上的許清廉：「許大人曾經提起過要每家每戶收取五兩銀子，我想來想去此事不妥，修橋雖然有利於百姓，可是這樣攤牌募捐卻有強人所難之嫌，青雲的多半百姓都掏不起這五兩銀子，如果我們真要是攤牌下去，又不知逼得多少人家妻離子散，家破人亡。」

他算是徹底澄清了這件事，之前所謂挨家挨戶攤牌五兩銀子的事情根本就是許清廉最早提出來的，跟老子無關。

許清廉此時臉色青一塊紫一塊，他想要起身跟胡小天爭辯，可當著周王的面又不敢，只能耷拉著腦袋老老實實地跪在那裡，任由胡小天把屎盆子都扣在他腦袋上。

胡小天道：「今晚的慈善義賣，將大家全都請到這裡來，就是想大家有力的出力有錢的出錢，都能為青雲的老百姓出一份力，慈善不分先後，愛心不分大小，只要大家有一份心意就已經夠了，今天的第一份拍品是鴻雁樓宋掌櫃捐出的青花瓷瓶。」

宋紹富親自拿著自己捐贈的青花瓷瓶走上戲台，按照胡小天的指引圍繞戲台一周，呈現給眾人觀看，這青花瓷瓶雖然是民窯出品，可是也有了一百多年的歷史，在民窯瓷器中算得上精品了。

胡小天道：「青花瓷瓶，底價十兩銀子，每次競價最低加價五兩，順便說一句，今晚競拍所得的銀兩全都用於青雲橋的修葺，這拍品嘛，由競拍成功者帶走。」

明白規則之後，又讓宋掌櫃拿著那份瓷器去現場展示，供有意者近距離觀摩，這才正式開始拍賣，馬上有商人叫出了十五兩。

夔州長史張子謙素來喜愛收藏，看到這瓷瓶，頗為喜愛，聽到有人叫價，也跟著叫出了二十兩，他這一叫，馬上大堂內就靜了下去，畢竟今天到場的人除了周王之外，就是他的地位最高，其他的官吏商人又豈敢跟他競拍。自古以來民不與官鬥，跟官老爺搶，還能有什麼好下場？

胡小天一聽張子謙叫價，心中暗自埋怨這老頭兒多事，他問過宋掌櫃，這青花瓷瓶市場的行價也在五十兩左右，張老頭純粹是過來撿便宜，你一叫價，誰還敢跟你叫板？

胡小天滿眼期待地望著周王龍燁方，可發現龍燁方這會兒居然走神了，目光望東南角，正是紅衣小妞夕顏所在的地方。分明是被夕顏的美色所迷，注意力根本不在拍賣現場。

胡小天只能叫道：「二十兩一次，二十兩兩次……」

望著張子謙眉開眼笑的樣子，胡小天心想這個老摳門，平白無故撿了個大便宜，你是來捧場還是砸場子的？

張子謙何嘗不知道胡小天拍賣的用意，可任何人都有缺點，他也不例外，看到自己喜歡的瓷器就忍不住想儘快收入囊中，於是才迫不及待地開口喊價，並不是存心壞胡小天的事情。

胡小天心不甘情不願地揚起了拍賣槌，其實就是敲鑼用的棒槌，因為疏忽忘了特地定製一個拍賣槌，所以臨時找了只鐵錘替代一下，鑼面平放在桌上，敲上去就算是一錘定音了。

就在此時聽到香琴的大嗓門叫道：「我家小姐出五十兩！」

胡小天眼看就要敲到鑼面上，趕緊又將棒槌收了回去，嘿嘿，老摳門，想撿便宜，沒那麼容易。

張子謙聽到有人出五十兩自然有些失望，他在瓷器鑒賞上是很有一套的，剛剛就已經看出這瓷瓶的價格至多也就是五十兩，如果出再高的價錢就不值得了。再說了他在西川算得上是德高望重，還不至於和幾個小女孩爭東西。

胡小天看到無人出價了，馬上道：「我補充一下，慈善義賣跟拍品的價值無關，重在愛心，我希望大家踴躍競拍，為青雲的老百姓多奉獻一份力量，五十兩一次……兩次……三次……」

這次無人叫價了，畢竟誰都不是傻子，誰也不願花大價錢賣這麼個瓶子回去。

第一筆順利成交，香琴樂呵呵送上了五十兩銀子，直接由鴻雁樓的帳房入帳，這邊胡小天又拿出了第二件拍品，這第二件拍品是紅柳莊莊主蕭天穆捐出的一幅由著名畫師嚴暮良親筆所繪的山水畫，此畫一出滿室皆驚，嚴暮良曾經擔任過大康宮廷畫師，最擅長的就是仕女圖，平生所繪製的山水畫少之又少，兼之他半年前因病去世，所以他作品的價格也是不斷攀升。

談到鑒賞書畫，張子謙可是一位大家，他走上去仔仔細細看了幾遍，確定這山水畫的確是嚴暮良親筆所繪，連他都不禁有些激動了，嚴暮良善繪仕女舉世皆知，但是他山水畫的功底絲毫不次於仕女圖，但見這幅日出山海圖，用筆狂放不羈，用墨揮灑自如，氣勢滂溥，氣象萬千。

張子謙一看就知道這是珍品中的珍品，不由得向蕭天穆多看了一眼，卻不知這個盲人書生從何處得來的這幅山水畫，如此珍品又豈肯割愛與人。

周王此時也走了過來，起身的時候發現許清廉和劉寶舉仍然跪在自己面前，有些厭煩地皺了皺眉頭，揮了揮手道：「起來吧。」

兩人得了這句話，方才如釋重負地站起身來，可雖然起來了，卻不敢坐下。

龍燁方並不熱衷於爭權奪利，平日裡寄情於山水之中，對於琴棋書畫向來極為熱衷，而且他也寫得一手好字，畫得一手好畫，這幅畫之所以能夠吸引他移步前往，還有一個重要的原因，那就是嚴暮良擔任宮廷畫師的時候曾經指點過他繪畫，龍燁方的仕女圖畫得也很不錯，頗得嚴暮良的神韻，所以從這一點上來說，嚴暮良算得上他的老師，他對嚴暮良的手筆極其熟悉，看了一眼就斷定這幅畫確為真跡無疑。

即便是在大康皇宮之中，也少有收藏嚴暮良的山水畫，這幅畫還真是不可多得的珍品。

前來賓客之中有懂畫的，也有不懂畫的，不過他們即便是不懂，也懂得察言觀色。看到龍燁方移駕前往，就已經明白周王已經動心，換句話來說，只要周王想要，任何人都是不能爭的。

胡小天看到張子謙和龍燁方都圍了上來，親自鑒賞，心想這事兒壞了，只要龍燁方喊價，肯定是無人敢應價的，原本想借著這幅畫狠狠撈一票的願望只怕要破滅，可胡小天也不好說什麼，等近距離鑒賞的嘉賓回歸原位。

胡小天方才清了清嗓子道：「這幅日出山海圖底價五百兩銀子。」

其實原本他和蕭天穆私下溝通過，定下來的底價是一百兩，看到龍燁方表示出濃厚的興趣，胡小天估計這價格拍不上去了，乾脆一咬牙要個高價。

現場立時傳來驚呼之聲，伴著竊竊私語，即便是嚴暮良的仕女圖，如今的行情也不過是三百兩左右，胡小天還真是獅子大開口。

蕭天穆雖然看不到現場情景，可是聽得清場上的動靜，聽到胡小天叫出了五百兩的高價，唇角也不禁露出一絲淡淡的笑意，他當然明白胡小天的用意，卻不知這位周王捨不捨得這些銀子。

周王龍燁方並沒有急於開口，而是端起茶盞，笑瞇瞇抿了口茶。

「我出五百兩！」

發聲的人是萬伯平，不愧為青雲首富，的確有些土豪的氣概。

胡小天指著萬伯平道：「萬員外出五百兩！」

萬伯平發聲應該是給自己捧場，估計龍燁方一出價，這廝就不敢作聲了。

胡小天道：「還有沒有更高價格？」

「我出五百五十兩！」

所有人的目光齊刷刷向發聲的人望了過去，競拍的人竟然是青雲縣令許清廉。

連胡小大都沒想到這貨居然敢出頭競價，膽兒真肥啊，當著周王的面也敢出價？可胡小天馬上就明白了許清廉的用意，這老烏龜十有八九是想拍下這幅山水畫然後再轉贈給龍燁方，他是要巴結周王。

許清廉的確存著這樣的心思，他也是猶豫許久方才做出決定的，說完這句話，馬上又補充道：「我願出五百五十兩賣下此畫送給周王殿下。」

胡小天心中暗歎，這老烏龜當真是一點臉都不要了，還沒拍下來呢，先向周王賣好，他說這種話等於明白地告訴現場所有人，都別跟我爭，跟我爭就是跟周王爭。

周王龍燁方唇角的笑意更濃，他本不是個虛榮的人，可被人尊敬的感覺還是心頭暗爽。

胡小天本以為龍燁方一開始就會出價，卻沒有想到他居然能這麼沉得住氣，這讓胡小天對這位十七皇子有些刮目相看了，龍燁方畢竟是皇家出身，眼界還是很高的，他應該從一開始就料定有人要將這幅畫送給他，即便是出價又如何，既然他表現出了濃厚興趣，又有誰敢據為己有？

許清廉的那番話說完，多數人都打起了退堂鼓，誰也犯不著因為一幅畫去得罪青雲的縣太爺。

胡小天心中暗罵，這老烏龜又想巴結龍燁方又不捨得掏錢，只加了五十兩，今兒便宜他了。

胡小天道：「五百五十兩一次，五百五十兩……二次！五百五十兩……」

真是不甘心，讓許清廉這隻老烏龜白撿了一個便宜。

此時一個粗豪的聲音道：「我出六百兩！」

卻是一直沒有參與競拍的黑石寨寨主滕天祈發話了。

許清廉腦袋頓時大了，心中暗罵，你一黑苗人跟我爭什麼勁，他大聲道：「六百五十兩！」

滕天祈道：「八百兩！」

許清廉內心一陣發寒，他不敢再叫價了，他只不過是一個小小的縣令，眼看滕天祈根本沒有讓步的意思，假如一味叫價上去，只怕價格會攀升到千兩以上，即便是滕天祈放棄競拍，到最後所有人也會懷疑自己從何處得來的那麼多銀子？以他的俸祿根本不可能存下這麼多。

他朝不遠處的萬伯平看了看，心想你萬伯平是青雲首富，這會兒應該挺身而出為青雲爭一口氣，掙回一些臉面。

萬伯平這會兒反倒不說話了，他似乎對這位黑石寨寨主頗為忌憚，低著頭默默不語，明顯退出了競爭。

最後滕大祈以八百兩的價錢拍下了這幅山水畫，讓所有人意外的是，從頭到尾龍燁方都沒有參與競價。

眼看山水畫落入了異族人的手中，連張子謙也感到惋惜，在他看來黑苗族人很少有人能夠懂得山水畫的意境，這幅畫被滕天祈拍走，實在是明珠暗投了。

下面的拍品有萬伯平提供的白玉觀音，還有其他人捐出的各種物件，不過大都沒有拍出令人心跳的價格，像剛才那樣激烈競拍的場面也沒有出現過。

粗粗一算，今天已經拍出了一千二百兩的善款，雖然不多，可至少在面子上已經算是有了交代，這些拍品大都是事先安排好的，接下來就是現場捐贈拍賣了。

西州長史張子謙現場潑墨寫了一幅字，這幅書法被龍燁方以一千兩的價格拍走，其實張子謙心知肚明，自己的書法雖然不錯，但是現場一蹴而成的應景之作，無論如何是比不上嚴暮良的日出山海圖的。

龍燁方出手氣魄不凡，果然是皇家風範，他以這樣的舉動告訴所有人，他有的是實力，剛才只是礙於身分，不屑於和黑苗族人爭那幅畫而已。

現場的熱情被再度點燃，主動捐贈者絡繹不絕，胡小天正準備拿出自己想要捐贈的物品拍賣，卻聽香琴的大嗓門再度響起：「我們有一物捐出，底價一千兩！」所有人的目光全都投向香琴那邊，卻見香琴手中舉起一張蓋著官印的欠條。

胡小天看清她手中所舉的正是自己當初寫給環彩閣的欠條，差點沒把一口老血給噴出來，真是怕什麼來什麼，老子何時說不還你錢了，居然當著這麼多人的面奚落我，這擺明了是不給我面子的節奏。

自己剛見面就說要還錢給她，她還口口聲聲說著談錢傷感情，可一轉眼就把自己當初的那張欠條拿出來拍賣，這事兒幹得也忒不道地了，今天這幫環彩閣的小妞不是來捧場的，根本是來砸場子的。

按照規矩，每件捐贈出來的拍品，拍賣之前，都允許有興趣競拍的客人前往鑒賞評定，這張欠條自然也不例外。

很多人都湊了過去，香琴卻在這時候將欠條收了起來，欠條畢竟不大，加上香琴並沒有完全展開，所以並沒有人看清上面到底寫的是什麼。

胡小天目光向端坐在那裡的夕顏望去，這件事情的始作俑者就是她，夕顏的目光根本沒有看他，也沒有關注這大廳內的任何人，只是望著香琴手中的欠條，似乎在期待著下面會如何發展。

胡小天毫不猶豫地舉起手道：「一千兩銀子，我收了！」打落門牙往肚裡咽，

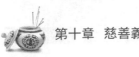

明知是個當也得上啊。

現場一片驚呼，一張欠條居然價值一千兩，這事兒肯定有貓膩。可多數人都認為這欠條不值，誰也不會當真去和胡小天競價，更何況這廝還有個青雲縣丞的身分。

可偏偏就有人開口競價，而且出價的人居然是周王龍燁方：「兩千兩！」說話的時候，龍燁方始終微笑望著夕顏。

胡小天這個鬱悶吶，這皇子也不是什麼好東西，欠條是老子的，你跟著湊什麼人熱鬧？想泡妞？想給夕顏小妞留下一個深刻的印象，可也不能把你的幸福建立在我的痛苦之上。

胡小天現在出價不是，不出價也不是，真是有些左右為難了。

龍燁方只要出價，現場就不會有人跟他競價。一是因為他的權勢，還有一點，誰也不想當冤大頭，這欠條要來又有何用，搞不好分文不值。

此時夕顏的目光向胡小天望去，美眸中充滿了挑釁之光。似乎在說，你有沒有膽色跟龍燁方競價？

胡小天心想又不是搶女人，不就是一張欠條嗎？老子犯不著跟這皇子王孫爭個臉紅脖子粗，於是就有了打退堂鼓的想法。這貨才不受夕顏的激將法，大不了讓人知道自己當初的糗事，哪個正常男人沒逛過窯子，更何況自己也沒去幹什麼見不得光的事兒。即便是這件事傳到李天衡的耳中，他也不怕，真要是把婚約解除了，我求之不得。

夕顏的目光總算朝龍燁方看了一眼，輕聲道：「這張欠條上的數額只有十兩銀子。」

龍燁方微笑道：「我出兩千兩銀子！」

現場鴉雀無聲，皇家氣魄，人家這才是真真正正的富二代，如假包換的官二代，其實連整個大康都是他們龍家的，區區兩千兩黃金又算得上什麼？

胡小天這會兒有些不爽了，龍燁方啊龍燁方，知道你爹是皇上，可咱表現也得有個度，兩千兩銀子有什麼了不起？對你來說無非是個數字，只要你喊出來，背後不知有多少人搶著給你掏錢，誰不知道你的用心，無非是想用兩千兩銀子博美人一笑，可你表現歸表現，為何要踩我？就因為你老子比我老子威風嗎？其實他也明白，人家老子比自己老爹威風多了。

夕顏歎了口氣道：「兩千兩銀子，聽起來不錯。」

她從香琴手中拿過那張欠條。

龍燁方微笑站起身來，臉上充滿得意的笑容，他認為現場不可能有人出面跟自己競爭，準備從夕顏那裡親手接過這張欠條，龍燁方當然不會在乎什麼欠條，醉翁之意不在酒，他所在乎的是夕顏，這位美人自打踏入鴻雁樓，就已經吸引了他全部的注意力，一顰一笑，一舉一動，無不牽動著他的心跳，莫說是兩千兩銀子，即便是一萬兩又能如何，只要能夠博美人一笑，俘獲此女的芳心，再多錢都是值得的。

夕顏道：「我等只是風塵中人，不值得周王殿下如此抬愛。」

不等胡小天宣佈結果，已經將那張欠條當著眾人的面撕碎了。

她的這一舉動出乎了所有人的意料，胡小天看得目瞪口呆，欣慰之餘又感到有些可惜，一張欠條兩千兩，這周王活脫脫是個冤大頭，本來這筆錢已經到了自己手裡，有了這筆錢，困擾他的資金問題就全部得到了解決，可夕顏的行為卻讓他瞬間歸零，你撕掉的是我的錢啊！

夕顏雙手一分，千百片細小的紙片宛如蝴蝶般翻飛，然後她轉身就走，根本沒有給周王龍燁方留任何的情面。

龍燁方也沒有想到她會這樣對待自己，本來已經站起身準備接過欠條，這麼一來不由得僵在了那裡，臉上的表情也是尷尬到了極點。

他身邊的侍衛頓時想要發作，可是龍燁方抬起右手示意所有人冷靜下去，不得輕舉妄動。

眼看夕顏率眾就要離開，胡小天在身後叫道：「姑娘留步！」

夕顏轉過身去，美麗絕倫的俏臉之上表情無邪而單純，讓人不忍責怪。

胡小天道：「欠條是你的，轉不轉讓是你的事情，可是你亂丟紙屑卻是你的不對了，根據青雲縣的律例，隨便丟垃圾那是要罰款的。」

夕顏秀眉微顰，一雙美眸如同籠上了一層若有若無的迷霧：「你要罰我？」她以為自己聽錯了。

胡小天點了點頭，認認真真道：「不是我要罰你，而是按照律令當罰，五十文錢。」

夕顏呵呵笑了起來，笑得花枝亂顫，笑得滿堂嘉賓目眩神迷，誰都沒想到龍燁方的兩千兩銀子都沒能令夕顏露出一絲笑意，胡小天五十個銅板的罰款卻能讓她開心到如此的地步，也有明眼人看出這女孩兒笑得不太正常。

夕顏點了點頭道：「若是殺一個人當罰多少？」

現場的氣氛陡然變得詭異起來。

馬上有侍衛護住了周王龍燁方，因為所有人都感覺到一股無形的凜冽殺氣在大堂內悄然蔓延開來，這殺氣竟然來自於夕顏的身上。

胡小天不慌不忙道：「殺人償命，欠債還錢，自古以來都是這個道理。」

夕顏身上的殺氣稍縱即逝，此刻臉上突然又恢復了顛倒眾生的迷人笑容，表情變化之快讓人反應不及，她嬌聲道：「你這話我記得了，你不要忘了欠我什麼！」

胡小天心想不就是一千兩銀子嗎？以本官現在的身家，根本算不上什麼，大不了我肉償？望著夕顏小美妞還真是有些惹人心動呢，不過這小妞身上有股說不出的邪氣，胡小大也不知為什麼會產生這種感覺。

龍燁方這會兒在兩名侍衛的陪同下走了過來：「這位姑娘，為何要中途離去，大家都是為了慈善而來，既來之則安之，既有善始也該有善終，你說對不對？」他態度和藹，溫文爾雅。

胡小天讓到一邊，冷眼旁觀，臉上掛著笑，心中卻對周王的本意看得非常清楚，根本就是想泡妞，何必說得那麼冠冕堂皇。

胡小天道：「周王殿下說得對，慈善不分先後，愛心無論大小，姑娘捧個人場也是好的。」

夕顏瞥了他一眼：「我好像沒見到胡大人捐出什麼寶貝呢？身為青雲的父母官，胡大人應該以身作則吧？」

一旁真正的縣太爺許清廉早已被人無視，這貨心中憤憤然，父母官？老子才是！他也只能想想，現實是殘酷的，今晚他註定是無人關注了，主角光環被胡小天剝奪了一個乾乾淨淨，配角也輪不到他，活脫脫變成了一個無人問津的群眾演員。

胡小天心想：「捐金捐銀老子沒多少，捐精老子有無數，你要不要？」這些話想想是可以的，大庭廣眾之下無論如何也不能說出口來，他微笑道：「我捐的這樣寶貝可以說舉世無雙，只有我自己才有。」

胡小天的這番話說得曖昧之極，圍觀的女性一個個聽得俏臉發燒，多數人都想歪了。

胡小天壓根是要把所有人都往歪裡帶，朝夕顏笑了笑道：「不過我現在拿不出來，還需要姑娘配合一下。」

現場所有男性都睜大了眼睛，不少人已經張大了嘴巴，你還能再不要臉一點嗎？周王龍燁方的注意力也轉移到胡小天臉上了，膽兒夠肥啊，當著我的面調戲美女？看不出本王對這妞兒有意思嗎？

夕顏表情鎮定如常，淡然笑道：「不知胡大人想讓我怎麼配合？」

胡小天指了指二樓道：「這裡人太多，咱們去雅間裡單獨說。」

夕顏秀眉微顰，不過她沒有任何猶豫，居然輕移蓮步向二樓走去，胡小天邁著四方步跟在她的身後走上樓去，不忘交代胡掌櫃一聲：「我去去就來，這邊慈善義賣的事情暫且交給你主持了。」當然也不忘跟周王龍燁方打聲招呼。

龍燁方又是羨慕又有那麼點的嫉妒，怪了，這胡小天怎麼看都不如我啊，為何那美人會對他青眼有加？更多男性琢磨的卻是舉世無雙，自己才有，還需姑娘配合，初聽並不稀奇，可是連貫起來，稍作品評，這味道頓時就出來了。

夕顏和胡小天先後進了二樓的雅間，房門從裡面關上了。

雖然大堂內的義賣仍然在繼續，可是所有人都已經變得心不在焉，多數人都仰頭望著樓上，孤男寡女共處一室，這兩人在裡面到底在幹什麼呢？

眾人等了一會兒就已經開始不耐煩，有人大聲道：「胡大人好了沒有？」

沒多久就聽到裡面胡小天的聲音響起：「快了，就快出來了！」

大堂內鴉雀無聲，旋即響起一陣哄笑。

龍燁方這會兒的表情明顯有些尷尬了，他剛剛屢次向夕顏示好，卻遭到冷遇，想不到胡小大只是一句話就讓這位美女乖乖陪著他進了房間，按說他們不會出什麼問題。胡小大為人就算是再荒唐，也不至於在大庭廣眾下幹出什麼出格的事情。

張子謙也不淡定了，早就聽說這位未來的姑爺為人放蕩形骸，在京城的口碑不佳，因為他的事情，胡家還專門差人前來西州解釋。李天衡對此的態度是清者自清，其實李家對這位胡家少爺也不瞭解，兩家的聯姻純屬政治上的需要。

李天衡表面上對這次的婚姻並不重視，可心底卻是極疼女兒的，所以才會差遣張子謙在胡小天上任之初製造偶遇的機會，借此考驗於他。

張子謙對胡小天的印象還是不錯的，這個年輕人身上非但沒有太多官家子弟的浮華傲慢，反而頗有才華，從那幅對聯即可看出。然而張子謙也明白，單憑一次的接觸無法認清一個人的全部，這段時間，他也從方方面面瞭解胡小天的為人。

今天的事情似乎有些荒唐了，且不說他和夕顏孤男寡女共處一室，既然看出周王對夕顏有意，又何苦在眾目睽睽之下提出這樣的要求，難道不清楚越是皇家子弟，越是珍愛面皮之人，此事處理不當，十有八九會得罪周王。

雖然周王是個有名無實的王爺，可畢竟是皇上的兒子，得罪了他能有什麼好處？

宋掌櫃的號召力顯然無法和胡小天相提並論，他接手義拍之後，再也沒有什麼激動人心的場面出現，幾件拍品都是底價成交，還有不少居然陷入無人出價的尷尬局面，自然流拍。

所有人的關注力全都在進入雅間的那對男女身上。

雅間的房門終於打開，先是夕顏走了出來，俏臉之上居然帶著兩抹緋紅，越發顯得嬌豔不可方物，眉梢間再不見剛才的凜冽殺氣，反而帶著淡淡的喜悅和嬌羞。

胡小天隨後走了出來，這廝出門之後習慣性地提了提褲帶，大堂內有人叫道：「出來了，胡大人出來了！」

又有人竊竊私語道：「怎麼這麼久？」

胡小天心中暗罵，前後不過十五分鐘，這也叫久？這幫孫子巴不得老子三秒鐘就出來，跟美女待在一起，這時間過得就是快啊！

周王看到夕顏表情如此愉悅，心中也是倍感好奇，究竟胡小天在房間內做了什麼，能讓她如此開心？這小子對付女人還真是很有一套呢。

胡小天看到這幫人的表情就知道多半都沒想什麼好事，不由得暗罵他們思想齷齪，以小人之心度君子之腹。

很少有人能夠關注到胡小天手中還拿著一張紙，胡小天來到戲台之上，清了清嗓子道：「接下來拍賣的是我和這位姑娘合作的一幅畫像。」

宋掌櫃走上來陪著胡小天一起展開，這是一張胡小天用木炭棒即興繪成的素描人像。倘若放在現代，這幅畫像雖然不錯，但也不至於技驚四座，可換成眼前的年代，在每個人腦海中根本就沒有素描技法概念的時候，這幅畫的出現真可謂驚天地泣鬼神了。

誰也不曾想到一個人居然可以將人畫得如此形神兼備，栩栩如生。夕顏的俏臉躍然紙上，如同銅鏡之中的倒影一般，更讓人嘆服的是，只有黑白兩色構成，卻畫出了光影凸凹之感，感覺紙上的人像就像立體的一般。

張子謙自問見多識廣，也沒有見過這種畫法，激動得一下就站了起來，幾乎小跑著來到那畫像前，伸手就想觸摸畫面，卻被胡小天制止：「別摸！」

張子謙老臉一熱，這混小子話說得這個含糊，老夫是被畫技所震驚，我是要看看這畫紙的材質，用的到底是何物繪製，可不是想摸這位姑娘的小臉。

胡小天也沒把張子謙往歪處想，只是擔心這老頭兒一伸手把畫面給弄髒了，木炭一摸就糊。

周王龍燁方這才知道原來兩人關在房子裡是去畫畫了，心中頓時釋然，想起自己剛才也往歪處想他們，不由得覺得有些不好意思了，喝彩道：「好畫，好畫，妙筆生花，栩栩如生，美輪美奐，畫美，人更美！」

眾人齊聲附和，生怕拍馬屁落在後面。

張子謙趁機道：「胡大人開個底價吧？」

胡小天道：「一千兩銀子。」

他的話音剛落，龍燁方就大聲道：「這幅畫本王要定了，一千金！」

龍燁方將話已經說到這種地步，誰還敢發聲，誰捨得發聲？一幅畫即便是畫得再像，再好，在眾人的眼中也不值得這麼多金子，即便是青雲首富萬伯平也不捨得拿出那麼多錢來揮霍，一擲千金，那種事情還是交給官二代去做吧，生意人的錢，那都是辛辛苦苦流血流汗賺回來的。

夕顏道：「胡大人，你不要忘了，這幅畫雖然是你畫的，可一半的歸屬權卻在我這裡，你都沒有問過我，怎麼可以自作主張？」

胡小天笑瞇瞇道：「獻點愛心，為青雲百姓做點貢獻，你不妨奉獻一次，若是因為這幅畫解決了青雲橋的問題，那橋修好之後，我便以你的名字來命名。」

夕顏啐道：「我才不稀罕。」說得是負氣話，眉眼間卻沒有任何生氣的意思。

現場所有人基本上都看明白了，這兩人敢情是在當眾打情罵俏呢，周王也是個大傻子，還激動地嚷嚷著一千金，你不知道自己是個冤大頭啊？為他人作嫁衣裳懂不懂？

周王龍燁方剛才太激動了，這會兒明白了，可話說出口去又豈能收回，他是大康皇子噯，公眾人物，一個唾沫一個坑，就算是明白自己是個冤大頭也得死撐。

夕顏道：「屬於你的那一半，周王殿下一千金可以買走，可是屬於我的這一半，我卻要自己留下。」

胡小天心想，你是要留上半邊還是下半邊呢？當著周王的面畢竟是要忌諱的，現在最好就是笑而不語。

眾人都在看著周王龍燁方，買畫哪有買一半的道理，且看龍燁方到底如何應對現在的場面。

龍燁方悔得腸子都青了，他怎麼感覺胡小天和夕顏是一唱一和哄自己入圈套呢，事到如今，已經騎虎難下，唯有打腫臉充胖子死撐到底了，他笑道：「那我就再出一千金！」

夕顏笑靨如花，淺淺道了一個萬福道：「民女夕顏代青雲的百姓謝謝周王殿下的這份美意。」

現場歡聲雷動，胡小天帶頭恭維道：「周王殿下千歲，千千歲！」一時間呼喊聲此起彼伏，現場氣氛熱烈到了極點。

周王龍燁方內心中也稍稍平衡了一些，錢對他而言只是數字而已，兩千金換得美人一笑，值得，太值了！

此次的慈善義賣可謂是完美落幕，胡小天堅持送完所有的賓客，重中之重還是周王龍燁方。恭恭敬敬陪著龍燁方來到他的車馬前，陪著小心道：「周王殿下今晚住在何處？」

龍燁方道：「這縣城內不會沒驛站吧？」

驛站，青雲過去倒是有的，只不過現在已經燒沒了。

胡小天這才知道龍燁方還沒有定下住處，腦筋一轉，要說這青雲縣城內客棧的條件大都簡陋，龍燁方畢竟是皇子，身嬌肉貴吃不得苦，自己的宅院也住不開那麼些人，想來想去，主意就打到了萬伯平的頭上，這為富不仁的老東西寧願撒謊在家，也不願主動捧場，若非周王過來，這廝根本不會露面，當老子那麼好糊弄？於是朝萬伯平招了招手。

萬伯平趕緊湊上去了，周王沒走之前，誰也不便離開。

胡小天道：「萬員外，我看今晚周王殿下就去你府上休息，趕緊讓人去準備吧。」

萬伯平又驚又喜，換成別人他會覺得麻煩，可今晚去他那裡借住的是十七皇子，這可是讓他門楣生輝的大好事，不知道上輩子何時修來的福氣，他慌忙道：「在下這就讓人去準備。」

龍燁方道：「不必麻煩了。」

萬伯平連連道：「不麻煩，不麻煩，周王千歲去草民那裡居住，是草民全家上下的榮幸。」

胡小天又向張子謙道：「張大人一起過去？」

張子謙笑道：「我在青雲還有一間祖屋，就不去叨擾了。」他率先過來向周王道別。

眾人逐一散去，周王龍燁方始終最關注的都是夕顏，可夕顏卻早已不辭而別，四周尋找不到她的身影，龍燁方不由得悵然若失。

今晚最失落的兩個人應該是許清廉和劉寶舉，兩人也湊上來向周王道別，可周王壓根沒給他們機會，轉身就上了馬車，而且招手將胡小天叫了上去，和皇子同乘一車，這可不是一般的待遇。

許清廉和劉寶舉兩人站在原地，一直看著周王的車隊遠去，兩人的臉上都浮現出濃重的憂色，此時許安驚慌失措地跑了過來，來到許清廉身邊，附在他耳旁低聲說了句什麼，許清廉聽完之後勃然變色，月光如水，映照著他的面容紙樣蒼白，慘澹至極。

幾家歡樂幾家愁，有人的人生在今晚跌落入谷底，而有人卻翻開了新的篇章。

胡小天坐在馬車內，車廂寬敞而舒適，算不上豪華，也稱不上特別，真正的特別之處在於身邊的人是大康的十七皇子，周王龍燁方。

胡小天已經拿定主意，今天要全程陪同了。

周王龍燁方唇角帶著淡淡的笑意，這位皇子今天的整體表現還是比較親民的，全程並沒有表現出太大的架子，雖然如此，胡小天也清楚，和皇家子弟相處一定要保持好距離，伴君如伴虎，陪伴在皇帝兒子的身邊就是和虎崽子玩耍，稍有不慎就可能被他們給抓傷，甚至丟掉性命也未必可知。

龍燁方道：「小天，你和夕顏姑娘是怎麼認識的？」話題還是圍繞女人展開，龍燁方對夕顏念念不忘，看來這位周王還真是一個多情的種子。

胡小天這會兒多出了幾分拘謹，恭恭敬敬回答道：「啟稟殿下，小的和她不熟，過去只是一面之緣，反倒是和她身邊的香琴熟悉了一些。」

龍燁方道：「香琴？」

「就是那個白白胖胖的丫頭！」

聽到胡小天的解釋，龍燁方不禁笑了起來：「你們是在何處認識的？」

胡小天照實答道：「燮州環彩閣！」

龍燁方聽到環彩閣三個字，明顯一怔，他雖然是皇子，卻並非久居深宮那一種，當然明白環彩閣是什麼地方，心中不禁有些遺憾，想不到那夕顏如此清麗脫俗的絕世美女，居然出身於那種風塵之所，他低聲道：「原來這樣啊！」言語中明顯帶著淡淡的遺憾。

胡小天恭敬道：「殿下，勿怪，小的也不知道她們會尋到這裡來。」

龍燁方苦笑道：「你的交往還真是駁雜啊。」心中卻如同打翻了五味瓶，酸甜苦辣鹹什麼滋味都有，如此美貌絕倫的少女居然是風塵中人，實在是明珠暗投了。

胡小天本想問及七七的事情，可是看到龍燁方變得意興闌珊，顯然是因為自己挑明了夕顏出身的緣故，心中暗笑，斷了你的念想也好。

周王前來萬府留宿，對萬伯平來說是一件天大的榮耀，在周王一行抵達之前，他已經差人迅速趕回家裡，將原本屬於大兒子的東廂房收拾乾淨，所有被褥全都換成新的。

胡小天選擇萬府還真是選對了地方，放眼整個青雲縣，論到居住條件沒有一個能夠超過萬家的。

在眾人的護送下，周王進入萬府，馬車直接行到東廂，自從萬廷昌離家出走，萬家大兒媳李香芝不久之後也搬離了東廂，這邊已經閒置了下來，作為接待周王的地方最好不過。

周王累了一天顯然已經疲倦了，他抵達之後先去沐浴，隨同他前來的護衛檢查了東廂的狀況，然後開始值守，尋常人等是不能進入的，萬伯平為了安全起見，又安排家丁護院在外面設置了一層巡邏。

胡小天看到夜色已深，也沒有離去，就在過去曾經住過的青竹園住下，途經樂瑤所在的院落的時候，不禁向院門處多看了一眼，卻見那院門之上門鎖緊閉，伊人早已人去樓空。

眼前浮現出樂瑤那美得讓人心醉的容顏，自從將她救出虎口之後，就由慕容飛煙將她安排在岔河鎮，兩人再也沒見過面，一來因為他近些日子公務繁忙，二來也是擔心被人察覺。想起慕容飛煙此前取證的結果，胡小天的心情卻又變得沉重起來，抬頭仰望夜空，一輪圓月當空，因為有一層薄霧遮住了月亮，月影朦朧，光輝黯淡，不知樂瑤此時是否也和他一樣看到了朦朧的月影，心中是否也浮現出他的影子？

萬長春打著燈籠在前方引路，恭敬道：「胡大人，最近府裡安穩了許多。」

胡小天輕輕喔了一聲，發現青竹園已經近在眼前，他從萬長春的手裡接過燈籠，微笑道：「萬總管，我自己進去就行了，你回去吧。」

關上院門，胡小天如釋重負地鬆了口氣，他並沒有急於進入房間，而是將燈籠掛在廊廡下，負手獨立院落之中，依舊呆呆望著空中的月影。

今晚事情的發展，完全出乎他的意料之外，黑石寨寨主、燮州長史、大康十七皇子，這些人物的輪番登場是他所沒有想到的，這一切究竟是偶然還是存有預謀？

這些人來到這裡難道僅僅是為了給自己捧場？胡小天緩緩搖了搖頭，事情絕非那麼簡單。

腦後忽然感到一陣風吹過，胡小天霍然轉過身去，卻見身後空空如也。環視周圍青竹紋絲不動，夜空中沒有一絲風，胡小天看了一周，有些奇怪地皺了皺眉頭，難道是自己神經過敏？

胡小天轉身準備回房，可脖子後方又感到一股風掠過，這次他有了心理準備，轉身的速度比剛才快了一倍不止，可轉過身去仍然空無一人，冷冷清清的院子裡只有他的影子陪著自己，周圍根本沒有一絲風。轉身的時候感覺周圍黯淡了不少，卻是那只燈籠不知為何熄滅。

胡小天雖然膽大，此時也不禁有些毛骨悚然了，難道真見鬼了？

請續看《醫統江山》卷五　辣手催花

# 醫統江山 卷4 大師鬥法

作者：石章魚
發行人：陳曉林
出版所：風雲時代出版股份有限公司
地址：10576台北市民生東路五段178號7樓之3
電話：(02) 2756-0949
傳真：(02) 2765-3799
執行主編：劉宇青
美術設計：許惠芳
行銷企劃：林安莉
業務總監：張瑋鳳

初版日期：2020年1月
版權授權：閱文集團
ISBN ：978-986-352-763-3
風雲書網：http://www.eastbooks.com.tw
官方部落格：http://eastbooks.pixnet.net/blog
Facebook：http://www.facebook.com/h7560949
E-mail：h7560949@ms15.hinet.net
劃撥帳號：12043291
戶名：風雲時代出版股份有限公司

風雲發行所：33373桃園市龜山區公西村2鄰復興街304巷96號
電話：(03) 318-1378
傳真：(03) 318-1378
法律顧問：永然法律事務所 李永然律師
北辰著作權事務所 蕭雄淋律師

行政院新聞局局版台業字第3595號 營利事業統一編號22759935


**定價：270元** 

國家圖書館出版品預行編目資料

醫統江山 ／ 石章魚 著. -- 臺北市：風雲時代，
2019.11- 冊；公分

ISBN 978-986-352-763-3（第4冊；平裝）

857.7 108014766